D1200880

COLLECTION FOLIO

Raphaël Confiant

Nuée ardente

Mercure de France

Raphaël Confiant est né à la Martinique. Auteur de nombreux romans en créole, il a été révélé en France par *Le nègre et l'amiral* (Grasset, 1988) et a obtenu le prix Novembre pour *Eau de café* (Grasset, 1991). Il est également coauteur d'*Éloge de la créolité* avec Patrick Chamoiseau et Jean Bernabé (Gallimard, 1989). Son roman *Le meurtre du Samedi-Gloria* (Mercure de France, 1997) a obtenu le prix RFO.

Raphaël Confiant est né à la Martinique. Auteur de nombreux romans en créole, il a été révélé en France par *Le Nègre et l'Amiral* (Grasset, 1988) et a obtenu le prix Novembre pour *Eau de Café* (Grasset, 1991). Il est également coauteur d'*Éloge de la créolité* avec Patrick Chamoiseau et Jean Bernabé (Gallimard, 1989). Son roman *Le meurtre du Samedi-Gloria* (Mercure de France, 1997) a obtenu le prix RFO.

À Miguel

J'étais si loin de toi, ma ville,
en cet affreux matin de mai,
riche de mon cœur juvénile,
inentamable, inentamé !

FERNAND THALY
(*La leçon des îles*, 1976)

Man lé an nonm ki dous kon siwo

JOCELYNE BEROARD (1996)

TEMPS DE LA DOUCINE

I

Il y a la mélodie des rues, cette eau limpide et frénétique par endroits qui dévale de toutes les failles de la Montagne et qui jamais ne tarit, même au plus fort du carême, quand juin pare les flamboyants d'une si scandaleuse belleté qu'on s'imagine que le monde ne finira jamais. Et puis les voix haut perchées des femmes-matador qui tentent de parlementer d'un trottoir à l'autre, qui rient de se mécomprendre, et, se plantant les poings sur les hanches, ôtent brusquement leur madras, dans un geste d'inutile défi, libérant des grappes de cheveux crépus. Elles savent. Elles plus que savent le chant profond des blessures d'âme qui s'élève de cette onde musardière et c'est pourquoi leurs sourires sont des couteaux à deux lames. Ou des tambours à deux bondes. L'étranger de passage, croyant y voir une invite, s'approche de trop près. Calottes, injuriées sonores, rodomontades mêlées du grivois des biguines rescapées du dernier carnaval. Quand, au contraire, il reste de marbre, on l'apostrophe :

« Hé, Blanc-France, tu n'aimes pas les négresses, toi ? »

S'il cède, comme ce fut le cas de ce natif de Fécamp, marin en dérade, échoué à Saint-Pierre en l'an de grâce 1887, il finit la bague au doigt et — ô malheur ! — toute une tralée de marmaille multicolore à nourrir. Suscitant aussitôt la haine des Grands Blancs, renchérissant le mépris des mulâtres et devenant aux yeux effarés des nègres, surtout ceux qui portent jabot et bottines, l'exemple même de la risée. Il n'y aura guère que les Indiens-Coulis du quartier La Galère (surnommé l'Infâme) pour le prendre en pitié, mais dans cette ville de démesure, les sentiments ou les opinions de ces païens sont de peu de poids.

Chaque rue possède sa mélodie secrète. Lafrique-Guinée, ce vieux nègre, si-tellement noir qu'on l'aurait juré bleu — couleur habillant déveine, défortune, détresse, désastre et consorts —, qui a connu à la fois les derniers feux du temps-l'esclavage et la guerre du Mexique sous Napoléon troisième du nom, aurait pu les fredonner une à une s'il n'avait perdu le goût du parler. Sa bouche, en effet, ne connaît qu'un perpétuel dimanche. D'aucuns soupçonnent son mutisme d'avoir quelque teinture de sorcellerie et, de fait, en cas de chagrin d'amour, de maladie inguérissable, de gros souci d'argent ou de n'importe quelle vétille, on vient le consulter, à la chute du jour, quand il se tient debout sur le quai qui fait face à la Bourse et scrute l'inexplicable de la mer.

On lui pose moult questions. On le touche, on le secoue par le bras. Il ne bouge pièce. Le boutiquier chinois Chang-Sen, le plus assidu à faire le siège du vieux nègre, se plaint de sa voix chevrotante de n'avoir plus reçu de lettre de Canton depuis etcetera d'années. Gros Gérard, qui sévit comme commandeur sur l'Habitation La Consolation, vient lui confier son vœu le plus secret : voir en rêve la figure de sa mère qui décéda en l'accouchant. Défilent aussi, chacun tympanisant sa propre détresse, gabarriers, djobeurs, ouvriers de rhumerie, marchandes de remèdes-guérit-tout. Aux signes de tête de Lafrique-Guinée, on croit tenir une réponse à ce que l'on est venu chercher. Une semblance d'espoir. Ou un encouragement. Et de lui voltiger dix sous par terre qui parfois roulent jusqu'à disparaître dans l'eau noirâtre.

C'est qu'il y a aussi la mélodie de la mer des Caraïbes quand, le soir venu, elle lape comme un chiot fatigué tout l'alentour de Saint-Pierre. Floc ! Floc ! Floc ! La trentaine de bateaux de commerce accourus du monde entier qui se pressent dans sa rade forme un orchestre involontaire et tout cela met un peu plus de mélancolie dans le cœur des noctambules. Parmi cette engeance-là : Danglemont, jeune mulâtre de douteuse extraction. Du moins à ce que prétend la malignité publique, car nul ne lui connaît frère ni cousin ni parent par alliance. Si bien que parfois on le soupçonne d'être d'ailleurs. De la Basse-Terre en Guadeloupe. Ou alors de beaucoup plus loin, de Cayenne peut-être. Lui ne se perd jamais en vaine jactance et clame sur un ton railleur :

« Je suis d'ici et de partout, messieurs-dames ! Je suis un homme universel. »

La vérité, connue de ses seuls amis, est plus prosaïque. Plus cruelle aussi. Toute sa parentèle avait péri lors de l'épidémie de fièvre jaune qui frappa le pays et les îles circumvoisines en 1870, l'année même où la France s'agenouilla aux pieds des Prussiens et que l'épée royale (celle de Napoléon, troisième du nom) leur fut remise. Danglemont se trouvait alors à Paris, d'où il parvint à s'enfuir pour un port atlantique et s'embarqua sur le premier navire en partance vers les Antilles. On fut grandement surpris d'apprendre que là-bas, dans les grandes capitales d'Europe, le bougre avait étudié les deux choses les plus inutiles au monde : la musique et la philosophie. Inutile aux yeux des nègres la première, car qui a besoin d'apprendre ce que l'on porte en soi depuis le ventre de sa mère ? Les batteurs de tambour-bel-air, les violonistes de mazurka et de valse créoles ont-ils jamais perdu leur temps à déchiffrer l'arithmétique d'un solfège ? Inutile la seconde aux yeux des Blancs-pays et surtout dangereuse, car, aux colonies, il ne sert à rien de s'encombrer l'esprit d'autre chose que d'amasser fortune et courir la gueuse. « Diantre, il y fait bien trop chaud ! » aime à gouailler l'honorable Hughes Dupin de Maucourt dont les deux établissements de commerce occupent un large empan de la Grand-Rue, celle qui flangue Saint-Pierre en deux depuis le Mouillage jusqu'à l'orée du quartier huppé du Fort.

Il y a également la mélodie rauque, presque graveleuse des bouges de la rue Monte-au-Ciel, la bien nommée, où des bourrelles, dès l'allumée des lampadaires, se postent sur la chaussée en escaliers et chantonnent des complaintes faussement tristes. Elles aguichent tout ce qui badaude : marins étrangers en goguette ; bourgeois vicieux à la bedondaine respectable feignant de prendre l'air, un moignon de cigare au bec ; jeunesse dorée qui a fait de la nuit son royaume ; pauvres hères venus de l'au-fond des campagnes qui balbutient un jargon mi-créole mi-français. Les plus aguichantes : Thérésine, câpresse à la chair couleur d'abricot-pays, pulpeuse à souhait, dont l'arrière-train suscite, à chacun de ses déplacements, un émoi du tonnerre de Dieu, même chez les hommes les moins suspects de vagabondagerie ; Hermancia, chabine-rouquine rêveuse quand elle a trop forcé sur le gin ou le rhum, volcanique quand elle fait l'amour à deux hommes à la fois. Au petit matin, ravies, elles s'écrient : La rue chante, oui !

Et de se précipiter comme des capistrelles pour se proprer le visage dans l'eau pure qui charroie depuis l'en-haut de la Pelée toute une fraîcheur glaciale. De se dévêtir le buste, offrant à la vue des dernières étoiles leurs seins meurtris mais toujours orgueilleusement dressés, et d'humecter leurs aisselles à grand bruit. Et quand elles en ont le cœur, de s'accroupir à même le caniveau, culottes et jarretières baissées jusqu'aux chevilles, pour y douciner leur toison intime. Affirmant y prendre plus de jouissance qu'avec tous ces mâles besogneux qui fréquentent *L'Escale du Septentrion*, l'établissement de Thérésine, et *La Belle Dormeuse*, celui d'Hermancia. Elles rient d'un rire canaille, rivalisant avec les trémulements de l'eau qui semble soudain s'ébrouer, peut-être parce que le devant-jour est sur le point d'éclore et que toutes sortes de promesses se dessinent dans l'orangé des nuages au-dessus du Morne Abel et de son fromager au tronc noué d'âges. Quel jour nouveau n'a jamais nimbé le cœur de l'homme de la joie la plus folle ? aime à sentencier Pierre-Marie Danglemont, le dernier à fermer les bouges. Dépenaillé, la redingote froissée, parsemée de traces de ses joutes charnelles, il palpait la poche intérieure de son paletot afin de se rassurer : l'enveloppe parfumée qu'il portait sur lui depuis des mois était encore là, Dieu merci ! Le bougre espérait le premier jaillissement du soleil pour s'écrier, bras levés haut dans le ciel :

« Saint-Pierre, capitale des Antilles, tu es à moi ! Je m'en vais de ce pas te conquérir, foutre ! »

En fait, rien de tout ce beau, et à vrai dire vainglorieux programme, ne trouvait concrétisation. Chaque jour lui apportait le même lot de déceptions.

Celle d'abord de devoir affronter, rue du Petit-Versailles, sa logeuse, une bougresse acariâtre qui ne manquerait jamais de le houspiller pour des loyers en retard ou bien des draps trop fréquemment salis. Là, dans sa chambre encombrée d'ouvrages de philosophie (Ovide, Épictète, Sapho) en langues diverses et chatoyantes, il se refaisait une santé. Chauffait de l'eau sur un potin à charbon et la versait dans le baquet qui lui servait de baignoire. Y mêlait des feuilles de corossolier au goût d'antan d'enfance et s'y plongeait pour y rêvasser jusqu'à ce que Saint-Pierre dans son entier s'éveillât. Quand Danglemont avait besoin de courage pour s'extirper de son bain, il attrapait quelque ouvrage de Sénèque sur la table de nuit et lisait à haute voix, au hasard, tel passage traitant de la vanité de l'existence et du comment faire pour s'en convaincre à chaque instant. Chose peu aisée, car soudain, de sa fenêtre du deuxième étage, il voyait l'En-Ville se draper d'incomparable avec ses maisons de couleur ocre, toutes en pierre, au balcon desquelles se penchaient plus souvent que rarement — ô furtive ferveur ! — des créatures encore à leur toilette. Femmes mariées ou jeunes filles en fleur qui portaient haut la dignité créole, ce mélange improbable de fierté impavide et de stupre difficilement contenu. Elles aussi étaient attentives à la mélodie des caniveaux, qui tantôt annonçait un gros orage pour le mitan de l'après-midi, tantôt une immense torpeur dont chacun aurait du mal à se déprendre.

Une voix féminine s'élevait de la rue. Un chanter

d'une fortitude qui en imposait. Marie-Égyptienne, négresse de haut parage s'il en fut, blanchisseuse sur les berges de la Roxelane, en tournée matinale, s'ingéniait à interrompre la déclamation du jeune gandin en lui lançant, un large tray chargé de linge en équilibre sur la tête :

« Mon petit monsieur, ohé ! Ton corps se porte bien aujourd'hui ?

— Tout doux, ma belle...

— Toi qui as voyagé à travers le vaste monde, une question ? Dis-moi s'il existe une autre ville où les dalots sont des boîtes à musique ? Hé ! Parle-moi sans fiction, je te prie !

— Ne reviens pas à la charge ! Je n'ai rien de sale à te bailler aujourd'hui, Marie-Égyptienne ! » rétorquait-il, toujours moqueur.

L'interminable d'un silence. Puis, la corne d'un bateau en partance dans la baie, déchirante, interminable.

« Ah ! Eh ben, j'attendrai. Cela fait six mois et plus que tu me promets de me confier ton linge, très cher. Je peux faire de toi le cavalier le plus proprement habillé de Saint-Pierre, oui !

— Tu sais bien que je ne monte pas à cheval ! Je préfère prendre le tramway. On y fait de si jolies rencontres. Ha-ha-ha !... »

La lessivière reprenait son chanter avec une ardeur renouvelée en lui lançant, acerbe :

« Pierre-Marie, tu te crois philosophe mais tu n'es

qu'un viveur, mon cher ! Un sacré modèle de viveur ! »

Depuis ses galetas, la mulâtraille lui balançait des ballots de chemises de nuit, de pantalons ou de simples serviettes de table. Chacun d'eux portait une étiquette où était inscrit le nom de son propriétaire, mais la sublimissime négresse ne savait point lire et retenait tout de tête. Qui pouvait prétendre que sa mémoire se fût jamais égarée depuis qu'elle avait commencé à se livrer à son modeste commerce, fuyant à l'âge de douze ans la tyrannie d'une maison bourgeoise où sa mère l'avait placée ? La blanchisseuse clamait à qui voulait l'entendre : je voue un amour déborné au sieur Danglemont, c'est l'homme de ma vie. Cette chienne de vie qui nous a fait naître des deux côtés de la barrière. Mais je l'enjamberai, cette sacrée barrière, et vous verrez, bonnes gens du Mouillage et grands messieurs du Fort, vous verrez que Marie-Égyptienne finira par mener ce damoiseau éperdu à l'autel nuptial et qu'il cessera de se morfondre pour l'Edmée du *Grand Balcon*, cette péronnelle ! Et notre nuit de noces, nous la passerons là-haut, au beau mitan du cratère de la Pelée, au bord de la lave en fusion ! Sinon Saint-Pierre ne serait pas Saint-Pierre, tonnerre de Dieu ! Tout juste une Havane sans avenir ou alors une Nouvelle-Orléans privée de jazz et de whisky.

Fréquentant le port où elle était reçue comme une reine à bord des bateaux étrangers dont les capitaines étaient soucieux d'avoir le col toujours bien empesé quand ils devaient se rendre aux bals organisés en leur honneur par la noblesse coloniale, elle connaissait de nom les cités les plus remarquables des îles et des territoires continentaux qui s'égrenaient le long de la mer des Caraïbes. Elle pouvait évoquer avec aplomb les fortins de Carthagène-des-Indes, la fureur de Bénézuèle, où les femmes ont des nattes de jais qui leur tombent jusqu'à la raie des fesses, Porto-Rique la fanfaronne, Port d'Espagne l'exquise et tant d'autres contrées qu'elle ne verrait jamais de ses propres yeux. Était-ce cette savantise en géographie qui avait convaincu le Grand Blanc Dupin de Maucourt d'en faire sa femme-dehors attitrée ? Méprisant les remontrances du Cercle de l'Hermine, le club où se réunissait tout ce que Saint-Pierre comptait de Blancs prétendument pure race, le négociant (à qui certains esprits forts attribuaient *Nuits d'orgie à Saint-Pierre*, graveleux opuscule signé d'un pseudonyme qui circulait sous le manteau) prenait plaisir à se vautrer dans le lit à baldaquin de Marie-Égyptienne — l'unique trésor de la blanchisseuse ! — chaque deuxième mercredi du mois et certains dimanches au sortir de la messe. Pour ce faire, de Maucourt n'hésitait pas à s'aventurer dans les venelles puantes et peu sûres de La Galère, à l'en-bas du Fort, tout contre le rivage encombré de détritus, parmi des cahutes à la devanture desquelles de vieux nègres hiératiques, après une vie passée à s'échiner pour de la monnaie-corde, se laissaient dévorer à petit feu par le pian, la lèpre, la fièvre typhoïde ou le mal de poitrine. Là, poules et cochons en drivaille disputaient à des gamins demi-nus un terrain boueux que les crues dévastatrices de l'hivernage rabotaient plusieurs fois l'an. La Roxelane, dérisoire filet d'eau en saison sèche, se muait en torrent furieux aux approchants de septembre, roulant avec fracas d'énormes roches arrachées aux flancs de la Montagne et des troncs d'arbres démantibulés. Au lendemain de ces désastres, la voirie ramassait sur la grève des cadavres que l'on se dépêchait d'ensevelir vitement-pressé au cimetière des pauvres. *Le Bien public* et *Les Antilles*, journaux de la caste blanche, titraient :

« D'infortunés habitants du quartier La Galère ont encore payé un lourd tribut à la fureur des éléments ! »

Leur concurrent acharné, celui du Parti mulâtre, *Les Colonies,* proclamait pour sa part d'un ton vengeur :

« Les autorités avouent leur incurie : encore douze noyés dans la classe plébéienne ! »

Mais Saint-Pierre ne s'émouvait pas longtemps pour si peu. Des cyclones, on en avait toujours connu et on en connaîtrait jusqu'à la fin des temps ! La ville entonnait son habituel hymne à la joie dès que la Montagne se découvrait et l'on préparait, en vue du prochain samedi, des déjeuners de rivière ou des excursions au lac des Palmistes, voire, pour les plus courageux, au paisible cratère de l'Étang Sec. De Maucourt prêtait une bourse secourable à sa concubine Marie-Égyptienne qui, après chaque cyclone — celui de 1891 fut ravageur, oui ! —, devait reconstruire sa case en gaulettes de bois-ti-baume. Lafrique-Guinée ronchonnait : ce pays de Martinique n'est pas fait pour nous, il ne l'a jamais été, il ne le sera jamais. Que l'on nous ramène là-même dans la terre de nos ancêtres, tonnerre du sort ! Les Coulis qui puent le pissat ont bien droit, eux, au rapatriement dans leur Inde natale, non ? Mais le vieux nègre aussi rassemblait prestement planches et feuilles de tôle ondulée pour ne pas dormir à la belle étoile ou regagnait la cellule qui l'attendait à la Maison Coloniale de Santé. Chacun finissait par rengainer ses rancœurs et, dans la presse, on se rengorgeait à nouveau : Saint-Pierre, le petit Paris des Antilles (ô exagération !), la Venise tropicale (ô exagération des exagérations !).

[ACCOUCHEMENT DE MARIE-ÉGYPTIENNE

Elle qui titube. Qui bute sur chaque pavé que l'incessante cavalcade des carrioles a relevé. Par terre, elle a les jambes largement ouvertes et du sang rosâtre suinte, dégouline de dessous sa robe haillonneuse. Elle criaille. Elle ricane. Éructe des mots orduriers. Déparle. Et du plat des mains, elle tape sur le sol comme sur un tambour-bel-air jusqu'à écorcher vif sa peau. Nul ne s'intéresse à son cirque. Même pas les gamins des rues qui détournent le regard, gênés. L'amande de ses yeux et le saillant des pommes de sa figure dénotent la fière trajectoire du vieux sang caraïbe. Elle hurle :

« *Dipen, sakré isalop ki ou yé !* » (Dupin, espèce de salopard !)

Son ventre ballonné tressaute et, déchirant sa robe en son mitan, libère un nombril indécent de turgescence. Tous ses poils frémissent. Ses yeux hagards fixent l'en-allée droite de la Grand-Rue. On passe et repasse à ses côtés sans lui accorder une miette d'attention. Commis affairés des maisons d'import-export portant à bout de bras des livres de comptes au format respectable, djobeurs poussant leurs charrettes abracadabrantes chargées de caisses de morue séchée ou de barriques de viande salée, marchandes descendues des mornes qui hèlent le chaland : « J'ai du persil ! J'ai de l'oignon-pays, achetez-moi, s'il vous plaît ! », simples badauds qui se contentent de humer l'odeur de Saint-Pierre, cet âpre mélange de rhum et de salaisons qui s'échappe du marché du Mouillage et se répand insensiblement à travers l'En-Ville à mesure qu'avance la journée.

Marie-Égyptienne accouche pour la septième fois. Ou plutôt elle expulse de ses entrailles cette créature monstrueuse qu'y a déposée son amant Dupin de Maucourt, le Blanc créole le plus riche d'ici-là. Elle est sans pitié aucune :

« Jamais je n'enfanterai pour le Béké ! Jamais ! »

Chaque année, depuis sept ans, elle avale un remède-des-halliers, terrifiant breuvage à base d'ananas vert, d'herbes amères, de siguine et autres plantes connues d'elle seule, pour dégrapper l'œuf maudit qui n'a cessé d'enfler dans son ventre. Trois ou quatre mois durant, elle va par les rues, insultant le fruit de ses entrailles :

« Petit monstre, jamais tu ne verras le jour ! Il ne sera pas dit que moi, la négresse Marie-Égyptienne, je mettrai au monde une moitié de blanc pour une moitié de noir. Pouah ! »

La décoction est un poison scélérat. Elle lui fait bouillir le sang. Elle lui chavire le blanc des yeux, lui baille une qualité de fièvre. À chaque fois, la blanchisseuse bordille la mort. Elle râle sur le trottoir, les pieds dans l'eau froidureuse qui glissade de la Montagne. Final de compte, une chose informe, sans couleur, surgit d'entre ses cuisses souillées et Marie-Égyptienne de s'affaisser sur les pavés comme frappée du haut-mal. Alors elle chante, oui, elle entonne un chanter d'allégresse.

Sa ki pa konnet Bélo chaben, chè
Gwo Bélo, gwo Bélo, gwo chaben,
Kii pran nou pa bra, chè[1] *!*

Au matin, lavée par quelque pluie bénéfique, purifiée même, elle reprend comme si de rien n'était son commerce de repas en gamelle pour la plus grande satisfaction des ouvriers de l'Usine Guérin.]

Tant que l'eau continuerait à chanter dans les dalots de l'En-Ville, à enchanter même les nuits des plus gros dormeurs, lesquels se réveillaient le visage baigné d'une infinie béatitude, jamais ne diminuerait l'énergie vitale qui animait tous les Pierrotins, des plus humbles hommes de peine aux richissimes Békés du Morne Dorange et du Fort qui ne se déplaçaient qu'en tilbury. Tous continueraient à vantardiser de concert :

« Ma ville ! La plus somptueuse de tout l'archipel des Antilles ! »

1. Note du traduiseur : paroles moqueuses, dans lesquelles il est question d'un propriétaire de bousin dénommé Bello, noir comme une nuit d'orage, qui s'avisa un jour de se faire recevoir mulâtre par une bande de noceurs dont nous ferons sous peu la connaissance, oui, messieurs-dames de la compagnie !

La plus industrieuse. La plus cultivée avec son théâtre, reconstitution parfaite, quoique plus réduite, de celui de Bordeaux, où l'on donnait du Berlioz et du Wagner, où des troupes lyriques venues de France jouaient *Lucie de Lammermoor, Fra Diavolo* et *Le Barbier de Séville.* La plus dispendieuse. La plus joyeuse. La plus dépravée, surtout pendant le carnaval qui durait deux bons mois. Saint-Pierre, ô insoucieuse d'entre les insoucieuses !

Dans la cité où fleurissaient les arts et les lettres, l'on répugnait à qualifier de volcan la montagne tutélaire au pied de laquelle le commerce de rhum, de sucre, de café, de tabac et de cacao faisait vivre au bas mot une trentaine de milliers d'âmes. Ce mot était même banni du parler des gens de bien et de toute façon presque inconnu de la gueusaille. D'ailleurs, on sursautait lorsque quelque savant, venu des États-Unis ou d'Europe, s'entêtait à l'employer et embauchait à tour de bras guides et porteurs pour l'escalader dans le but, affirmaient-ils, d'en ausculter les battements secrets. Qui ne se gaussait de ces personnages excentriques, à binocles et barbe fleurie, qui se harnachaient de toutes qualités d'instruments scientifiques, l'air grave, insensibles à la douceur des lieux ? Nul ne commentait leurs éminents rapports, même pas Son Excellence le gouverneur de la Martinique auquel ils étaient pourtant transmis en grande pompe dans le lointain chef-lieu de Fort-de-France.

Or donc, si l'on en croit jaseries et batelage, criques et craques, il n'y avait guère que le planteur Louis de Saint-Jorre, sur les hauteurs de Parnasse, pour s'inquiéter de la Montagne. Il est vrai que ses terres étaient situées sur une éminence qui lui faisait face, quoique à distance assez respectable. L'hurluberlu — tel était le qualificatif peu charitable dont l'avaient affublé ses pairs — avait fait venir à grands frais d'Italie une impressionnante lunette grâce à laquelle il observait le dôme pointu de la Pelée quand celui-ci n'était pas coiffé de son habituel haut-de-forme gris bleuté. Saint-Jorre entretenait régulièrement Danglemont de ses découvertes après qu'il l'eut embauché comme précepteur de ses deux fils à la suite du renvoi du jeune mulâtre du séminaire-collège Saint-Louis-de-Gonzague. D'un ton docte et cependant paternel, il lui débitait son antienne favorite tout en le prenant par le bras pour le conduire à son poste d'observation : une sorte de pergola où le planteur avait fait installer son télescope :

« Je ne vous ferai pas l'injure, mon cher Danglemont, de vous rappeler que, en trois cents ans de présence civilisée dans ce pays, il n'y a eu en tout et pour tout que deux éruptions volcaniques et chacune d'elles a préfiguré une catastrophe sociale ou lui a fait suite. Celle de 1792 s'est produite à la veille de l'abolition de l'esclavage par ces irréfléchis de Danton, Robespierre, Saint-Just et consorts..., je ne vous ennuie pas ?

— Point du tout !

— Quant à l'éruption de 1851, elle a succédé à cette abomination que fut la deuxième et définitive abolition de l'esclavage. »

Le jeune précepteur, qui ne savait que dire, se hasarda :

« Nous avons un volcan bien politique, monsieur...

— Ne vous moquez pas ! La situation est plus inquiétante qu'on ne se l'imagine. L'activité fumerollienne s'est aggravée ces derniers temps. Tenez ! Cette odeur insistante d'œuf pourri dont tout le monde se plaint à Saint-Pierre, eh bien, elle est due à des émissions de gaz sulfhydrique. J'en ai la certitude ! »

Le gandin feignait d'accorder grand crédit aux supputations et calculs du maître de l'Habitation Parnasse, mais une fois redescendu en ville, il entreprenait de le dérisionner dans les caboulots.

« Pendant qu'il s'épuise à lorgner la Montagne de nuit comme de jour, rigolait-il, sa chère épouse se morfond dans ses draps de tulle et arbore des yeux jaunes de rancune.

— Que voulez-vous, lui rétorquait-on, il faut bien une passion à chacun d'entre nous. »

II

L'Escale du Septentrion était fort loin d'être un de ces lupanars où l'on venait donner carrière à ses fantaisies, toutes races mêlées, dès les six heures du soir, moment où s'emparait de l'En-Ville cette obscurité brutale à laquelle Frédéric Le Bihan, bien qu'installé ici depuis un bon paquet d'années, n'était jamais parvenu à s'accoutumer, tout ce faire-noir qui s'abattait sur les bâtisses de pierre et la cathédrale altière avec ses deux tourelles vaguement moyenâgeuses. Accoudé au comptoir, encore seul à cette heure où les filles de plaisir se fanfreluchaient dans leurs chambrettes à l'étage, il soliloquait devant un serveur indifférent :

« Ce qui me manque le plus dans ce pays, mon cher... c'est le crépuscule... Le jour qui s'épuise à finir, cet entre-deux pendant lequel le soleil n'est déjà plus là mais où l'on y voit encore assez clair pour n'avoir point besoin d'allumer les réverbères... Vous ne saurez jamais quelle tendresse se dégage du crépuscule, mes bons amis créoles... Vous ne l'éprouverez jamais... »

Il commandait deux rhums forts qu'il ingurgitait cul sec, manquant de s'étrangler. Guettant à intervalles réguliers les battants de l'entrée dans l'attente de son compère Danglemont qui mettait un point d'honneur à toujours être en retard, il ne perdait pas de vue l'escalier en bois où descendraient d'un instant à l'autre Thérésine et ses compagnonnes de vice : Loulouse avec ses longues jambes qui vous baillaient des frissonnades quand elle relevait son jupon-cancan pour s'asseoir ; Mathilde, l'échappée-Couli, en qui l'Inde et l'Afrique avaient admirablement conjugué leurs efforts ; Laetitia, une petite rêveuse qui souriait de tout et de rien ; Carmencita, la Colombienne, échouée d'un bateau de commerce où l'équipage lui menait la vie dure. Et tant d'autres qui s'installaient dans les berceuses ou les fauteuils rouge sang du salon à demi éclairé et fermaient les yeux chaque fois que du Gramophone s'élevait un air de La Nouvelle-Orléans.

En général, les poètes Saint-Gilles et Vaudran, étudiants peu assidus de l'École de Droit, étaient les plus ponctuels. Négligeant les embrassades intéressées des dames, ils se juchaient sur les tabourets du comptoir et bourradaient le natif de Fécamp jusqu'à lui faire oublier son vague à l'âme. Le premier, un chabin de bonne famille, était un parnassien dont le talent, prétendait-il, était reconnu aussi bien dans la colonie que dans les milieux littéraires parisiens.

Monsieur, qui se prenait pour la réincarnation du chevalier de Saint-Georges, avait juré d'écrire la suite de *L'Énéide*. Pas moins ! Accessoirement, Saint-Gilles tentait de plier son esprit fantasque aux subtilités du code civil. Quant au second, un bel nègre à qui son cordonnier de père avait réussi par on ne sait quel miracle à payer des études, c'était un romantique attardé qui ne se consolait pas de n'avoir pu s'incliner sur la tombe de Victor Hugo lors du voyage en France que lui avait offert le Conseil général après qu'il eut emporté le premier prix du « Concours de poésie du Siècle Nouveau », en janvier 1900. Distinction dont Vaudran avait tout lieu d'être fier, car s'était affronté en cette occasion tout ce que le pays comptait de rimailleurs, depuis ceux qui ronsardisaient jusqu'à ces farfelus encore imberbes qui prétendaient que vers et rime étaient désormais obsolètes, en passant par les romantiques tels que lui, les parnassiens et, bien sûr, les symbolistes. Il avait d'ailleurs failli être devancé par un inconnu qui se proclamait mistralien et avait rédigé son poème en langage créole, au motif que cet idiome était le seul à pouvoir refléter la vraie âme de la Martinique. À la vérité, ce furent les multiples hésitations du lecteur de ce morceau — un garçonnet pourtant choisi dans la bonne société — qui avaient fait pencher la balance en faveur de Vaudran, lequel bénéficia pour son compte des services du plus brillant élève de la classe de rhétorique du séminaire Saint-Louis-de-Gonzague. Ajoutons encore que le premier lecteur était un petit mulâtre au teint bistre et aux cheveux frisés et le second un blondinet, ce qui ne compta pas pour rien dans son triomphe. Quant à Saint-Gilles, il n'avait été classé que troisième à cause des « aspects par trop excentriques de ses vers », avait commenté le jury. Depuis, le bougre mangeait son âme en salade, se consolant dans les bras voluptueux de Thérésine, sa favorite.

Ah, ce que les femmes-matador l'appréciaient, celui qu'elles nommaient Gigiles et que Danglemont, facétieux en diable, traitait de Virgile des bordels ! Elles l'entouraient, lui caquetaient des cochoncetés dans le creux de l'oreille, le pichonnaient, le gratifiaient de baisers goulus et gratuits sur les lèvres. Thérésine, impériale, interrompait soudain ce charivari. Du ton le plus sérieux qu'elle pouvait, bien qu'elle eût déjà commencé à se soûler à l'anis (seule boisson qu'autorisait à ces dames Man Séssé, la tenancière), elle lui lançait :

« Gigiles, s'il te plaît, baille-nous un de tes poèmes ! »

Le jeune homme s'extrayait aussitôt de ses réflexions moroses et retrouvait son allant. Prenant la pose, au mitan du salon où déjà des couples s'enlaçaient, il guettait leur approbation avant de se mettre à déclamer :

Papillon mon rêve
Ton aile, sur la baie épineuse et pourprée,
Ton aile d'or, ô papillon, s'est déchirée

Et dans la gloire du grand soleil qui se meurt
Elle saigne sur la rose, — ta sœur !

Aussi le vent du soir gémit dans la ramure
Et de te voir mourir, toi si frêle et si beau
Les fleurs te dominant, laissent, sur ta blessure,
Rouler en pleurs des gouttelettes d'eau.

Une dévalée d'applaudissements interrompait la récitation de ce poème que les habitués savaient être longuet pour l'avoir entendu trente-douze mille fois. Thérésine, l'écorchée vive, ne s'en lassait pas, elle qui se vantait d'être en procès avec la vie depuis son plus jeune âge. Elle s'incarnait en imagination dans ce papillon et entonnait à son tour la strophe qui lui plaisait le plus :

Mais papillon léger, plus que femme frivole
Soudain tu t'envolais vers plus riche corolle
Et méchant, malgré toi, tu suçais, enivré
La clarté blonde de leur miel sucré.

Sa voix, remplie de trémolos, insufflait une brusque fragilité au cœur des catins les plus aguerries qui se suspendaient au cou de leur amant d'un soir et se mettaient tout bonnement à chigner. Mathilde se lovait entre les jambes de Pierre-Marie et frottait de ses hanches le sexe du jeune homme en poussant des cris aigus de chatte-pouchine. Carmencita, la Colombienne, jetait son dévolu sur Le Bihan qui en oubliait net sa nostalgie du crépuscule breton et se mettait à lui malaxer les seins sans vergogne avant de la renverser sur un canapé. Vaudran, le nègre romantique, s'agenouillait aux pieds de Loulouse et s'extasiait devant ses jambes de pouliche. Puis, il y allait à son tour d'un poème :

« Mesdames, vous êtes des créatures si extraordinaires que je ne trouve pas de mots assez purs, assez raffinés pour dire votre belleté. Je préfère donc citer le Prince des Poètes, le plus illustre d'entre nous, j'ai nommé Daniel Thaly. Écoutez donc :

Voici les fleurs de mon pays, toutes les fleurs
Dont les arômes ont hanté Baudelaire,
Les fleurs aux cent parfums, les fleurs aux cent couleurs
Qui sont l'orgueil sacré de ma belle île claire.

Voici l'ilang-ilang... »

Un claquement de langue impérieux mettait fin à l'atmosphère éthérée qui commençait à régner dans le boxon. Man Séssé, galante sur son retour qui avait rivalisé jadis avec les fleurs les plus somptueuses du Jardin Botanique, se campait entre poètes et filles de joie, une sébile à la main.

« Allez, il est temps de me régler, mes cochons ! C'est pas quand vous serez avachis entre les bras de ces charmantes et virginales mamzelles que vous penserez à moi, ha-ha-ha ! »

D'assez mauvais gré, chacun farfouillait dans ses

poches et lui tendait un billet que la tenancière embrassait pieusement avant de le plier en quatre et de le serrer entre ses gros tétés. Saint-Gilles protestait que son père ne lui avait pas encore versé sa pension mensuelle mais s'exécutait contraint et forcé. Le Bihan était le plus fréquemment débanqué de la bande à cause de la marmaille innumérable que lui avait baillée N'Guessa, sa charbonnière d'épouse. Leur union avait été un événement, car c'était bien la première fois qu'on voyait convoler en justes noces une de ces femmes-zombies couvertes de suie, aux muscles des bras aussi saillants que ceux des débardeurs. Leur confrérie avait élu domicile dans les calles, ces ruelles à pic qui reliaient la rue de l'Enfer, non loin du Théâtre[1], au Bord de Mer. Sur les trottoirs en escalier qui les bordaient et que nul réverbère n'éclairait, se rassemblaient, à la nuit close, ces négresses-Congo, descendantes directes des Africains sous contrat que les Békés avaient importés, en même temps que les Indiens-Coulis et les Chinois, afin de remplacer les nègres créoles dans les champs de canne à sucre une fois cette salopeté d'esclavage abolie. Elles s'installaient là une bonne partie de la nuit et grognassaient des mélopées d'Afrique dans des langues inconnues qui glaçaient le sang des gens de céans. La splendeur de l'En-Ville semblait les indifférer. Sa trépidation créole, sa

1. Note du traduiseur : les gens d'ici-là préféraient dire la Comédie.

gouaille, son penchant pour les plaisirs charnels, tout cela les laissait sans réaction aucune. Si bien que les Créoles confondaient cette muette nostalgie avec de l'hébétude et déclaraient :

« *Kongo sé mouton !* » (Les Congos sont des imbéciles !)

Insensibles à ces méprisations, elles s'alignaient, sans débâillonner les dents, à la devanture de la Compagnie charbonnière et, dès que le signal leur était donné, se jetaient sur les piles de charbon pour remplir, à mains nues, leurs grands paniers tressés. Sans l'aide de quiconque, elles les hissaient sur leur tête dans des « ahan ! » gutturaux et, d'un pas ferme, se dirigeaient en file indienne vers le Mouillage pour déverser le précieux combustible dans la panse des bricks, goélettes ou steamers qui arboraient toutes qualités de pavillons. Comme ses congénères, N'Guessa jamais ne se plaignait ni ne pliait l'échine. Statue d'obsidienne au regard foudroyant, elle cloua sur place le natif de Fécamp à la première fois que l'ironie d'un destin fit leurs pas se croiser (le bougre cherchait à se faire embaucher sur un navire américain) en lui intimant un ordre sans appel :

« *Wou, ti Bétjé-Fwans la, ou sé nonm-mwen kon sa yé a ! Man ka atann ou oswè-a bò Pon Woch la. Pa ba nègres-ou pies woch tjenbé osnon man ka anni koupé grenn-ou ba'w !* » (Toi, le petit Blanc de France, t'es mon homme à présent ! Je t'attendrai ce soir près du Pont de Pierres. Ne te défile pas sinon je te coupe les génitoires !)

Terrorisé mais déjà conquis, Le Bihan en oublia sur-le-champ son désir de naviguer à nouveau. Bon charpentier, il construisit à N'Guessa une case assez grande, en bois du Nord, s'il vous plaît, et la charbonnière le récompensa en lui faisant six enfants d'affilée (dont deux fois deux jumeaux, ce qui était, à entendre la sagesse grognonne des vieux-corps, un signe de chance). Mais pour pouvoir nourrir toute cette maisonnée, Le Bihan était obligé de s'esquinter dans quantité de jobs et était toujours sans le sou. Aussi les poètes Saint-Gilles et Vaudran, le philosophe Danglemont et le romancier-poète René Bonneville, chefs de file de la Bohème pierrotine, se cotisaient-ils régulièrement pour lui payer une miette de plaisir avec Laetitia, laquelle, un peu niaise, était l'une des rares catins à supporter ses jérémiades. Accessoirement, la demoiselle était aussi parmi les moins chères de *L'Escale du Septentrion*, à cause d'une minceur excessive que seul un Européen comme Le Bihan pouvait apprécier.

Le bougre se confondait en remerciements, faisait la révérence à la tenancière qui, très fière qu'un Blanc-France lui portât tant de considération, s'exclamait en tapant des mains :

« Allez, maintenant, débarrassez-moi le plancher, mauvaise troupe ! »

Pendant que tout un chacun grimpait aux étages avec sa chacune, Man Séssé s'empressait de faire entrer une grappe d'hommes qui battaient le pavé depuis un bon moment, clients moins fortunés que ses chers poètes et qui devaient se contenter du second choix : Reine-Marie, une solide négresse qui bordillait la quarantaine mais qui avait encore de beaux restes ; Lucile, qui claudiquait à la suite d'une chute de mulet à l'Habitation Fond-Printemps mais que la nature avait gâtée en plantant deux yeux aux reflets vert magnétique dans son visage quelconque ; et Amandine, Artémise, Victoire, Francette, toutes ces grisettes qui vivaient dans les meublés de la rue Bouillé et des alentours, où elles passaient des heures à s'habiller, à se peigner, à se lotionner, à s'enduire de poudre-emmène-la-chance, à arracher à leur miroir l'aveu de leur incomparable prestance. Chacune avait son amant de cœur qui, souvent, était leur habitué à *L'Escale du Septentrion*, ce qui simplifiait les choses. Elles se flattaient d'appartenir à l'élite des Petites Tendres [1], celles que l'on admirait pendant le carnaval lorsque, à la tête des défilés, elles relevaient les pans de leur grand-robe en lamé jusqu'à hauteur de leur poitrine tout en agitant délicatement leurs éventails en papier de Chine.

1. Note du traduiseur : dans notre parlure, nous préférons mille fois le mot « titanes ».

III

Au midi du jour, l'En-Ville devient une niche de fourmis folles. Comment dire autrement l'agitation de ses commerces de quincaille et de toilerie, le placatac-placatac incessant des carrioles et des tombereaux sur le pavé inégal de ses rues, le héler des marchandes de remèdes-guérit-tout, de gâteaux-coco, de sorbet, de pacotille importée des îles anglaises, le roulement des barriques de viande salée depuis les quais jusqu'aux boutiques du quartier du Centre où elles étaient éventrées à coups de hache par des nègres hilares à la musculature tout bonnement herculéenne. Leur contenu était aussitôt vendu par quart de livre, demi-livre, livre et plus rarement kilo, selon les moyens des clients. Et ainsi pour les sacs de pois rouges et de riz, les caisses de morue séchée importée de Saint-Pierre-et-Miquelon. Les tonneaux de vin souvent frelaté et les fûts d'huile étaient écoulés par musses, chopines et, là encore, plus rarement litres. Partout cela vendait, achetait, brocantait, volait aussi. Les sergents de ville, dans leur uniforme d'opérette, s'escrimaient à pourchasser les chapardeurs dans les ruelles sombres, usant et abusant de leurs sifflets à la grande joie des négrillons désœuvrés qui baillaient à chacun des pandores un sobriquet bien senti. Et sur le parcours de la Grand-Rue, toutes les deux ou trois maisons, une rhumerie. Le glinginding des machines, la vapeur chaude qui s'évadait des cheminées. L'odeur âpre de l'alcool de canne surtout, que Syparis, lorsqu'il avait des courants d'air dans les poches, humait les yeux mi-clos, assis à même le trottoir. Pour le faire déguerpir, le maître rhumier parfois lui faisait porter une timbale charitable, remplie à ras bord du précieux breuvage.

Syparis était le voleur à la tire le plus renommé de tout Saint-Pierre et même des communes voisines du Carbet et du Prêcheur. On assurait même que son rayon d'action s'étendait jusqu'à Morne-Rouge, pendant la période du pèlerinage à la Vierge de la Délivrande. N'ayant pas de domicile connu, il se contentait des tables du marché du Mouillage mal nettoyées de leurs écailles de poisson, du hangar de la Compagnie Girard à l'embarcadère ou encore, en cas de soudaine avalasse, du premier porche venu. Pour tout vêtement, il ne possédait qu'un short trois-quarts en toile kaki plusieurs fois rapiècété et sale à faire peur, ainsi qu'une manière de chemise en sac farine-France. De sa dentition jaunie par le tabac à chiquer ne demeuraient que deux-trois canines qui effrayaient les femmes à chaque fois que l'une d'elles l'éconduisait et qu'il partait d'un de ses éclats de rire sarcastiques. La chose pouvait se produire à toute heure du jour vu que le bougre semblait être venu au monde dans le seul but d'enquiquiner son prochain. Syparis s'était bâti une solide réputation de dévirgineur qui guettait la sortie des écoles et prenait en chasse les négrillonnes dont les parents suaient sang et eau pour leur offrir un avenir. Le fait qu'il ne s'attaquât jamais aux mulâtresses et encore moins aux petites Blanches expliquait sans doute la mansuétude dont les juges faisaient preuve à son égard. D'aucuns murmuraient qu'il était aussi l'homme de main de Dupin de Maucourt, à qui il garantissait entière sécurité lorsque le plus riche négociant de Saint-Pierre se rendait à La Galère pour y retrouver la blanchisseuse Marie-Égyptienne. C'est que le gredin régnait en maître sur les bandes de voleurs et d'assassins qui écumaient les environs du port. Nul ne savait vraiment d'où provenait l'ascendant qu'il avait pris sur des personnages aussi redoutés que Barbe Sale, un géant d'ébène qui pouvait vous fracasser le crâne d'un seul coup de poing, ou Anthénor Diable-Sourd, un trafiquant d'épées et de revolvers qui était le fournisseur le plus recherché de tous ceux qui voulaient venger leur honneur en duel. Et Saint-Pierre en regorgeait, car l'honneur créole est plus chatouilleux qu'une vieille fille !

Syparis — tout l'En-Ville le savait — ne commerçait guère avec Morphée. Le bougre était sans cesse en grand arroi de guerre quelle que fût l'heure de la journée et de la nuit et dérespectait allègrement dimanches, jours saints, jours fériés et consorts. Il n'y avait que l'ultime jour de l'année pour lui insuffler une peur-cacarelle, à cause de la prédiction d'un quimboiseur de l'Anse Thurin qu'il avait réussi à amblouser au début de sa désormais longue carrière. L'infortuné fabricant de philtres maléfiques s'était retrouvé déplumé en six-quatre-deux sans qu'on connût le détail de sa mésaventure, mais avait réussi à sauvegarder sa réputation (et donc son inusable clientèle) pour la seule raison que Syparis était tout le contraire d'un Artaban et opérait toujours dans la plus absolue discrétion, ne paradant pas après ses exploits dans les estaminets clandestins ni ne gaspillant son butin entre les cuisses véroleuses des hétaïres de la rue Bouillé comme la plupart des gredins de son acabit. Il allait répétant, de sa bouche informe : « *Man sé an boug serié, mwen !* » (Suis un gars sérieux, moi !)

La prédiction de sa victime avait été terrible et tintouinnait à ses oreilles dès que le mois de décembre approchait et que les avents se mettaient à chamailler les frondaisons des tamariniers centenaires de la place Bertin. Alors que chacun se sentait investi par une allégresse irrépressible et que même les vidangeurs de tinettes sifflotaient en chargeant sur leurs épaules leurs bacs en zinc, que les gabarriers et les piroguiers s'excitaient dans la baie et que leurs chants imposaient le silence aux employés de commerce affairés qui, bien avant six heures du matin, arpentaient le Mouillage, Syparis comptait l'avancée implacable du temps en cochant, à l'aide d'un morceau de charbon de bois, un calendrier « Rhum Nelgui ».

« La mort barrera ta route un 31 décembre, sacré scélérat ! » lui avait asséné le quimboiseur.

S'il est vrai que Syparis ne distinguait que du noir sur du blanc lorsqu'il était placé en face du moindre écrit, il avait réussi, grâce à la sollicitude de son jeune compère Danglemont, à concevoir que l'année puisse être emprisonnée dans ce petit rectangle de carton aux couleurs criardes et, surtout, à reconnaître le mois et la date fatidiques. C'était là chose aisée puisqu'il lui suffisait d'y laisser glisser son index pour pointer la dernière colonne et recouvrir d'un trait noirâtre chaque journée écoulée. Il était heureux que seul décembre le concernât, car l'identification des autres mois lui eût posé un péter-tête insurmontable. À *La Belle Dormeuse*, Danglemont s'était même taillé un franc succès en rapportant comment Syparis avait tenu, une année, la carte de sa destinée tête en bas et barré les jours de janvier au lieu de ceux de décembre. Quand le jeune mulâtre lui avait révélé son erreur, le maroufle en fut si content qu'il se mit à gambader comme un cabri des heures durant :

« *S'ou wè sé janvié, sa lé di man ni an patjé tan pou man viv ankò kon sa yé a !* » (Si c'est janvier, alors ça veut dire que j'ai un bon paquet de temps à vivre encore !)

Son angoisse soudain effacée, ce fut l'une des rares fois où il se montra imprécautionneux, lui qui était pourtant l'exact contraire d'un nègre-major comme Barbe Sale, lequel s'imaginait avoir pour mission d'établir son ordre aux abords du marché du Fort et aux entrées du Pont de Pierres qui enjambait la Roxelane et où le géant faisait ordinairement le coup de poing avec tous ceux qui osaient récalcitrer. La première erreur de Syparis fut de délaisser les pontons parallèles du Gouvernement et de la Compagnie Girard où il délestait de leur bourse les passagers venus de Fort-de-France. Dès qu'il entendait la corne du *Topaze* ou du *Rubis* et quel que fût le lieu où il se trouvait, le gredin accourait en effet sur les quais, s'ingéniait à adopter des allures de portefaix, l'air humble, voire abruti, pour bailler le change à la gent féminine. Partisan de la facilité, Syparis s'attaquait rarement aux voyageurs du sexe fort, sauf si leur grand âge le permettait. Aussitôt que l'un des vapeurs au nom de pierre précieuse accostait, on le voyait tendre une main faussement secourable aux dames et s'emparer à la fois de leurs bagages et de leur ombrelle. Il abreuvait ensuite les malheureuses de toute une jacasserie en sucre-saucé-dans-miel destinée à les mettre en confiance, déclenchant chez la plupart d'entre elles des moues un peu amusées à cause de son migan de français-banane, d'anglais chahuté, d'espagnol grappillé de la bouche des ténors de la Comédie et de créole vieux-nègre, idiome qu'il avait concocté tout spécialement pour endormir la vigilance des dames de Foyal (les seules qu'il pouvait gruger, vu que les natives de Saint-Pierre le repérait à sa seule ombre).

Une fois le poisson harponné, il se mettait à claudiquer en lâchant, faussement essoufflé :

« J'ai fait le guerre, m'âme ! *Yes, the war !...* En 1870, j'ai fait caporal dans la Garde civique *and I have fight against the anti-patriots. Madre de dios ! Té ni san toupatou, tet koupé pa si, bra raché pa la*[1] *!...* Ah, j'ai manqué perdre ma vie, oui. Manqué-manqué-manqué !... Tu vas où, 'tite m'âme ? *The sun really hot today. Que calor !* »

Le bougre ne mensongeait qu'à moitié. Pour de vrai, lorsqu'une révolte-gaoulé avait éclaté à travers tout le sud de la Martinique, à la faveur, disait-on, de la défaite de la France à Sedan, et que des nègres avaient proclamé leur désir de suivre l'exemple des généraux haïtiens Toussaint-Louverture et Dessalines, ce qui signifiait arracher ce pays-ci des mains des Blancs pour bâtir un État noir, une manière de Garde civique fut constituée à Saint-Pierre, une sorte de milice essentiellement composée de Blancs créoles et de leurs affidés mulâtres qui fut chargée d'aider les troupes coloniales à mater l'insurrection. Des défilés patriotiques quotidiens, oriflammes au

1. Note du traduiseur : où il est question d'un exagéré de sang et de décapitations.

vent, furent organisés à travers les rues principales de l'En-Ville afin de remonter le moral de la population, selon l'expression du maire de l'époque. On enrôla à tour de bras dans les deux classes qui avaient intérêt à ce que rien ne changeât — la blanche et la jaune —, tandis que la noire fut tenue dans la plus parfaite défiance. Mais il fallut bien s'accommoder de quelques valets pour servir les officiers, de cuisiniers et de porteurs. Syparis s'était retrouvé ainsi cantinier dans une compagnie, fonction qu'il avait troquée contre une condamnation à huit mois de geôle pour le vol d'une barrique de viande-cochon-salé dans un entrepôt. Il n'avait pas eu à combattre ni même à quitter Saint-Pierre, sa compagnie ayant été gardée en réserve. En guise de récompense, on lui avait pourtant laissé son uniforme (un pantalon garance du plus bel effet), dans lequel il ressemblait plus à un groom qu'à un homme de troupe, ce qui ne l'empêchait pas de bomber le torse. Le 14 juillet, sans qu'aucune autorité ne le sollicitât, Syparis s'intégrait à la parade militaire qui se déroulait de la Savane du Fort à la place Bertin, et tenait la tête roide sous les applaudissements du bon peuple. Qui aurait douté que les vingt et un coups de canon tirés par la batterie Sainte-Marthe n'étaient un vibrant hommage à sa braveté ?

En général donc, son affaire roulait à l'aise comme Blaise sur la falaise. La passagère, bouleversée par les deux heures de voyage en mer et pressée de gagner son hôtel, ne remarquait même pas à quel instant le couillonneur lui soustrayait sa bourse. Quand le curieux équipage atteignait l'endroit indiqué, Syparis lâchait tout net ses bagages sur les pavés défoncés et prenait la discampette sous le regard atterré et impuissant de la dame. Aucune plainte par-devant la maréchaussée n'avait jamais abouti, aucune somme d'argent n'avait jamais été restituée à sa propriétaire. Certains Pierrotins riaient même sous cape de la crédulité de ces empotés de Foyalais dont le seul titre de gloire était d'être originaires de la capitale de la Martinique. Aucun d'entre eux n'eût accepté de vivre dans ce Fort-de-France boueux et envahi de nuées de moustiques dès la fin du jour. Pas un n'oubliait de rappeler que cette ville avait été construite moitié sur des marais asséchés moitié sur du terrain gagné sur la mer, quand Saint-Pierre, hémicycle magnifique, s'étageait du Morne Abel jusqu'à la mer en sept rangées parfaites de bâtisses toutes en pierre. Là-bas, dans la fameuse capitale, plate à désespérer, la plupart des maisons étaient en bois et donc sujettes à des incendies scélérats.

Or donc, la première imprudence commise par Syparis fut de s'écarter de son terrain de chasse habituel et de s'aventurer dans le quartier du Fort où résidaient les plus riches d'entre les Blancs créoles. Bien qu'il entretînt des accointances avec le premier d'entre eux, le négociant Dupin de Maucourt, dont il favorisait les rencontres avec la blanchisseuse Marie-Égyptienne et qu'il alimentait en négresses nubiles récemment descendues de leur campagne, il ne franchissait jamais les frontières invisibles qui séparaient le Fort des bas-fonds de La Galère d'un côté et du Centre de l'autre. Par convention et surtout par instinct, il savait quel mercredi et quel dimanche matin le Grand Blanc, enfourchant son superbe étalon arabe, s'en allait rejoindre sa femme-dehors préférée. Syparis l'attendait à la sortie du Pont de Pierres, une boquitte d'eau mêlée à du sirop-batterie à la main, comme tous ceux qui gagnaient quelques sous en étanchant la soif des chevaux dont les maîtres étaient venus de loin régler quelque affaire à Saint-Pierre. Certains cavaliers avaient abattu parfois trente ou quarante kilomètres, s'ils venaient du Lorrain ou de La Trinité, et leurs montures fourbues pouvaient laper trois ou quatre boquittes remplies à ras bord. Rien de tel pour l'étalon arabe, qui n'avait parcouru qu'une petite centaine de mètres, mais un tel stratagème permettait à de Maucourt de sauver la face, encore que nul ne fût dupe, aucun vendeur d'eau ne s'approchant de lui lorsqu'il arrêtait sa monture et jetait un regard circulaire pour dénicher son homme de main dans la foule matinale des porteuses de légumes et des djobeurs.

Syparis avait donc ouï dire que le propriétaire de l'Usine Guérin venait de recevoir du vin fin dans le plus grand secret. Du vin de Madère ! Ici-là, ce nom faisait tout bonnement rêver. On imaginait quelque contrée paradisiaque où le miel et le vin coulaient à flots et où les femmes, plus ravissantes les unes que les autres, allaient nues, hormis une feuille de vigne qui cachait leur intimité. Syparis se surprenait souvent à murmurer « Madère ! Madère ! » lorsque l'ennui s'emparait de lui, certains après-midi de grosse chaleur où il eût été vain de tenter un coup, les bourgeois se réfugiant dans leurs cours intérieures afin d'y cueillir un brin de fraîcheur, comme l'on disait. Leurs chiens, particulièrement énervés, ne guettaient que l'occasion de sauter au mollet des intrus. Alors il fallait attendre ! Attendre que la brune du soir s'avance avec ses ballets de chauves-souris au-dessus des toits et que de la mer monte comme une vague de tendresse. Durant tout ce temps-là, cette épreuve, songeait Syparis, l'évocation de l'île de Madère et de son vin si capiteux aidait le bougre à traverser l'implacable désert des après-midi.

Il lui fallait d'abord repérer la citerne de la demeure des Guérin, où l'on disposait les tonneaux pour éviter que le vin ne tournât, car l'humide climat tropical vous frelate cet alcool en un virement de main. À vrai dire, fort peu de vins supportaient à la fois le voyage transatlantique et l'entreposage dans un milieu qui leur était, semble-t-il, naturellement hostile. Syparis était déjà tout émotionné à l'idée qu'il pourrait offrir à sa bien-aimée une timbale de ce fabuleux nectar. Cela faisait des lustres qu'il lui promettait une ivresse qui leur permettrait d'atteindre, à l'abri des regards inquisiteurs, « Chez

Madame Personne », cet au-delà du monde réel qu'évoquaient les conteurs au beau mitan des veillées mortuaires. Non que le bandit en eût assez de l'existence qu'il menait, puisqu'il n'avait de comptes à rendre à personne et pouvait se gausser de Danglemont chaque fois que ce dernier était convoqué par le père supérieur du séminaire-collège : « Tu as encore raconté des choses pas catholiques à tes élèves, je suppose ! Un de ces jours, tu te feras renvoyer pour de bon. » Parfois, il encourageait au contraire le jeune mulâtre : « Ce vieux curé chauve, tu n'as qu'à lui foutre une égorgette, comme ça il va arrêter de bêtiser sur ton compte ! »

L'Habitation Guérin était située aux abords de la rivière Blanche, sur un étroit promontoire, ce qui lui baillait une vague apparence de manoir. Un pied de magnolia en décorait l'entrée, déployant l'insolenceté de ses fleurs. Il semblait n'y avoir âme-qui-vive dans l'allée bordée de palmiers royaux et de massifs de fleurs. Pas l'ombre d'un nègre d'habitation muni de son gourdin. Pas même le grognement de ces chiens féroces que les Blancs créoles continuaient machinalement à importer de Cuba un bon demi-siècle après l'Abolition, de ceux qui reniflaient de très loin l'odeur du nègre et pouvaient vous chiquetailler en deux-trois coups de mâchoires. Rien. Un silence. La barrière n'était pas fermée. Sa chaîne pendait négligemment à l'un des battants. Syparis se mit à avancer sur la pointe des pieds, incrédule mais rassuré. On disait le sieur Guérin grand amateur de chasse au cochon sauvage sur les contreforts de la Montagne. Il s'en était sans doute allé dès les premières clairetés du jour avec toute sa valetaille. À cette heure-là, sa femme devait s'adonner à la sieste ou être en visite.

Derrière la citerne qu'il avait atteinte sans peine en escaladant un muret couvert de mousse gluante, le maroufle découvrit l'objet de sa convoitise : non point des tonneaux comme il l'avait d'abord cru, mais des dames-jeannes. De jolies dames-jeannes pansues, emmaillotées dans de la paille, qui arboraient un col rouge et deux anses en cuir. Syparis faillit hurler de joie. Tout serait plus flouze, manière de dire facile dans son langage ! Il lui suffirait d'en emporter deux à bout de bras jusqu'à la route coloniale et là, il dissimulerait son butin dans les ruines d'une maison qui servait jadis de case aux agrès. À l'aide de sa jambette, il fit sauter un des bouchons et, soulevant non sans difficulté la bonbonne, se versa une solide rasade. Le vin, couleur d'ambre, lui ruissela sur la poitrine, décorant ses poils crépus de fines brisures de lumière. Il n'y avait aucun doute là-dessus : c'était bel et bien du vin de Madère. Le breuvage onctueux lui caressait la langue avant de lui tapisser le palais d'une sorte de tristesse énergique et, en serpentant à l'intérieur de sa gorge, semblait le soulever de terre. N'y tenant plus, le bougre vida une demi-dame-jeanne et s'assoupit dans l'ombre glacée de la citerne. Il se réveilla à la geôle de Saint-Pierre, menotté aux jambes comme un vulgaire assassin. On l'avait placé dans la plus petite cellule, celle d'où l'on ne distinguait qu'un fragment de ciel les jours où le temps n'était pas à la pluie. Il sautilla jusqu'à cette ouverture. De lourds nuages de cendres défilaient depuis quelque temps, très bas, jusqu'à s'affaisser sur les toits. Soudain une embellie. Oh ! pas bien longue. Un petit carré lumineux derrière lequel se faufila l'amante de Syparis. Tétanisé, celui-ci s'agenouilla, les larmes aux yeux, en s'écriant :

« Madame-chérie, c'est pour toi que j'ai fait tout ça, oui... »

Et la lune de disparaître en un battement d'yeux...

IV

Dans la ronde infernale des jours, il existe une halte. Un lieu presque sacré, un véritable sanctuaire, où le simple brillement d'un regard de femme au détour d'une allée, le chuintement d'un violon à l'ombre d'un sablier ou les courses-courir d'une grappe de gamins ont le pouvoir d'effacer les soucis. Nul n'aurait osé y pénétrer sans s'être au préalable attifé, les hommes en chapeau, maniant des cannes à pommeau, les femmes en grand-robe créole ou, bravant le ridicule, en toilette second Empire. Bras dessus bras dessous, on en arpente les allées, attentif à ses fleurs rarissimes — roses de Birmanie, tulipes du Gabon — et à ses arbres vénérables que deux générations de jardiniers ont entretenus avec amour.

Cet endroit béni des dieux est le Jardin Botanique.

Situé en amont de la Roxelane, juste après les Trois-Ponts, non loin de la route qui mène en pente raide jusqu'à Morne-Rouge, il abrite les amours naissantes, les réconciliations inespérées, les détresses et les exaltations de toutes sortes. Une cascade babillarde, cernée par des lianes et des fleurs aquatiques, sert d'autel aux serments, tout au fond du jardin. On y arrive après avoir parcouru l'allée centrale bordée de palmiers et de massifs de bougainvillées : qu'on se soit laissé happer par le parfum des ilang-ilang, sur la droite, ou au contraire par la violente carnation des balisiers, sur la gauche, qu'on se perde ensuite dans l'emmêlement des gommiers, des tamariniers des Indes, des quénettiers et des courbarils, toujours on débouche sur ce ruban de lumière argentée qui se jette d'une quinzaine de mètres depuis l'espèce de vulve que forment deux impressionnantes roches volcaniques. Là, devant un bassin circulaire, à l'ombre des broméliacées et des orchidées épiphytes, on se jure fidélité éternelle, amitié sans faille, plus rarement tendresse filiale. Ou au contraire, la rage aux lèvres, on se provoque en duel.

Danglemont y venait, le plus souvent en tramway, sur les cinq heures de l'après-midi, au jour finissant donc, pour y méditer sur le sens de sa vie et griffonner ses *Carnets de philosophie créole*, lesquels tenaient davantage du journal intime, du livre d'heures ou du recueil de poèmes que du sévère traité d'un zélateur de la Raison. Le banc qu'il affectionnait se trouvait protégé par deux rangées d'héliconias, à l'abri des regards indiscrets mais à la merci, il est vrai, d'une apparition subite : celle du redoutable fer-de-lance. Le reptile, tel un éclair bleu verdâtre moucheté de noir, pouvait tiger de quelque amas de feuilles mortes et vous considérait drôlement d'un œil, d'un seul, comme si l'autre était subitement mort ou occupé à observer les environs. Ce face-à-face durait parfois un siècle de temps. L'homme, pétrifié, une sueur mauvaise lui perlant aux paupières, le cœur chamadant. La bête-longue, immobile, droite, presque altière, qui le tenait prisonnier de son regard. À ces moments-là, seul le destin décidait. Soit le fer-de-lance, lentement, repliait ses anneaux et se lovait à nouveau à l'intérieur de sa cachette, soit, agacé par le piaillement des oiseaux ou le crissement des bottines sur le gravier des allées proches, bondissait sur sa proie, la déchirant de ses crocs et, son forfait accompli, s'en allait d'une allure bonhomme disparaître dans les halliers.

Par deux fois, Pierre-Marie avait été épargné de la sorte et en avait conservé un effroi sans nom. Les assurances que lui avait données le directeur du Jardin Botanique, le professeur Gaston Landes, n'avaient pas réussi à calmer tout à fait la sourde appréhension qui tenait ses sens en éveil dès qu'il s'asseyait sur son banc de prédilection. Les deux hommes formaient un étonnant paradoxe dont tout Saint-Pierre se réjouissait : Landes, Blanc-France, enseignait en effet au lycée, établissement d'un genre nouveau qui accueillait les rejetons des classes mulâtre et noire, tandis que Pierre-Marie, mulâtre bon teint, officiait dans le très sélectif séminaire-collège, bastion de la gentry coloniale à la peau d'albâtre. Les deux hommes aussi se gaussaient de cette situation qui ne les avait point empêchés de lier connaissance et de fort s'estimer. À chaque arrivage d'une fleur ou d'une plante rare, Pierre-Marie était le premier Pierrotin à en apprendre l'origine, le nom, les caractéristiques et les éventuels usages. Son ami naturaliste, créole d'adoption désormais, le taquinait souvent sur sa crainte des serpents. Aux dires du scientifique, ce reptile était le seul de son espèce dans toutes les îles antillaises et le détruire, quel que fût le danger — bien réel — qu'il représentait, c'eût été altérer une face secrète de la Martinique, ce dont le jeune professeur de philosophie mit un sacré paquet de temps à se convaincre.

[LES MOTIFS OUBLIÉS D'UN DUEL

Le cartel arriva sur les cinq heures de l'après-midi, juste au moment où Pierre-Marie Danglemont, habillé de propre, rasé de frais, parfumé, s'apprêtait à gagner son premier port d'attache de la nuit, *La Belle Dormeuse*, lieu des plaisirs interdits où il était loisible d'oser des choses que l'on n'aurait jamais proposées aux pensionnaires des autres maisons de tolérance. On pouvait fouetter le derrière d'Antoinise avec une petite cravache-mahault, puis en enduire les entailles de chandelle molle. La consoler ensuite, car elle pleurait doucement, sans le moindre hoquet, en lui faisant déguster à la cuiller un sorbet au coco. On était également autorisé à enfoncer autant de fois qu'on le désirait une banane-makandja dans la mandoline de Sarah avant de la dévorer avec elle dans de vastes éclats de rire. Et des tas d'autres vices, tous plus immondes les uns que les autres, auxquels se livraient des hommes qui, durant le jour, passaient pour des gentlemen. Ce soir-là, Danglemont n'irait pas se livrer à son rituel favori dans le bouge de la rue Monte-au-Ciel. Le cartel avait été rédigé sur un beau carton jaune décoré de lauriers :

Honneur vous convoquer demain à l'aube au Jardin des Plantes. Allée des Magnolias. Arme proposée : l'épée. Mes témoins seront messieurs Laurent de Valmenière et Joseph Gar-rigue de Surville.]

E. Latouche de Belmont

Il relut le cartel trois fois avant de comprendre de quoi il retournait. Et d'abord qui était ce Latouche ? Quand avait-il eu maille à partir avec lui ? Danglemont avait beau fouiller tous les coins et recoins de sa mémoire, il ne voyait pas. Il décida de se rendre chez Saint-Gilles, rue Lucy. Gigiles saurait où trouver Vaudran. Ces deux-là ne pouvaient refuser d'être ses témoins. De toute façon, sa soirée était gâchée et il n'aurait même pas le goût d'avaler ne serait-ce qu'un gin. Il y avait bien six mois qu'il ne se rendait plus à la salle d'escrime de la Société Athlétique de Saint-Pierre, lassé des remontrances du maître d'armes, un Savoyard hargneux, fraîchement débarqué dans le pays, qui ne tolérait pas le dilettantisme créole.

Saint-Gilles était en train de mettre une dernière main à un poème avant d'aborder sa drive nocturne. Il était donc d'excellente humeur. Vêtu d'une redingote et d'une chemise de soie blanche à jabot, il avait l'air, avec ses rouflaquettes, d'un jeune sénateur. Il accueillit Danglemont à bras ouverts mais avec une légère surprise. Mis au courant, Gigiles proposa à son ami d'obtenir un répit en renvoyant à son adversaire un cartel où il refuserait l'arme proposée.

« Choisis le pistolet, vieux frère ! J'en ai acheté un bon à Anthénor Diable-Sourd, un pistolet américain à six coups. De la belle mécanique, tu verras !

— Mais, je n'ai jamais utilisé une telle arme !

— Ne t'en fais pas, Pierre-Marie ! Je t'apprendrai.

— Attends, Gigiles ! Je ne sais pas pourquoi ce bougre-là m'en veut.

— Comment ça tu ne sais pas ?

— Je ne connais même pas la couleur de sa figure...

— Ta mémoire défaille, mon cher disciple de Socrate. Si jeune et déjà oublieux de ses impairs, ha-ha-ha ! »

Et le continuateur de *L'Énéide* de rappeler à Pierre-Marie cette soirée d'avril — deux mois auparavant — au cours de laquelle toute leur petite troupe de noceurs avait chahuté un Blanc créole de modeste extraction. C'était la première fois que l'homme, qui s'était présenté sous le nom de Latouche de Belmont, piétait à *L'Escale du Septentrion.* N'étant point familier des habitudes de l'endroit, il avait voulu à tout prix s'occuper de Mathilde, puis de Carmencita, avant de se soûler devant leurs refus répétés. Il s'en était pris ensuite à Vaudran, qui venait de réciter un extrait de *La Légende des siècles*, en le traitant de singe apprivoisé. Ne pouvant jeter à la rue un Blanc-pays, fût-il désargenté, Man Séssé avait eu l'idée d'organiser une sarabande autour de lui. Catins et poètes s'étaient tenus par les mains et avaient dansé une gigue endiablée, bousculant le sieur Latouche, lui recrachant au visage des gorgées de rhum, l'abreuvant d'injuriées et le dérisionnant à qui mieux mieux. Danglemont, qui était déjà gris, avait été le plus vipérin. Il avait poussé la macaquerie jusqu'à enlever de force le pantalon du Béké et tout le monde s'était gaussé de son caleçon fleuri en toile anglaise. Le philosophe avait même improvisé un chanter paillard :

Latouch sé an makoumè,
i ka pòté kalson a flè !
(Latouche est un pédéraste,
il porte des caleçons à fleurs !)

Le souvenir de cette pourtant mémorable soirée s'était totalement effacé de l'esprit de Danglemont. De toute façon, il n'y avait aucun moyen de reculer, sauf à perdre la face et à ne plus pouvoir regarder le monde dans les yeux. La seule échappatoire, quoique toute provisoire, était de suivre le conseil de Gigiles. Aussi rédigea-t-il à la va-vite un cartel sur un simple bout de papier plié en deux qu'il fit porter au premier témoin de Latouche.]

À la nuit descendante, les grands arbres du Jardin Botanique que tétanisait durant le jour l'ardeur du soleil semblaient s'animer. D'étranges parfums montaient des fleurs sur le point de faner. C'était l'heure fauve, celle pendant laquelle la terre reprenait ses droits, rabaissant la morgue des humains. Pierre-Marie se sentait soudain bien médiocre, dérisoire même. Sa main cessait de griffonner sur les pages de son carnet et il se surprenait à ne plus penser à rien. Cet état n'entretenait aucun rapport avec le désemparement et nul émoi n'étreignait le jeune homme. Une sorte de paix s'installait en lui, rendant mots et phrases inutiles. Danglemont écoutait la vie battre au-dedans de son corps avec une stupéfaction renouvelée et se souvenait des paroles de son ami Heurtel : « On ne devient un philosophe, mon cher, que du jour où la perspective de mourir sur-le-champ ne provoque en soi ni crainte ni regret. »

Pierre-Marie était encore loin d'avoir atteint ce stade de détachement suprême. Il tenait encore aux plaisirs que lui procurait la chair des femmes. Il ressentait encore l'impérieux besoin de l'agitation pierrotine, de l'odeur puissante qui émanait de sa ville. Sa plage de sable noir profond l'émerveillait lorsqu'au petit matin, après une nuit passée à lire, l'envie lui prenait de l'arpenter, seul à cette heure, depuis la place Bertin jusqu'à l'embouchure de la Roxelane. La mer était si calme qu'on aurait juré un immense bassin, à peine ébouriffé par une drisse de vent qui descendait des coulées qui entouraient Saint-Pierre. À bord des voiliers, quelques photophores se déplaçaient le long des coursives où des ombres chinoises semblaient s'incruster dans un ciel qui passait insensiblement du noir au grisâtre.

Le jeune mulâtre était devenu, par pur hasard, l'ami de deux navigateurs. Le premier mouillait assez régulièrement dans la rade de Saint-Pierre, escale obligée sur la route de Floride au nord ou de Bénézuèle au sud. Ettore Mondoloni était un adorateur du Jardin Botanique où il passait le plus clair de son temps libre, loin des lieux de plaisir où son équipage cosmopolite prenait ses quartiers. Une soudaine ondée avait offert aux deux hommes l'occasion de se présenter l'un à l'autre alors qu'ils se jaugeaient du regard depuis bon nombre de mois. En se précipitant sous la tonnelle qui se trouvait aux approchants de la cascade, Pierre-Marie perdit plusieurs des feuillets qu'il était en train de corriger et ne jugea pas nécessaire de se laisser détremper pour les récupérer. Quoique jouissant d'une excellente santé qui lui permettait de veiller plusieurs soirs par semaine et de reprendre ses cours frais et dispos au séminaire-collège chaque matin à sept heures trente, il était fort sujet aux rhumes et à la grippe. Lorsqu'il participait à un déjeuner de rivière, il n'était pas de ces téméraires, comme Vaudran, qui s'asseyaient des heures durant dans l'eau, torse nu, pour bavarder, rire ou boissonner.

« Il ne faut pas laisser traîner vos pensées, *signore* », lança derrière lui une voix qui le fit sursauter.

L'homme lui tendit les feuillets mouillés sur lesquels l'encre violette que le philosophe affectionnait avait bavé jusqu'à en rendre certains quasiment illisibles. Sourire aux lèvres, le marin se présenta fort civilement tout en jetant des regards inquisiteurs à Pierre-Marie.

« Dans ma langue à moi, on dit *mille grazie*, je suis italien. Vous me paraissez bien jeune pour un professeur », continua-t-il.

Légèrement frigorifié — on était en décembre et le fond de l'air n'avait plus rien de tropical —, le mulâtre fut lent à réagir, mais s'avisant que son attitude pouvait être prise pour de la grossièreté, il serra la main du capitaine Mondoloni en lui disant :

« Florence aussi possède de beaux jardins. J'y ai

passé des moments plus qu'agréables. Merci, mais vous n'auriez pas dû ! Vous voilà trempé jusqu'aux os à présent...

— Oh ! *Fa niente !* J'aime la soudaineté des averses antillaises. Ce n'est pas la première fois, vous savez. »

Le temps était revenu au beau. Le petit cataclysme n'avait pas duré plus d'une dizaine de minutes. Des nounous promenaient des enfants blancs dans des poussettes, très imbues de leur personne dans leurs grands-robes chatoyantes. Elles caquetaient en créole, indifférentes aux arbres et aux fleurs sans pareils qu'illuminaient de grosses gouttes de pluie. Les deux hommes demeurèrent silencieux à leur passage, comme impressionnés. Puis, le capitaine Mondoloni éclata d'un rire sonore.

« J'ai eu le temps d'apercevoir deux ou trois fois le mot “Amériques” sur vos feuillets. Savez-vous, *amico mio,* que ce continent nous appartient, ha-ha-ha ! »

Et sans laisser à Pierre-Marie le temps de se ressaisir :

« Eh bien, oui ! Tout d'abord, mon arrière-arrière-grand-père, l'illustrissime Cristoforo Colombo était génois et non castillan comme on le croit trop souvent. S'il n'était pas allé au bout de son rêve fou, ni vous ni moi ne serions ici aujourd'hui. Surtout vous !

— Je ne vous permets pas de...

— Ne prenez pas la mouche, jeune homme ! Je

ne suis pas en train de vous chercher querelle. Saint-Pierre m'a toujours magnifiquement accueilli et quand je me trouve loin d'elle, sa rumeur me manque, son allant... cette joie qui n'est pas feinte, même chez les plus pauvres d'entre les pauvres. Vous évoquiez tout à l'heure les jardins de Florence, *ma purtroppo !* la nature y est domptée, trop domptée. Nos jardiniers sont des architectes... tandis qu'ici personne ne songerait à séparer les frangipaniers des lianes qui y prennent appui ni des hibiscus qui poussent à leur ombre. J'aime ce savant fouillis. »

Adoptant un ton plus grave qui laissa Pierre-Marie pantois, le navigateur s'emporta contre sa patrie, ce pays déchu qui avait enfanté l'Occident et qui était pourtant incapable d'acquérir la moindre colonie. « Ce nom si beau d'Amérique dérive aussi de celui d'un autre navigateur italien, Amerigo Vespucci, mon bon monsieur ! Nous avons tout découvert depuis Marco Polo, mais nous n'avons rien su garder, rien su conquérir. C'est à se demander si nous sommes vraiment les descendants des Romains. Où sont nos César modernes ? Nos armées vaillantes qui parcoururent l'Europe à pied et soumirent les Celtes, les Germains, les Ibères et même les Slaves ? *Gli Italiani sono coglioni !* » asséna-t-il en tapant le sol du pied.

Fasciné par cet étrange personnage, Pierre-Marie l'invita à sceller leur amicalité autour d'un punch au lait. Ils rencontrèrent, à hauteur de la Comédie, Saint-Gilles et Manuel Rosal qui déclamaient à tour de rôle des poèmes parnassiens sous le regard ahuri ou réprobateur des passants. La Bohème fit aussitôt fête au nouveau venu qui les convia, pour le surlendemain, à un repas à bord de *La Magdalena*, le quatre-mâts prestancieux qu'il commandait. On vit pour la première fois la compagnie des joyeux drilles délaisser catins et tables de jeu au profit de discussions houleuses qui se prolongèrent jusqu'à deux heures du matin. Saint-Gilles trouvait que la décadence de l'Italie était le plus vibrant hommage rendu à la Rome antique.

« Votre peuple a atteint des sommets inégalés, clama-t-il en levant son verre comme s'il voulait porter un toast. Vous avez dépassé la Grèce de Socrate en répandant partout votre langue et votre culture. L'Europe parle latin. L'Italie ne pourra jamais s'élever plus haut que Rome, mettez-vous bien cela dans la tête, capitaine Mondoloni ! Et n'en ayez nulle honte, car les temps de décadence sont aussi exaltants que ceux où brille la civilisation. »

La Bohème entraîna le marin dans les méandres de la décadence pierrotine et le navigateur s'y laissa glisser non sans délices, découvrant peu à peu l'ardeur du rhum, boisson dont il s'était toujours défié, lui préférant les vins de son pays. Il prit goût aux mulâtresses de petite vertu et à leurs cajoleries intéressées. À chacune de ses escales, il se faisait un devoir de rencontrer Pierre-Marie au Jardin Botanique, où le professeur du séminaire-collège l'initia à la philosophie, tandis que le capitaine Mondoloni disposait son jeune ami aux mystères de la navigation transatlantique.

C'est cette même navigation que Frédéric Le Bihan en était venu à détester. Pierre-Marie fit la connaissance de ce deuxième personnage excentrique dans l'allée des magnolias. L'homme contemplait le tapis de fleurs nacrées qui décoraient le gravier, en proie à une profonde méditation ou du moins à ce que le mulâtre prit pour tel. Son immobilité finit par intriguer le philosophe. Allant au rebours de son naturel, Pierre-Marie s'approcha du marin dont l'uniforme était froissé et la casquette de travers, au prétexte de lui demander du feu. Le Bihan, qui fumait avec nervosité une grosse pipe recourbée, lui tendit son briquet sans le regarder. Il avait les traits tirés de quelqu'un qui n'avait pas dormi depuis plusieurs jours.

« Le *Roraïma*, il est parti ? interrogea-t-il avec brusquerie.

— Pardon ?

— Le bateau qui transporte de la morue de Terre-Neuve, le *Roraïma*, un brick tout noir avec une bande rouge sur la coque. Il vient tous les deux mois à Saint-Pierre. Vous n'êtes pas d'ici ?

— Ah, oui, je vois ! Eh bien... il me semble qu'il a levé l'ancre il y a trois ou quatre jours, mais je n'en suis pas très sûr... »

Frédéric Le Bihan laissa alors éclater sa colère. Il déclara que le travail de marin n'avait rien à envier à l'esclavage, que les îles du nord du Canada étaient un véritable enfer à cause du froid et de la neige qui tombait sans arrêt. Qu'il ne remettrait jamais plus les pieds à bord d'un bateau jusqu'à la fin de sa vie. Que ceux qui croyaient que tous les Bretons sont des marins-nés étaient de fieffés imbéciles. Lui-même venait de l'intérieur des terres, du village de Trébeurden, où sa famille labourait la glèbe de père en fils depuis la nuit des temps.

« J'ai fait des bêtises..., laissa-t-il échapper, penaud. Alors, on m'a laissé le choix, voyez-vous... la prison ou la mer. Tu seras libre, tu découvriras des pays inconnus, tu rencontreras des femmes splendides et quand tu reviendras, fortune faite, tu seras le roi de Trébeurden. Qu'est-ce qu'on ne m'a pas seriné ! Et bien sûr, ça a été tout le contraire. Tout le contraire ! »

Loin de s'encanailler, Le Bihan se terrait dans les parties sombres des bouges que Pierre-Marie et sa bande lui apprirent à fréquenter et racontait des légendes dans sa langue qu'il ne consentait à traduire de temps à autre qu'à Carmencita, la Colombienne menue qui avait pris tout comme lui la discampette d'un bateau et que le marin jugeait par conséquent la mieux disposée à partager sa détresse. Une fois cette dernière apaisée, au bout d'une poignée de mois, le marin prit l'habitude de venir se recueillir au pied des magnolias du Jardin Botanique, à l'endroit où Pierre-Marie l'avait rencontré pour la première fois. Des nègres finirent par croire qu'il leur vouait un culte et lui proposèrent de sculpter une statue de sainte Rose de Lima, la première sainte créole, à même le tronc d'un pied-bois géant, un grand Saint-Alésin, que la foudre avait frappé, sans pouvoir l'abattre, au mitan de la plaine de La Consolation. Mais Le Bihan leur conta, en cette occasion, une tout autre version de son histoire...

V

Il eut beau refaire tous les calculs, reprendre les chiffres un à un, vérifier les colonnes, contrôler dépenses et recettes, rien n'y faisait : les établissements Dupin de Maucourt, pour la première fois en soixante-douze ans d'existence, accusaient un déficit. Oh, rien d'inquiétant, certes ! Rien qui pût les mettre vraiment en danger. Mais le négociant y vit un signe du destin : celui qui marquait le début du déclin de la race blanche sur cette île où elle régnait sans partage depuis trois bons siècles. Un vent folâtre s'engouffra par les persiennes du salon et éteignit quatre des cinq bougies du chandelier. Il était minuit passé et toute la maisonnée dormait d'un profond sommeil. Ses filles au deuxième étage, chacune dans leur chambre, son épouse au premier, qui devait l'attendre en vain comme presque tous les soirs. Dupin haussa les épaules, comme exaspéré. Que s'imaginait-elle, quand elle avait été incapable de lui bailler un descendant mâle ? Et depuis quand les mariages entre Blancs créoles étaient-ils fondés sur l'amour ? Dès le premier jour, il avait abhorré son visage ingrat, en lame de couteau, et ses yeux fureteurs encadrés par un amas de cheveux jaunâtres. Une mangouste albinos ! Telle fut l'impression que lui fit d'emblée Élise de Beaupré et rien ne changea jamais depuis ce fameux jour de mai 1874 au cours duquel leurs parents respectifs célébrèrent leur union en l'église du Fort. D'aucuns y virent dans le même temps l'alliance de la Terre (les de Beaupré) et du Négoce (les de Maucourt), chose plutôt rare qui annonçait, aux yeux des chroniqueurs locaux, des temps pleins de félicité pour la colonie.

Dupin de Maucourt n'avait que vingt-sept ans, mais il avait déjà suffisamment bamboché pour reconnaître en sa promise une vieille fille dont on avait diminué l'âge par un subterfuge quelconque, les services de l'état civil étant, à cette époque, aux ordres des Grands Blancs. À vue d'œil, il lui baillait trente-trois ou trente-quatre ans, encore que son élégante robe de mariée la rajeunît passablement. L'événement avait été grandiose. Tout ce que Saint-Pierre et les environs comptaient de riches planteurs, d'usiniers, de distillateurs, de négociants, accourut à l'Habitation Beaupré, leurs victorias, tilburys et autres calèches chargés de cadeaux les plus extravagants. Chacun comprit qu'il venait faire allégeance au futur chef de la caste békée, celui qui serait amené à remplacer dans peu d'années le vieillissant Hector de Saint-Phalle qui ne se déplaçait plus qu'avec deux cannes et éprouvait des difficultés à articuler. Seule sa crinière léonine, quoique entièrement blanche, forçait encore le respect les rares fois où il honorait de sa présence une fête ou une réunion du Cercle de l'Hermine.

Conscient du trouble qui agitait son fils, le père de Dupin lui glissa à l'oreille, à l'instant où le cortège s'ébranlait pour gagner l'église :

« Ne t'en fais pas, mon vieux, tu pourras continuer à sucrer les oreilles de toutes les mulâtresses que tu voudras ! ha-ha-ha ! »

La messe fut interminable. La chorale du Pensionnat colonial semblait avoir trouvé son jour de gloire. La quinzaine d'oiselles qui la composait s'égosillait dans les vapeurs d'encens tandis qu'une chaleur féroce commençait à emprisonner la nef. Le visage de Dupin ruisselait de sueur, mais il s'efforça de garder bonne contenance et de sourire de temps à autre à la mangouste. Celle-ci était aux anges. Les yeux extasiés, n'en croyant pas son bonheur, elle se tenait droite sous son lourd harnachement nuptial et priait avec une ferveur qui faillit déclencher un fou rire chez son futur époux. Aux fenêtres, Dupin remarqua la meute de cuisinières et de valets nègres qui jouaient des coudes pour grappiller un petit brin de la somptueuse cérémonie. Une brève et insolite pensée lui traversa l'esprit : pourquoi certains êtres, du seul fait de la couleur de leur peau, étaient-ils quasiment exclus de l'humanité, alors que d'autres, pour une raison exactement identique et inverse, étaient considérés comme une espèce supérieure ? Il se surprit à méditer sur la couleur noire pour laquelle il éprouvait un mélange de répulsion et d'attirance et s'étonna de trouver belles certaines d'entre les femmes qui se bousculaient à l'extérieur de l'église. Chassant cette réflexion incongrue, il se concentra sur les volutes d'encens qui montaient de l'autel, souhaitant que tout cela s'achevât au plus vite. Hélas ! Après l'homélie laborieuse de l'abbé du Fort, ce fut au tour de monseigneur de Cormont de monter en chaire. Impérial dans sa soutane aux parements dorés et aux larges manches festonnées de mauve, l'évêque de la Martinique se livra à un discours infinissable dont certaines phrases demeurèrent à jamais gravées dans l'esprit du jeune Béké. On écouta le prélat bouche bée. Même la négraille fit silence, bien qu'il fût douteux qu'elle y comprît un traître mot :

« Mes chers paroissiens, nous voici réunis aujourd'hui afin de célébrer dans la gloire de Notre-Seigneur Jésus-Christ le mariage le plus attendu de toute la colonie, celui qui redonnera espoir à toute une classe que les avanies de l'Histoire et la haine des autres races semblent pousser inexorablement vers le néant. En scellant aujourd'hui l'union des de Beaupré et des de Maucourt, nous voulons dire non à une telle fatalité, nous voulons affirmer à la face du monde que la race blanche, flambeau du genre humain, porteur du lourd fardeau de la Civilisation, comme jadis le fils de Dieu fut chargé de la croix, n'a pas renoncé à sa mission. Elle n'a pas abdiqué ce devoir que lui ont confié les Saintes Écritures d'évangéliser le monde et de civiliser les peuplades sauvages qui vivent en Afrique, en Asie et dans nos Amériques... Ici, à Saint-Pierre, depuis la funeste égalité accordée aux nègres et aux mulâtres par le régime républicain athée, alors même qu'ils n'ont pas encore atteint un degré de civilisation leur permettant de prendre les rênes de notre belle cité, nous assistons à un processus d'éviction de la race blanche, processus sournois et masqué, mais qui chaque jour donne les preuves de sa scélératesse. Je vous le dis : l'évictionnisme est le fléau le plus terrifiant qui ait jamais menacé notre race !... »

Cette ronflante plaidoirie signifiait une seule et même chose : Hughes Dupin de Maucourt, vous voilà désigné comme nouveau guide de la classe des Blancs ! Comme son véritable sauveur au moment où sa boussole perd le nord et s'affole, où les mulâtres, alliés aux contempteurs du christianisme et aux radicaux-socialistes de France, menacent de conquérir l'entièreté du pouvoir. Dupin ferma les yeux, comme écrasé par l'immensité de la tâche qui l'attendait, et serra les dents avant d'embrasser sur les lèvres l'héritière de Beaupré, sa femme désormais, celle qui partagerait ses jours et ses nuits. Hon ! Mes jours peut-être, se dit-il, mais mes nuits, cela m'étonnerait fort ! Sur le parvis de l'église, la valetaille des deux familles leur jeta des pétales de bougainvillées et de fleurs de flamboyants. Deux tambouriers entamèrent un bel-air assourdi, tandis qu'ici et là on commençait à se déhancher sous le regard amusé des Blancs. Dupin ressentit comme une corvée l'obligation d'avoir à serrer les mains des hommes et de baiser celles des femmes qui lui faisaient une haie d'honneur jusqu'à sa carriole. Il luttait de toutes ses forces pour garder un visage radieux, mais ne pouvait s'empêcher de grimacer de temps à autre.

Au souvenir de ce jour supposé avoir été le plus éclatant de toute son existence, Dupin de Maucourt eut un sourire. Force lui était de reconnaître qu'il avait fait, sur les conseils pressants de son père, le choix qu'il fallait : les terres des de Beaupré étaient d'un excellent rapport. Revenant soudain à la réalité, son visage s'obscurcit à la seule pensée du lendemain. De lourdes tâches l'attendaient en effet. Deux des bateaux transportant les marchandises qu'il avait importées d'Europe seraient dans la rade et il lui faudrait s'occuper des formalités de douane et du déchargement. Le *Bentham* contenait une bonne centaine de caisses de morue séchée, ainsi que des barriques de salaisons ; *La Magdalena*, qui battait pavillon italien, était chargée de vin, d'huile, de farine et d'outils divers. Dupin frémissait déjà à l'idée de sa confrontation avec le capitaine du second navire, *il Signore* Ettore Mondoloni, un original qui se prétendait descendant direct de Christophe Colomb, se croyait tout permis du fait de cette prestigieuse filiation et traitait notamment les Blancs créoles comme des paysans illettrés de Calabre. Souvent, trop souvent, la liste des marchandises envoyée par câblogramme à Dupin ne correspondait pas à celles qui se trouvaient à bord de *La Magdalena* et c'était là une source de disputailleries interminables entre ces deux caractères bien trempés.

Pour l'heure, Dupin était cependant préoccupé par tout autre chose : un étrange billet qui avait été glissé sous la porte de l'une de ses deux maisons de commerce de la Grand-Rue. Plus matinal que ses employés, vêtu d'un pantalon blanc et d'un gilet d'alpaga noir, le Béké arrivait à cheval peu avant le lever du jour et y faisait une tournée d'inspection. D'abord dans le magasin d'import où s'entassaient des marchandises venues des quatre coins de l'univers. Et le négociant avait l'œil ! Aucun commis ne pouvait prétendre le couillonner. Dupin repérait immédiatement la caisse de morue séchée ou le sac de lentilles manquant et pour ne pas faire de jaloux, selon sa propre expression, il diminuait égalitairement la paye hebdomadaire de chacun, de manière à recouvrer peu ou prou le montant de la perte qu'il avait subie. C'est pourquoi la plupart des djobeurs et des portefaix allaient disant :

« Met Dipen, mi bon boug, wi ! » (Maître Dupin, en voilà un bon type !)

De Maucourt se rendait ensuite à son magasin d'export où barriques de rhum et sacs de sucre roux s'alignaient impeccablement dans une grande cour protégée des intempéries par une sorte de tonnelle en bambou. Ici encore, il avait le don de découvrir le moindre chapardement et les sanctions étaient alors beaucoup plus sévères car, affirmait-il, chaque sou que l'on faisait perdre à la colonie était un coup porté à la puissance des Blancs créoles et un profit pour ces betteraviers du nord de la France qui avaient juré la perte du sucre de canne. Tel était le discours virulent qu'il tenait aux employés réunis sur-le-champ et parmi lesquels il en désignait un ou deux pour faire exemple. Ces bougres-là étaient convoqués à l'économat où ils se voyaient remettre un billet-ce-n'est-plus-la-peine ainsi que leur solde de tout compte. Au vrai, Dupin de Maucourt avait ses têtes et surtout une excellente source d'informations en la personne de son homme de main, Syparis, sans compter les confidences que lui faisait Marie-Égyptienne dans le fameux lit à baldaquin dont tout l'En-Ville se gaussait. Le négociant savait donc qui malparlait des Békés, qui approuvait les menées criminelles du parti laïc et des mulâtres, et, le moment venu, il leur faisait payer leur audace.

Ce matin de février 1898, Dupin était d'une humeur pourtant équanime en arrivant dans la Grand-Rue, il sifflotait même lorsqu'il trouva, sous la porte de son magasin d'import, le billet suivant qu'il prit d'abord pour un cartel :

Barbares européens ! L'éclat de vos entreprises ne m'en a point imposé...

Il eut un instant d'arrêt et vit que ses doigts se rétractaient nerveusement. Non de peur mais de rage. Voici que ces semeurs de désordre osaient s'attaquer directement à lui, le négociant le plus argenté de Saint-Pierre, l'éminent président du Cercle de l'Hermine, le dix-septième descendant d'une famille de la moyenne noblesse d'Anjou émigrée aux isles d'Amérique en 1747, l'homme auquel les plus grands planteurs parlaient avec déférence et que le gouverneur de la Martinique consultait chaque fois qu'il était sur le point de prendre une décision importante. Ah, ces mulâtres, quels fieffés ambitieux ! Rien ne semblait pouvoir les arrêter. Leur but était clair : s'emparer de la place des Blancs à la tête de la Martinique. Dupin relut, incrédule, le billet :

Barbares européens ! L'éclat de vos entreprises ne m'en a point imposé. Je me suis souvent embarqué par la pensée sur les vaisseaux qui vous portaient dans ces contrées lointaines ; mais descendu à terre avec vous et devenu témoin de vos forfaits, je me suis séparé de vous, je me suis précipité parmi vos ennemis, j'ai pris les armes contre vous, j'ai baigné mes mains dans votre sang...

Son commis principal, un câpre obséquieux qui portait monocle et montre à gousset pour se bailler de l'importance, interrompit sa lecture :

« Monsieur Dupin, nous venons d'apprendre que le *Bentham* sera à quai dans moins d'une heure. Il semble être fort en avance. Combien de porteurs faut-il réquisitionner, je vous prie ?

— Hein ?... Apporte-moi leur dernier câble...

— Le voici, monsieur Dupin ! »

Le négociant, chez qui la seule vue de son employé déclenchait une sourde irritation, parcourut le document en diagonale et répondit d'un ton qui se voulait détaché :

« Une quinzaine ! Et des costauds, s'il te plaît ! Pas la bande de fainéants du mois dernier.

— À vos ordres, monsieur Dupin ! »

Le commis principal était chaussé de bottines en chevreau qui claquaient comme des castagnettes. Ces gens-là ne se refusaient plus rien, songea Dupin de Maucourt qui se sentit envahi par une onde de découragement. Comme c'était fatigant, épuisant même, de devoir toujours tenir son rang face aux gens de couleur ! Ne jamais ciller devant un mulâtre ni lui laisser le dernier mot ! Ne jamais accepter la moindre incartade de la part d'un nègre et sévir dans l'instant ! Ne jamais se laisser amadouer par l'air vicieusement doucereux des Indiens-Coulis ! Quant à ces Chinois qui commençaient à prendre leurs aises au quartier du Mouillage, il se demandait bien pourquoi la colonie les avait fait venir de Canton. Qui avait pu imaginer une seule seconde que cette race qui avait le commerce dans le sang comme les nègres la musique eût accepté de couper la canne à sucre ? Imbéciles de politiciens ! Heureusement qu'il avait toujours refusé toutes les charges électives qu'on lui présentait pourtant sur un plateau. Le billet n'avait pas quitté ses mains. Le Béké se résolut à le lire d'une traite :

Barbares européens ! L'éclat de vos entreprises ne m'en a point imposé. Je me suis souvent embarqué par la pensée sur les vaisseaux qui vous portaient dans ces contrées lointaines ; mais descendu à terre avec vous et devenu témoin de vos forfaits, je me suis séparé de vous, je me suis précipité parmi vos ennemis, j'ai pris les armes contre vous, j'ai baigné mes mains dans votre sang. J'en fais ici la protestation solennelle ; et si je cesse un moment de vous voir comme des nuées de vautours affamés et cruels, avec aussi peu de morale et de conscience que ces oiseaux de proie, puisse mon ouvrage, puisse ma mémoire, s'il m'est permis d'espérer d'en laisser une après moi, tomber dans le dernier mépris, être un objet d'exécration.

Diderot

Dupin ne manquait jamais d'être surpris par la hargne de certains beaux esprits européens à l'endroit de ceux qui avaient quitté le vieux continent et bravé les mers inconnues dans le seul but d'en porter la gloire aussi loin que possible. Et il n'y avait pas que la gloire. Il y avait aussi les épices, l'or, l'argent, le café, le cacao et le sucre de canne ! Toutes ces richesses que le dur labeur des colons avait abondamment fournies pendant des siècles à leur terre d'origine. Qu'en recevaient-ils en échange ? La condescendance et le mépris souverain. La hargne et l'ingratitude crasse. Ces Voltaire, ces Diderot et toute leur camarilla de philosophes aux mains soignées ignoraient-ils que le bien-être dans lequel ils baignaient était dû pour une très large partie à notre abnégation ? Parfois, emporté par ces pensées amères, Dupin de Maucourt en arrivait à se dire que les colons français auraient dû suivre la même voie que leurs cousins anglais ou espagnols. Pourquoi un Thomas Jefferson ou un Simón Bolívar n'était-il pas apparu en leur sein ? Quelqu'un qui eût assez d'audace pour clamer que les Békés étaient désormais des Américains et rien que des Américains et qu'ils n'avaient plus besoin de la tutelle de la France.

Cette question sans réponse le laissait généralement perplexe. Il s'enfermait alors dans son bureau toute la matinée et une bonne partie de l'après-midi, s'employant à expédier les affaires courantes. Ce matin-là, pourtant, une légère exaltation remonta le moral du négociant. Le Cercle de l'Hermine avait invité le célèbre docteur Albert Corre, médecin-chef de la Marine en poste à la Guadeloupe, à donner une conférence sur les dernières découvertes relatives à l'étude des races humaines. La craniométrie passionnait Dupin, qui se faisait déjà une joie d'aller accueillir le savant au ponton de la Compagnie Girard, où il devait arriver en fin d'après-midi, à bord du *Topaze.* De Maucourt se trouva soudain d'humeur tellement guillerette qu'il décida, final de compte, d'apporter à Fernand Clerc, le candidat du parti des Blancs aux prochaines élections législatives, le double du soutien financier, déjà fort conséquent, qu'il lui avait promis.

VI

Or donc, Syparis et Danglemont avaient lié connaissance à la geôle, au mitan de juillet 1881, après le sac de la maison Lota, ce Corse enragé qui s'était proclamé preux défenseur de l'ordre réactionnaire et plantait des banderilles assassines dans la presse contre ceux qu'il nommait les « suppôts de la substitution ». Substitution de la race blanche par la race jaune des mulâtres, évidemment ! Grand habitué devant l'Éternel des cachots humides et de la pitance infecte qu'on y servait, le maître ès larcins avait aidé le jeune mulâtre à en supporter les rigueurs. Le hasard les avait placés dans la même cellule où croupissaient déjà quelques vagabonds hagards qui se levaient à peine et que la vermine semblait sur le point de dévorer tout crus. Les premiers jours, Danglemont eut un haut-le-cœur devant semblable promiscuité et refusa de s'allonger par terre, sur les paillasses immondes où une dizaine de corps à moitié nus se mettaient à ronfler, à se gratter, à péter, à dégobiller, allant parfois jusqu'à uriner sans qu'aucun d'entre eux ne protestât. Les deux premières nuits, le dandy était resté debout contre les grilles de sa cellule, stoïque mais vite épuisé, à la grande hilarité des deux gardiens qui lui gueulaient au visage à chacun de leurs passages :

« *Pè ou pè bet-annipié kon sa ?* » (T'as peur des mille-pattes ou quoi ?)

Au troisième jour, celui qui avait obtenu quelques mois plus tôt, à la stupéfaction générale, un poste de répétiteur de philosophie au séminaire Saint-Louis-de-Gonzague, s'effondra sec comme un coco. Il est vrai qu'il avait aussi refusé toute nourriture et qu'il s'était contenté d'ingurgiter, non sans dégoût, un peu d'eau sucrée dans la timbale cabossée en fer-blanc qui servait à tous les prisonniers. Aucun d'eux — une poignée de galope-chopine hébétés — ne s'inquiéta de son sort. C'est à peine s'il s'en trouva deux ou trois qui ouvrirent un œil de saurien pour l'entrevisager avant de retomber dans leur engourdissement coutumier. Sauf Syparis. Ce nègre mince et sans âge, à la figure un peu simiesque, couturée de balafres horizontales à la façon d'un guerrier mandingue, le redressa sur les genoux et lui frictionna les tempes avec du rhum camphré. Le bougre était l'un des rares prisonniers à pouvoir se procurer, presque à volonté, toutes ces bonnes choses — tabac à chiquer, alcool, galette de manioc — qui faisaient rêver ses compagnons d'infortune. Danglemont ne sut jamais par quel stratagème il s'en pourvoyait, mais il remarqua l'espèce de déférence dont les gardiens faisaient preuve à son endroit. Ainsi, au décrassage du matin, dans la minuscule cour de la geôle, jamais ils ne le bousculaient ni ne l'invectivaient quand il prenait un exagéré de temps pour se savonner et se déverser sur la tête la boquitte d'eau réglementaire. Comme le gredin ne se lavait que de manière épisodique, on l'autorisait à demeurer seul dans sa cellule, chose strictement interdite aux autres prisonniers, qui en auraient profité pour tenter de s'évader. Syparis ne montrait d'ailleurs aucune velléité de cette sorte et, certains jours, l'administration le laissait aller et venir à sa guise au motif qu'il s'occupait bénévolement de menus travaux de réparation. Clouer, raboter, scier, cimenter n'avait aucun secret pour lui, et Danglemont s'étonna qu'à l'extérieur, dans le monde, le bougre n'exerçât point ses talents dignes d'un Michel Morin.

« L'esclavage a été aboli, je te rappelle ! » avait-il cloué le bec au mulâtre.

L'élégant mit bien une semaine à s'adapter à cet environnement insolite, où les carillons des églises et les chants du Pensionnat colonial de jeunes filles étaient les seuls signes de vie diurne perceptibles. La nuit se partageait entre les vocalises des barytons et sopranos qui traversaient à la fois les murs épais de la Comédie et ceux non moins compacts de la Prison centrale, le glouglou de l'eau dans les caniveaux et le caquetage infernal des criquets, cabrits-des-bois, rainettes et autres crapauds-ladres, bestioles pourtant réputées campagnardes. Un bref silence (ô miracle d'entre les miracles !) parvenait à s'instaurer entre trois et six heures du matin, moment que mettaient à profit les deux nouveaux amis pour faire un petit morceau de causer.

Sans aucune émotion dans la voix, Syparis apprit à Danglemont que cinq chefs d'accusation pesaient sur ses épaules : vol avec effraction dans une maison cossue du Mouillage, insultes à agent de la force publique à l'embarcadère de la Compagnie Girard, tentative de dévergondation d'une fillette non loin de la batterie d'Esnotz et deux derniers forfaits dont il avait oublié la nature, se souvenant seulement que l'un d'eux avait partie liée avec l'English Colonial Bank. Une telle insouciance réussit, pour la première fois, à dérider Pierre-Marie.

« *Isiya sé pres lakay-mwen, ha-ha-ha !* (Suis presque chez moi ici !) avait conclu Syparis en désignant les murs de pierre de leur cellule.

— Moi, je ne sais pas pourquoi je suis là..., fit Danglemont.

— *Ha-ha-ha ! Ou dwet fè an bidim ka pou yo pé fouté an gwo-tjap kon'w lajol, konpè.* (Ha-ha-ha ! T'as dû commettre un sacré crime pour qu'on foute un bourgeois comme toi à la geôle.)

— À ce qu'il paraît, j'aurais fait partie des émeutiers qui ont incendié la maison Lota, hon !...

— Il y a beau temps qu'on te surveille, Pierre-Marie. Ce n'est pas une seule fois que j'ai entendu ça ! »

Le jeune dandy se tut, accablé. Une vilaine grattelle avait commencé à lui irriter le bas du dos et une partie de sa pomme de fesse droite. Leur antre regorgeait de punaises, de ravets, de mille-pattes et de souris curieusement toutes blanches. Syparis en avait apprivoisé une qu'il cachait dans un coin, à l'en-bas d'une caisse dans laquelle il rangeait ses effets, et, dès que les geôliers s'assoupissaient au commencement de l'après-midi, il la libérait et la prenait délicatement entre ses doigts noueux afin de la mignonner, sous l'œil indifférent des autres prisonniers. Et de s'extasier :

« *Ti doudou-mwen, ti chéri-dou-kòkot mwen, sa ou fè jòdi-a, hen ? Ou ka vini anmizi-anmizi pli bidjoul, ou sav !...* (Ma petite chérie, ma petite chérie-cocotte, comment tu te portes aujourd'hui, hein ? Tu deviens de plus en plus jolie, tu sais !...) C'est ma femme, déclara-t-il d'un ton sérieux à Danglemont qui étouffa un sourire. J'ai une femme blanche et personne ne le sait et, en plus, elle m'est fidèle. C'est pas comme ces négresses qui, dès que tu as le dos tourné, dès que tes affaires sont emmêlées, n'hésitent pas à t'encornailler sous prétexte que bailler des coups de couteau dans l'eau, ça ne cause de mal à personne. Quand je sortirai le mois prochain de l'année prochaine, je foutrai une de ces volées de liane-tamarin à Firmine ! La volage a quitté notre domicile de Fond-Coré pour aller vivre son corps avec un boulanger au pied du Morne Dorange, hon ! »

Allant de surprise en surprise, Pierre-Marie Danglemont apprit que Syparis, quand il jugeait que le nombre de ses hauts faits approchait l'intolérable, se rendait de son plein gré à la geôle où il demandait derechef à être incarcéré. « Sinon, je vais commettre un crime, messieurs et dames, un crime si-tellement terrible que le bon Dieu, il va péter l'apocalypse sur vos têtes tout-de-suitement. Oui, je vais irruptionner dans la cathédrale en pleine messe et je vais couper la gorge de monsieur l'abbé et de tous les acolytes blancs et puis je vais pisser sur l'autel et puis je vais chier dans le ciboire et puis... » Effrayée, la direction de la Prison centrale obtempérait. On faisait mine de le délester de sa jambette, une arme dont le tranchant rivalisait avec le rasoir des meilleurs barbiers, on l'interrogeait à la va-vite, un greffier terrorisé notant la litanie de ses infractions à la loi, puis respectueusement, les deux gardiens le conduisaient à la cellule qu'il s'était lui-même choisie parmi les cinq que comptait l'établissement. Marchant les mains libres devant ses deux geôliers, il goguenardait en cognant contre les grilles :

« *Tala, man pa lé'y, ni twop Kouli-manjé-chien adan'y... Tala ka fè two nwè ba mwen, fout !... Kantapou tala, ha-ha-ha ! Anni zagriyen ki pé viv adan'y.* » (Celle-ci, j'en veux pas, y a trop de Coulis-bouffeurs-de-chiens là-dedans... Celle-là, il y fait trop sombre... Quant à celle-là, ha-ha-ha ! seules des araignées pourraient y vivre.)

Final de compte, il s'arrêtait le plus souvent

devant la cellule la plus aérée, celle qui contenait le plus de prisonniers et gueulait :

« *Yé-lé-lé, lézom ! Mi Siparis rivé, mété tjou zot bien épi mwen, wi !* » (Hello, les gars ! Syparis est arrivé, gare à vous !)

Bien qu'il ne parlât pas un traître mot de français (ou qu'il s'y refusât, allez savoir !), le bougre tenait la dragée haute aux prisonniers, aux gardiens, au directeur de l'établissement, un Européen blafard qui semblait perdu au mitan de cette négraille et se déplaçait sur la pointe des pieds dans les couloirs, et même — ô extraordinaire — à père Baudouin, un Blanc créole sexagénaire, au parler rugueux et aux muscles bien dessinés, qui débarquait à l'improviste et exigeait qu'on lui donnât sur-le-champ accès aux « âmes dévoyées qui peuplent ce lieu de damnation ». Suspendu de paroisse depuis un bon paquet de temps à cause de son appétit invétéré pour les plaisirs vénériens (« pour ses frasques amoureuses », avait-il été prudemment écrit sur le document de quasi-excommunication) et ses beuveries à répétition, il défiait la hiérarchie ecclésiastique en continuant à exercer dans une chapelle du quartier excentré de Sainte-Philomène, sur la route du Prêcheur, à bailler l'extrême-onction, à pratiquer des séances de désenvoûtement, tout en s'occupant du devenir de l'âme des humbles locataires de la geôle de Saint-Pierre.

Danglemont éprouva pour l'homme de Dieu une sympathie immédiate, qui se mua rapidement en amicalité, car le bon père avait étudié la philosophie et ne vouait pas aux gémonies Socrate et Aristote, comme ce quarteron d'ignares qui dirigeait le séminaire Saint-Louis-de-Gonzague. En quelques mois d'exercice, le jeune répétiteur avait été convoqué à trois reprises par le père supérieur qui lui avait fait comprendre que non seulement la présence d'un mulâtre dans une institution réservée aux enfants de l'élite blanche constituait une faveur exceptionnelle, mais que le précepteur avait en outre l'obligation de s'en tenir au programme et à lui seul. Or, mis à part saint Augustin, les philosophes chrétiens ennuyaient Pierre-Marie, qui en venait immanquablement au *Banquet* ou à quelque ouvrage de Diderot, son maître à penser. Jusqu'à ce qu'un petit mouchard, en général le moins doué de la classe, allât le dénoncer à la direction du séminaire-collège. Seule l'absence de Blancs créoles versés en philosophie — ils préféraient la vente du sucre, du rhum et de la morue séchée — et la venue sans cesse différée d'un répétiteur de France assuraient une sorte de pérennité à son emploi.

Peu de gens, en particulier dans la classe mulâtre, avaient compris que Danglemont eût décliné le poste de professeur qui lui avait été offert au lycée de Saint-Pierre, l'établissement flambant neuf et entièrement laïque financé par le Conseil général dans lequel les mulâtres avaient vu l'aboutissement d'une lutte séculaire contre la calotte et la ploutocratie blanche créole. « La réaction ! » comme le cinglait Marius Hurard, le chef de file des Jaunes, dans son journal *Les Colonies.* Le rédacteur avait même cessé quelque temps de convier Pierre-Marie aux réceptions qu'il donnait chaque fois qu'un républicain célèbre de France était de passage dans la colonie. On se mit à le regarder de travers dans la rue, voire à le morguer, et le jeune homme en ressentit une profonde blessure. Car s'il était bien mulâtre — il n'y avait aucun doute sur ce point-là —, il était loin d'être un de ces héritiers auxquels le sort avait réservé, qui une charge de notaire, qui un cabinet d'avocat, qui une officine d'apothicaire. Il ne possédait pas de maison et ne pouvait se prévaloir d'aucune parentèle prestigieuse. Son patronyme était d'ailleurs en voie de disparition : des Danglemont, il n'en restait plus semble-t-il que deux-trois dans la lointaine ville méridionale de Rivière-Salée. Saint-Gilles le taquinait gentiment sur la question :

« Mon cher Pierre-Marie, tu es le dernier des Danglemont, ha-ha-ha ! Une fin de race, quoi ! Ou alors, on peut fort bien envisager la question autrement : tu es le début d'une lignée prestigieuse, d'une dynastie qui régnera sur Saint-Pierre et bientôt, pourquoi pas ? sur toute la Martinique et, de fil en aiguille, sur tout l'archipel des Antilles.

— Et avec quelle fortune, s'il te plaît ?

— Je parle d'une dynastie de l'esprit, cher philosophe, la seule qui vaille ! Tu ne voudrais tout de même pas que je te mette au même rang que ces vendeurs de salaisons, tout blancs soient-ils. Dans un siècle, qui se souviendra des noms des propriétaires des établissements Reynoird, Maubert-Duplan ou de Linval ? Tandis que toi, tu as une œuvre à réaliser, une pensée à faire naître et tes livres resteront à jamais gravés dans le patrimoine universel. Tu deviendras un immortel, mon cher ! »

Ce fut à peu près à cette même époque que Rose-Joséphine, une bonne gentillette du voisinage que Pierre-Marie avait désauvagée et qu'il fréquentait lorsqu'il était las de *L'Escale du Septentrion*, lui déclara qu'elle ne voulait plus porter de robe « petit-collet ». Rien moins que cela ! Ces robes serrées au col et à la taille étaient le signe distinctif des jeunes filles non encore casées, ce qui ne signifiait point du tout qu'elles fussent vierges, la chose étant il est vrai rarissime à Saint-Pierre. Quel que fût leur âge, seize ou trente-cinq ans, les mamzelles à petit-collet étaient regardées de haut par celles qui portaient la grand-robe, vêtement chamarré dont on devait relever les pans pour pouvoir se déplacer. Les Grands-Robes baillaient des ordres aux Petits-Collets. Va m'acheter un sorbet au coco ! Passe chez le boulanger et ramène-moi deux pains ! Et jamais de s'il-te-plaît ni de merci. Si elle refusait d'obtempérer, la Petit-Collet se voyait interdire l'accès aux déjeuners de rivière ou aux bals du carnaval qu'organisaient ses supérieures hiérarchiques. Ce qui était très cher payé l'insoumission, puisque ces réjouissances étaient les seules où les jeunes filles d'humble extraction pouvaient espérer dénicher un protecteur sérieux et accéder ainsi un jour au port de la grand-robe.

Danglemont s'arrangeait pour recevoir Rose-Joséphine dans sa chambre dès que sa logeuse, une bondieuseuse acharnée, était partie à la prière du soir. La jeune fille savait que, au dernier carillon annonçant les vêpres, la voie était libre et pour bailler le change aux maquerelles et autres expertes en médisances, elle juchait une bassine d'eau fraîche sur sa tête et se dandinait d'un pas tranquille jusqu'à l'entrée du meublé. De sa fenêtre, le jeune mulâtre lui faisait signe de grimper l'escalier après s'être garanti que ses plus proches voisins, un ancien marin grognon et maniaque au fond du couloir et un couple de Chinois juste en face de sa chambre, n'étaient plus aux aguets.

Rose-Joséphine avouait vingt-deux ans, mais à la tendreté de sa chair, Pierre-Marie devinait bien qu'elle devait en avoir trois ou quatre de moins. Le côté enfantin de ses questions, ses chatteries la trahissaient. Elle avait une peau de minuit satinée qui frémissait au moindre attouchement et se lovait telle une chatte-pouchine entre les jambes de son homme, comme si elle recherchait une protection qu'elle voulait définitive et savait pourtant aléatoire, aussi longtemps du moins qu'elle n'aurait pas accédé au port de la grand-robe et donc au statut de madame. À Saint-Pierre, une madame n'avait pas forcément besoin d'être conduite à l'autel nuptial : il suffisait que son protecteur lui louât une chambre dans une rue passante, de préférence au premier étage afin d'éviter chaleur et poussière, et y installât commode, lit à colonnes, penderie et bassine de toilette en émail. De ce jour, la nouvellement établie pouvait recevoir ses amies, organiser des parties de cartes l'après-midi, réservant les nuits à son amant et les matinées à un sommeil réparateur. Maintes filles des maisons de tolérance, à commencer par Thérésine et Loulouse, avaient accédé à cette enviable position et Rose-Joséphine ne comprenait pas qu'elle en fût privée, alors que la jeune campagnarde pure et affectueuse descendue des hauteurs de Fond Saint-Denis ne vendait point son devant au plus offrant.

« C'est parce que je suis trop noire pour toi ? C'est ça, hein ? » finit-elle par éclater un jour que, accablé par les soucis, Pierre-Marie ne l'avait pas touchée et s'était contenté d'observer le mouvement des bateaux dans la rade.

« Tu gagnes bien ta vie ! Ne me dis pas le contraire, se déchaîna-t-elle, tout le monde sait qu'on te paye royalement au séminaire-collège et c'est d'ailleurs pour ça que tu as choisi d'y rester plutôt que d'aller enseigner au lycée. La compagnie des Blancs ne te dérange pas, hon ! Tu préfères délivrer ton savoir à des yeux bleus qu'à des cheveux crépus. » Et de sauter sur Pierre-Marie, ahuri, de lui grafigner le visage, de le cogner à l'aide de ses menottes déjà calleuses à cause du récurage quotidien de la demeure où elle était employée, tout en l'agonissant d'injuriées que le gandin entendait pour la première fois. Des propos de nègres des bois inusités à Saint-Pierre, hormis peut-être dans le quartier de La Galère. Pierre-Marie ne réagit pas. Il se laissa calotter et pichonner sans bouger pièce, car il se rendait soudain compte qu'il n'avait plus affaire à une capistrelle, à une jeune fille en fleur mais bien à une femme que dévorait une jalouseté sans raison. Car Rose-Joséphine ignorait tout des sentiments du jeune homme pour Edmée, la mystérieuse quarteronne du *Grand Balcon*. S'il lui était bien arrivé de jeter un œil curieux à cette enveloppe que le répétiteur de philosophie portait tout le temps sur lui, elle eût été bien en peine, ne sachant pas lire, d'en déchiffrer le secret.

Quand elle était triste ou voulait montrer sa colère, Rose-Joséphine extrayait un curieux sachet de l'espèce de nœud que formaient les pans de sa robe sur sa hanche gauche, endroit où elle cachait d'ordinaire son argent. Tournant le dos à son amant, elle se mettait à en avaler goulûment le contenu. Au début de leur relation, Pierre-Marie avait cru qu'il s'agissait de quelque remède créole visant à lui calmer les nerfs, comme ceux qu'ingurgitaient à longueur de journée les catins de *La Belle Dormeuse* et de *L'Escale du Septentrion*. Mais un jour, il remarqua sur les lèvres de la jeune fille des traces de terre. Rose-Joséphine mangeait de la terre ! Le mulâtre en fut estomaqué. Il avait bien lu chez des chroniqueurs tels que le père Labat, dans son *Nouveau voyage aux*

Isles de l'Amérique, la description de cette étrange pratique, mais il était persuadé qu'elle n'avait plus cours depuis un bon demi-siècle, c'est-à-dire depuis l'abolition de l'esclavage au moins. Rose-Joséphine refusa tout net de s'expliquer sur cette habitude qu'elle avait acquise, disait-elle, dès sa prime enfance et qui, jusqu'à ce jour, ne lui avait causé aucun tort. « Non seulement c'est bon au goût, mais ça éclaircit le teint ! » avoua-t-elle un jour à Pierre-Marie. Le jeune gandin se dit alors que le moment était venu de prendre une décision et de lui parler comme à une adulte. Il l'attira au balcon et, lui désignant la ville d'un geste théâtral :

« Ceci... tout ceci est nôtre mais... ne nous appartient pas. Cette ville n'est ni aux mulâtres ni aux nègres, cela tu ne dois jamais l'oublier. Tu m'écoutes, Rose-Joséphine ? Que nous soyons considérablement plus nombreux que les Blancs n'y change rien. Elle est leur bien, leur chose et il faudrait une révolution pour qu'ils acceptent de lâcher prise.

– Alors pourquoi tu les aides encore plus en éduquant leur marmaille ? Pourquoi ? »

Pierre-Marie, soudain silencieux, prit les deux mains de la jeune fille et les baisa. Le contraste violent entre la blancheur de leurs paumes et la noirceur de leur dos l'émoustilla, réveillant en lui la souvenance de ces plaisirs lents et délicats qu'il tirait de ce corps encore juvénile mais si ferme, si fougueux. Autant il n'éprouvait qu'indifférence pour la couleur marron ou jaunâtre de la plupart des négresses de ce pays, autant le noir minéral, le noir pur des très rares qui avaient tout conservé de l'Afrique, l'hypnotisait. Il resongea à Lafcadio Hearn, le voyageur-écrivain avec lequel il avait développé des liens intellectuels profonds et qui était reparti vers d'autres cieux, l'Asie, à ce que Danglemont avait entendu dire. Selon Hearn, la couleur jaune était le symbole même de Saint-Pierre : jaune ocre des maisons de pierre, jaune éclatant des alamandas, jaune paille du rhum vieux, jaune doré du teint des mulâtresses et des chabines, jaune safran de leurs mouchoirs de tête.

« Si le jaune était une si belle couleur que vous l'affirmez, avait-il lancé par dérision à l'Américain, elle aurait son substantif, cher ami. Blanc possède blancheur, noir noirceur, vert verdeur, quoique avec un léger changement de sens, bleu bleuité, mais votre jaune là, hon !... que doit-on dire ? Jauneur ou peut-être jaunisse, ha-ha-ha ! »

De son balcon, l'En-Ville étalait certes sa splendeur coutumière et bourdonnait d'activités. Saint-Pierre était vivante, éminemment vivante, mais sa vie était tenue captive par une race d'hommes qui se croyait supérieure à toutes les autres. C'est de cela qu'il fallait la délivrer, continua-t-il, sinon un grand malheur se produirait tôt ou tard. Rose-Joséphine, toute frissonnante, se colla contre lui :

« Et... pour ma chambre ?

— Tu as ma parole. Dans deux ou trois jours, pas plus, je vais t'en louer une, soit ici, soit aux abords du marché. Comme ça, on ne sera plus très loin l'un de l'autre.

— Pierre-Marie, je ne sais pas dire merci. Je n'ai jamais su le faire. Excuse-moi !

— Tu n'as pas à me remercier. Tu le mérites bien... Quant à savoir pourquoi j'ai refusé le poste qu'on m'a offert au lycée, c'est que j'estime qu'il ne faut pas déserter le combat. Il faut porter le fer au sein même de l'institution, tu comprends ?

— Je ne suis pas une grande-grecque, tu sais...

— Les quelques idées que je mets dans l'esprit de ces yeux bleus, comme tu dis, porteront leur fruit un jour ou l'autre. Eh oui ! Même si cela ne concerne qu'une poignée d'élèves, quand ils remplaceront leurs pères, je suis sûr et certain qu'ils regarderont différemment les gens de couleur. »

Rose-Joséphine éclata de rire, retrouvant d'un seul coup sa fraîcheur enfantine.

« C'est un pari que tu fais là ? demanda-t-elle.

— Oui, un pari, c'est bien ça... »

VII

Carnets de philosophie créole

Je viens sans doute d'éprouver ce que Maimonide appelle un « événement de l'âme ». Jamais personne, homme ou femme, ne m'a fait semblable impression, que j'hésite à qualifier d'amour fou, d'irrésistible attraction ou de charme diabolique. Il y a certes un peu de tout cela dans ce sentiment où Edmée Lemonière m'a jeté, mais il y a aussi bien plus. Quelque chose d'indéfinissable et d'irréfragable à la fois. Comme une force secrète qui, émanant d'elle, se répand en vous et y prend ses quartiers sans pourtant vous bousculer. Et on a beau prétendre, à l'instar de Vaudran, qu'il suffit de détourner le regard ou de ne plus mettre les pieds au Grand Balcon *pour y échapper, on se trompe. Sa figure hante vos pensées les plus banales, la lointeur de son regard continue de vous plonger dans la perplexité. Une joie vous démange et chacun de vos pas se fait plus léger malgré le soleil qui ne baille aucune chance aux humains. Malgré la pluie chaude qui, au débouché des après-midi, fifine sur vos épaules et s'incruste à vos aisselles.*

Elle sait se rendre inaccessible sans faire montre de cette hautaineté si fréquente chez les mulâtresses et les quarteronnes entretenues par quelque Grand Blanc. On la dit excellente soprano, mais en ma présence, elle n'a jamais voulu accompagner Théodore, le célèbre pianiste du Grand Balcon, *qu'on venait entendre de Fort-de-France ou du sud du pays. Était-ce un pur hasard ? Ma personne était-elle la cause de ses refus répétés ? Je n'aurais su le dire et c'eût été m'accorder bien de l'importance à ses yeux. Pour Edmée Lemonière, moi, Pierre Danglemont, répétiteur de philosophie au séminaire-collège Saint-Louis-de-Gonzague, je n'avais pas d'existence concrète. Tout juste étais-je une ombre, une de ces âmes en peine qui observaient les parties de poker ou de baccara et s'adonnaient parfois à une partie de billard.*

D'abord je me suis dit qu'elle m'en voulait. Comme tout le monde dans la classe mulâtre. Même Marius Hurard, à qui j'avais proposé d'écrire des articles de littérature dans son journal, s'était mis à me toiser lorsque nous nous croisions dans la rue, alors qu'il m'avait si chaleureusement accueilli à Saint-Pierre à mon retour d'Europe. Il avait vu en moi l'un des plus brillants espoirs de notre camp, selon ses propres mots, et s'était imaginé que je reprendrais un jour la direction des Colonies *pour y continuer à ferrailler contre les journaux des Blancs. Ces piques incessantes de part et d'autre m'avaient, il est vrai, amusé un temps et j'étais allé assister à quelques duels à l'épée entre rédacteurs irascibles, mais toute cette politicaillerie avait fini par me lasser. Ces congratulations qu'il fallait servir, dans l'unique but d'obtenir leur vote, à des gens que l'on méprisait par-devers soi. Ces phrases lancées à l'emporte-pièce, ces discours amphigouriques qu'on devait tenir devant des foules qui n'en happaient le plus souvent que quelques mots au vol. Tout cela m'emplissait d'un dégoût sans nom. Je m'étais donc écarté de la cour de jeunes gens qui flattait le député Hurard dans l'espérance d'en obtenir quelque sinécure et, de proche en proche, j'étais tombé dans la Bohème. Pour nous, l'avenir se résumait au lendemain matin et Gigiles aimait à vantardiser au sortir de nos bamboches :*

« Après-demain est un autre jour, foutre ! »

Et puis, j'aime trop ma ville pour la voir à travers les seules lunettes de la politique. Derrière son exubérance se dissimule une intranquillité que je n'ai pas encore tout à fait réussi à percer. On la reconnaît parfois dans les cantilènes des vidangeuses qui, au petit matin, débarrassent les trottoirs des pots de chambre déposés la veille au soir sur le seuil des demeures patriciennes. Oh, pas grand-chose ! Un mot étranglé au mitan d'un refrain. Un soudain étirement de quelque syllabe déjà porteuse de gravité. Ou encore, peu avant le midi du jour, aux heures torrides pendant lesquelles la ville semble en arrêt. Les chevaux du tramway avancent au pas comme pour une marche funèbre. Les débardeurs et les marchandes de légumes du Mouillage cessent leur caquetage et leurs rires gras se figent dans le bleu impavide du ciel. Aux portes des bars de la rue de l'Enfer, des créatures hébétées se perdent dans la contemplation du néant. Alors la ville devient comme sourde et aveugle, elle s'emmuraille dans son accablement. Mais ce temps suspendu ne dure guère : des sonnis de cloche l'ébranlent par degrés. Des aboiements de chiens, des injuriées ou des claques dans le dos, le clo-co-toc d'une carriole, la corne d'un navire arrivant dans la rade et tout repart comme si de rien n'était.

C'est ce mystère que je veux pénétrer, cette avancée somnambulique au bord d'un gouffre invisible que chacun ici porte gravé en soi, mais dont on s'efforce de ne jamais parler comme si c'était marque d'indécence. Je m'en suis vite rendu compte : je ne peux écrire qu'à ce moment-là. Exactement à ce moment-là !...

VIII

L'hôtel-cabaret *Le Grand Balcon* est le lieu de plaisir le plus distingué de tout l'En-Ville. Un petit orchestre y joue en permanence des mazurkas créoles et des biguines ; parfois, à la demande, du jazz dansant ou des mérengués. Des couples se forment sous les lumières tamisées de rouge et vert, virevoltent avec une lenteur étudiée entre les tables de jeu où des gens de bonne extraction, Blancs de céans et d'ailleurs, mulâtres et Chinois mêlés, viennent gaspiller en une nuit le fruit de plusieurs mois de labeur. Poker, baccara, bridge, roulette, ma-jong, tout y est permis sous l'œil attentif du seul plébéien de l'endroit, le géant Barbe Sale, embauché à la nuit pour surveiller les tricheurs et les expulser dans l'instant du sélect établissement. Le fier-à-bras ne se gênait pas pour distribuer force horions à tout ce beau monde qui ne prenait pas sa hauteur quand il le rencontrait dans la rue. Toute cette jeunesse insouciante et bambocheuse qui côtoyait la plus effarante misère sans jamais y prêter une once d'attention. Ces galantins qui s'habillaient comme s'ils étaient invités à quelque fête vénitienne et que l'on retrouvait parfois affalés dans une ruelle déserte, tentant maladroitement de reprendre leurs esprits en se plongeant la tête dans l'eau frisquette qui déboule de la Montagne. Au plus profond de lui, Barbe Sale leur avait toujours porté une haïssance sans limites qu'il dissimulait derrière un visage un peu poupin, des yeux ronds et un menton mangé par des touffes de poils gris, blancs et noirs qui semblaient en lutte permanente pour s'en garantir la suprématie.

Ce soir-là, Danglemont avait prévu de disputer, en guise de réconciliation[1], une partie de billard avec Edmond Latouche de Belmont, ce Blanc créole quinquagénaire qui possédait une modeste habitation plantée en canne à sucre sur les hauteurs du Morne Abel. Latouche avait des manières de campagnard et affichait le plus vif mépris pour ceux qu'il appelait ces « petits messieurs d'En-Ville ». Qu'un homme se pomponnât, s'aspergeât de parfum et se mît une perruque pour aller au théâtre écouter les mugissements d'une cantatrice dépassait son entendement.

« Autant que je mignonne mes vaches ! se gaussait-il, au moins, je suis sûr et certain d'en obtenir du bon lait le lendemain. »

1. Note du traduiseur : il serait parfaitement inutile de raconter le comment du pourquoi. Mistikrak !

En fait, comme nombre de moyens planteurs blancs, Latouche de Belmont était criblé de dettes. Il était pieds et poings liés à son négociant, Dupin de Maucourt, qui lui écoulait son rhum en Europe tout en le méprisant cordialement. Au début, tout s'était pourtant bien passé. Le marchand lui avait consenti des avances financières conséquentes que Latouche avait remboursées rubis sur l'ongle, jusqu'au jour où une sécheresse à l'arrachée-coupée, en plein mois d'octobre de l'an 1897, avait interrompu la croissance des plants qu'il venait de faire mettre en terre. À la roulaison, en janvier de l'année suivante, Latouche n'obtint qu'une canne maigrichonne, presque sans jus, qui lui bailla un rhum de médiocre qualité. Dupin de Maucourt lui fit généreusement crédit, mais le planteur du Morne Abel ne réussit jamais à sortir de cet engrenage qui alla en s'aggravant au fil du temps. Pour oublier sa déveine, le bougre se mit alors à fréquenter les gargotes les plus infâmes du quartier du Centre et devint familier de toute une faune où se mêlaient, sans préjugés apparents, nègres de sac et de corde, mulâtres déclassés, Blancs créoles de modeste extraction, marins européens et américains, Fils du Ciel amateurs de jeux de hasard arborant leur longue natte ridicule. Latouche continua donc à descendre les marches de l'enfer et à dilapider le peu qui lui restait, jusqu'au jour où il fit la connaissance d'une jouvencelle qu'il avait d'abord prise pour une Blanche, mais qui était quarteronne et fière de l'être.

La rencontre eut lieu à l'hôtel-cabaret *Le Grand Balcon*. La personne se nommait Edmée. Edmée Lemonière. Trente ans et quelques. Des cheveux noirs bouclés qui encadraient un visage d'Andalouse. Une dentition éclatante, presque parfaite, pensa la première fois Latouche. Un tour de reins fabuleux grâce à une croupière qui eût fait tourner la tête au Souverain Pontife lui-même. Edmée Lemonière se contentait d'observer les parties, un verre de gin-orgeat à la main, arborant un petit sourire énigmatique, répondant d'un signe de tête discret aux regards appuyés et aux saluts bien bas de la gent masculine. Elle était la seule créature féminine du *Grand Balcon,* havre de tous les plaisirs vénériens, à ne point monnayer ses charmes en jouant de la croupe à tout-venant, bien qu'on la soupçonnât de mener une existence de demi-mondaine. Sa parole était également rare, sans qu'on pût deviner quel tourment la rongeait. Car personne n'avait manqué de noter ces brefs éclairs de tristesse qui ennuageaient son regard quand elle s'accoudait au bar et regardait évoluer les danseurs. On la disait riche héritière, unique descendante, illégitime certes, d'une famille blanche créole qui s'était éteinte au mitan du siècle ou, selon d'autres, avait émigré en Louisiane. Quelle famille au juste ? Personne n'aurait su l'affirmer et l'attitude réservée d'Edmée interdisait tout questionnement trop prononcé sur le sujet. Simplement, elle se prétendait dame de compagnie d'une veuve de haut parage qui vivait recluse au Mouillage.

La première fois que Pierre-Marie Danglemont et Edmond Latouche de Belmont aperçurent Edmée Lemonière, ils furent tous deux foudroyés par un amour déraisonnable pour sa personne. Le jeune mulâtre se souvint aussitôt d'une certaine strophe de son ami Manuel Rosal, le poète romantique :

Sois sage, mon ami, ne livre pas ton âme
Au pouvoir despotique et cruel d'une femme.
La douceur des baisers souvent se change en fiel,
Et nous trouvons l'enfer où nous cherchons le ciel.

Pierre-Marie avait affiché jusqu'alors un certain dédain envers *Le Grand Balcon*, qu'il jugeait trop compassé et ne fréquentait que pour la seule et unique raison qu'on y trouvait les meilleures tables de billard de Saint-Pierre. Il commença à s'y montrer assidu, délaissant sa chère Mathilde de *L'Escale du Septentrion*. Longtemps, il chercha le moyen d'approcher Edmée, d'engager un brin de causer avec elle, de l'intéresser à sa personne. En vain. La quarteronne semblait tout bonnement ne pas le voir. Chaque fois qu'il se trouvait à portée de son regard, il lui paraissait que les yeux de la divine créature devenaient soudainement glauques et le jeune professeur avait la désagréable impression de se dissoudre. Pas une seule fois, Edmée Lemonière ne l'entrevisagea, même avec détachement. Pierre-Marie

Danglemont n'existait tout bonnement pas pour elle !

Jusqu'au jour où débarqua le sieur Latouche de Belmont. Le mulâtre et lui s'étaient rencontrés, quelques semaines après leur duel, à l'Habitation Parnasse, où le premier venait d'être embauché comme précepteur. Le second, endetté jusqu'au cou, était venu y négocier une énième somme d'argent auprès de son cousin germain, Louis de Saint-Jorre, dont les plantations, bien ventilées et convenablement arrosées, étaient florissantes. Malin en diable, Latouche avait amadoué le planteur en feignant de s'intéresser à ses observations vulcanologiques, qu'il tenait cependant, comme tout un chacun, pour une lubie d'homme approchant le grand âge. Trouvant pour une fois une oreille complaisante (celle de Danglemont n'étant que poliment attentive), le maître de Parnasse s'échauffa jusqu'à mêler considérations politiques et prédictions géologiques. Saint-Jorre faisait les cent pas sur la véranda de sa vaste demeure coloniale, sous le regard un peu circonspect de ses hôtes, et éructait en tapotant de temps à autre son télescope :

« Vous verrez, messieurs, Saint-Pierre disparaîtra ! Elle sera rayée de la carte de l'univers. Deux fois rayée : d'abord à cause de ces mulâtres républicains qui ne respectent rien, qui crachent sur notre Sainte Église apostolique et romaine, qui veulent substituer leur pouvoir despotique, que dis-je, leur grandipotence, à notre paternel gouvernement. Ah ! Danglemont, je sais bien que vous appartenez à la classe des sang-mêlé, mais je sais aussi que vous désapprouvez leur chef, cet ambitieux, cet arriviste de Marius Hurard et ses menées infâmes. Sinon vous ne seriez point ici, chez moi, à enseigner à mes fils la littérature et la philosophie... »

Rien à dire : Louis de Saint-Jorre parlait avec une rare éloquence, acquise auprès des Jésuites qui s'occupaient, avant l'interdiction de leurs activités dans la colonie, des enfants mâles de la noblesse terrienne. Mais il était fort loin d'avoir l'ouverture d'esprit de ses anciens maîtres et fulminait contre l'école laïque, gratuite et obligatoire. Plus que tout, le planteur abominait l'instauration du suffrage universel qui permettrait aux classes mulâtre et noire, plus nombreuses, d'évincer progressivement les représentants de la caste blanche dans la plupart des charges électives. À l'instar des gens de son monde, il en voulait tout particulièrement aux mulâtres, qu'il accusait de s'appuyer sur les nègres, tout en les méprisant au fond d'eux-mêmes, dans l'unique but de ruiner le pouvoir des Békés.

« Nous avons nous-mêmes creusé notre tombe », l'avait-il entendu déclarer lors d'une dispute avec sa très pieuse épouse, une lointaine parente qui avait fait construire une chapelle sur la plantation afin d'enseigner des rudiments de catéchisme à la marmaille des muletiers, des amarreuses, des conducteurs de tombereaux et des coupeurs de canne. Louis de Saint-Jorre était l'un des très rares planteurs à n'avoir jamais cédé à la « tentation de la négresse », comme il disait avec drôlerie, et à n'avoir donc aucun rejeton mulâtre. Au Cercle de l'Hermine, il lui arrivait de tancer vertement ses pairs sur le sujet, lesquels se contentaient de baisser les yeux, confus, voire honteux, mais prêts à forniquer dès la tombée du jour avec leurs servantes ou leurs lessivières. Le maître de l'Habitation Parnasse n'y trouvait qu'un seul opposant, le hobereau Ulysse de Pompignac, propriétaire de l'Usine Périnelle où se fabriquait l'un des meilleurs sucres de la Martinique. Rougeaud, court sur pattes, rigolard, parlant plus souvent créole que français, de Pompignac ne craignait pas de tenir tête à l'austère vice-président du Cercle :

« Tu parles de quoi, Louis, hein ? T'as déjà goûté à un con de négresse, toi ?... *Ou pa sav sa sa yé alò péla !* (T'ignores ce que c'est, alors tais-toi !) Messieurs, si nous couvrons si assidûment les femmes de la race inférieure, c'est qu'il y a bien une raison et cette raison, la voici : nous y prenons plus de plaisir qu'avec nos donzelles confites en dévotion et qui sentent le rance ! Ha-ha-ha !... »

Entre rires gras et huées, approbations et protestations, Louis de Saint-Jorre parvenait difficilement à faire entendre ses vues, mais dès que le calme revenait dans la bâtisse sans style de la rue Lucy où le club avait ses quartiers, il ne manquait jamais de reprendre le fil de sa démonstration :

« En vous obstinant dans vos turpitudes, messieurs, vous creusez inexorablement votre tombe, car plus vous fabriquerez des mulâtres, plus notre position s'affaiblira. N'oubliez jamais que ce scélérat de Schœlcher prévoyait que les sang-mêlé seraient les premiers à profiter de l'abolition de l'esclavage. Qui peut lui donner tort un demi-siècle plus tard, hein ? Si nous étions d'ailleurs restés, Blancs et nègres, bien à l'abri de nos races respectives, chacun dans sa chacunière, toute cette agitation qui secoue notre pays n'aurait pas lieu. Eh oui ! Notre domination sur ces Africains barbares mais somme toute peu belliqueux n'aurait point connu si pitoyable fin. »

Louis de Saint-Jorre avait l'habitude de rapporter par le menu à son épouse les discussions houleuses du Cercle de l'Hermine, ignorant la présence de son précepteur mulâtre dans le grand salon. À moins qu'il ne tînt pour acquis le soutien de Danglemont, qu'il avait tiré d'un bien mauvais pas en lui offrant ce poste que lorgnaient quelques jeunes Européens fraîchement débarqués, mais dont le planteur se méfiait comme de la peste : comment n'auraient-ils pas été influencés en effet par les idées républicaines, laïques et radicales-socialistes qui étaient en train de conduire à une décadence certaine cette France que Saint-Jorre avait tant aimée à l'époque où son père l'avait envoyé passer cinq années dans un collège de Bordeaux ?

Outre ses prédictions apocalyptiques concernant la société pierrotine, le maître de l'Habitation Parnasse ajoutait de graves considérations sur l'humeur de la montagne Pelée, qu'il n'appelait jamais que

« ce terrible volcan faussement assoupi ». Pas un jour ne passait sans qu'il l'observât à la lunette et consignât ses remarques dans un grand cahier qu'il se promettait d'expédier bientôt à la Société de Géographie de Paris. Ce matin-là, le planteur accepta facilement de prêter trente mille francs à Latouche de Belmont, parce que son cher cousin venait de lui livrer une information capitale qui corroborait ses dires. Au cours d'une partie de chasse sur les flancs de la Pelée, de Belmont avait aperçu de larges failles d'où s'échappaient des fumerolles à l'odeur insupportable et, par à-coups, des jets de pierres rongées par quelque feu souterrain. Tout cela semblait provenir du cratère de l'Étang Sec. Les arbres aux alentours avaient été décapités et la savane n'arborait plus qu'une herbe roussie.

« Mon âge m'interdit de grimper là-haut, s'enthousiasma le maître du Parnasse, mais, cher cousin, tu m'apportes la preuve qu'une éruption fumerollienne a bien commencé. Combien de chasseurs étiez-vous ce jour-là ?

— Cinq, plus deux nègres qui nous portaient nos sacs...

— Et ces nègres, comment ont-ils réagi ?

— Vous les connaissez ! Ils se sont jetés sur le sol en hurlant et en invoquant la Vierge Marie et sainte Rose de Lima. Ha-ha-ha !... C'était du plus haut comique, je dois avouer... »

Le vieil homme ne se dérida point et, observant Latouche d'un air songeur, lâcha dans un souffle :

« Méfiez-vous ! Méfiez-vous, cher cousin ! Les nègres sont plus proches des animaux que de nous. N'oubliez pas qu'il n'y a pas très longtemps qu'ils ont cessé d'être des quadrupèdes ! Leur instinct est fort développé et ils sont capables de ressentir des choses que notre raison, notre bonne vieille raison de descendants d'Européens, nous empêche de...

— Vous dites sans doute vrai, car... à peu près au même moment... c'est cela ! Cela me revient : au même moment, nous avons vu des bêtes qui couraient en tous sens... comme si elles cherchaient à échapper à quelque danger...

— Quoi !

— Des... rats, surtout des rats, mais aussi des bandes de cochons sauvages, des mannicous et même deux-trois serpents... »

De Saint-Jorre sembla pris d'une fureur sans nom. Il claudiqua sur le plancher branlant de la pergola, tapant sa canne d'un geste frénétique entre ses jambes frêles de septuagénaire. S'approchant de Pierre-Marie, il le prit par les épaules dans un mouvement d'une surprenante amicalité. Le précepteur ne savait quoi dire, placé entre ces deux Békés dont les préoccupations respectives ne l'intéressaient que médiocrement. Le moment était d'ailleurs venu pour lui de rejoindre ses élèves dans la salle attenante au salon.

« Ne partez pas déjà ! lui intima Saint-Jorre devinant ses pensées. Vous avez devant vous un bel exemple de futilité, d'inanité mentale. Cinq Blancs assistent aux prémices d'une éruption volcanique, cinq personnes soi-disant éduquées, cultivées, et tout ce qu'elles trouvent à faire c'est de se moquer de leurs porteurs nègres ! À aucun moment, l'idée ne leur est venue d'en avertir les autorités ! De quand date votre partie de chasse, je vous prie, monsieur de Belmont ?

— Trois... non, quatre mois, je ne sais plus », fit ce dernier, penaud.

Ce soir-là, au *Grand Balcon*, Danglemont et Latouche de Belmont se remémorèrent cet épisode comique, le planteur se mettant même à imiter la voix chevrotante et sentencieuse du maître de l'Habitation Parnasse.

« Et cet imbécile a tout de même fini par me prêter la moitié de la somme que je lui demandais ! Ha-ha-ha ! Une éruption volcanique ! Deux-trois fumées qui sortent de la Montagne et voilà que ce vieux bougre en conclut à une prochaine catastrophe ! »

Excité par quelques verres de whisky, Latouche se hissa sur une table et harangua les clients au grand dam de Barbe Sale qui était retenu par le propriétaire du cabaret.

« Mesdames et messieurs, bonnes gens et bonnes gensses de Saint-Pierre et d'ailleurs, oyez ! oyez ! Un grand savant qui vit incognito parmi nous, un homme qui a lu et relu tous les livres de l'univers, vient de faire une découverte magistrale, phénoménale, grandiose. Oui, mesdames et messieurs, vous mourrez tous ! Ha-ha-ha ! Oh, pas de votre belle mort, non ! Vous mourrez sous un déluge de feu que crachera notre bonne vieille montagne Pelée. Ha-ha-ha ! »

Des éclats de rires fusèrent. Des verres se remplirent à nouveau et l'orchestre se remit à jouer. On organisa une sarabande en l'honneur du réveil du volcan et l'on vit même, ô miracle, Edmée y prendre part, la fière Edmée Lemonière qui sautilla comme tout le monde jusqu'à l'aube. Danglemont, bien que jouant des coudes et changeant constamment de place, ne parvint à aucun moment à s'approcher d'elle et à effleurer le grain de sa peau comme l'envie l'en démangeait.

TEMPS DE L'INTRANQUILLITÉ

IX

Le dernier-dernier carnaval du siècle avait eu un goût de cendres bien avant le mercredi au cours duquel on brûlait, sur un feu de joie, la grotesque effigie du Roi Vaval. Dès la mi-janvier, des bandes de manieurs de crécelle vêtus de noir et cagoulés de blanc se mirent à troubler le repos dominical de la cité. Le grincement lancinant de leurs instruments infligeait comme des calottes au seul moment de silence de la semaine. Ra ! Ra ! Ra ! L'En-Ville s'engonçait dans une tristesse. On murmurait ici et là :

« Les temps sont chimériques, oui ! »

À peine une âme charitable osait-elle entrouvrir ses persiennes pour balancer aux rarateurs quelques pièces qui résonnaient étrangement sur les pavés. Et les bougres de lancer sur le ton de chiens hurlant à la mort :

« Baillez-nous tout ce que vous possédez, citoyens de Saint-Pierre, car la fin du monde est proche !

Sous la terre, y a point de plaisir, à quoi bon emporter or et argent avec soi ? »

Ra ! Ra ! Ra !

Toutes sortes de prédictions contradictoires émanaient d'Europe et des États-Unis, où savants et prophètes se disputaient sur la question. Au siège du Câble français, Danglemont attendait chaque matin, fiévreux, des nouvelles de Paris. Son vieil ami Heurtel, avec lequel il avait partagé une vraie passion pour Parménide et qui enseignait la philosophie dans un célèbre lycée de la capitale, le tenait régulièrement informé des derniers développements. Rien qui pût rassurer le jeune dandy : tremblements de terre, raz de marée, éruptions et toute la cohorte des catastrophes naturelles habituelles se conjuguaient à des phénomènes plus surprenants comme des chutes de météorites ou l'augmentation brutale de la température du globe. À chaque câble, Danglemont sentait son angoisse se renforcer, encore qu'il eût fallu moins parler d'un tel sentiment que d'une sorte d'appréhension sourde, bizarrement mêlée d'enthousiasme. Il n'était pas donné à tout le monde de vivre une fin de siècle ! Et de plus dans un lieu aussi exaltant que Saint-Pierre.

D'ordinaire, au démarrage du carnaval, Danglemont, Saint-Gilles, Vaudran et leur bande de joyeux drilles s'enrôlaient dans les défilés, déguisés en médecins de Molière, en Arlequin, en preux chevaliers partant pour les croisades ou en fantômes écossais. Pour ce faire, ils avaient passé un accord tacite avec la propriétaire de *Chez Sosso* : elle leur prêtait les costumes, à charge pour eux de lui ramener le maximum de clients. C'était là chose aisée, puisque les trois bougres disposaient d'une excellente notoriété dans toute la jeunesse dorée pierrotine, surtout chez les mulâtres. Il leur suffisait de lancer à la cantonade dans le premier estaminet venu : « Cette année, on s'habille en Capitaine Drake ! » pour qu'aussitôt la mode soit lancée, qui correspondait comme par hasard au stock de déguisements que *Chez Sosso* avait commandé en Amérique du Nord. Le problème en cette année 1899, c'était que le choix effectué par l'établissement détonnait avec l'atmosphère générale qui régnait sur l'En-Ville. Comment mêler en effet manieurs de crécelle et marquis à perruque de la cour de Louis XIV ? Comment concordancer la frénésie funèbre des premiers avec la componction des seconds ?

Et ces crécelles, ces foutues crécelles, qui n'avaient de cesse qu'elles barattent leur lugubre litanie : Ra ! Ra ! Ra !

Comme tous les carnavaliers des quartiers plébéiens, Syparis confectionnait lui-même son déguisement, et ce dans les règles de l'art créole. Son groupe, venu de La Galère, déboulait sur la place Bertin à grand renfort de tambours, de boîtes en fer-blanc et de vieilles casseroles que martelaient des centaines de nègres déchaînés. Marianne-peau-de-figue, carolines, nègres-gros-sirop, diables rouges, masques malpropres et masques-la-mort se déhanchaient avec une énergie si puissante qu'elle faisait trembler les murs de pierre du quartier du Centre. Massées à leurs balcons en fer ouvragé, la békaille et la mulâtraille observaient d'un œil mi-séduit mi-inquiet cette pacifique invasion. À hauteur de la maison du docteur Lota, Syparis avait pris l'habitude, depuis que le Corse s'était mis à grafigner les gens de couleur dans son journal, de faire un pauser-reins. Calmant son monde d'un geste d'*imperator*, le détrousseur d'honnêtes gens, magnifiquement drapé dans son costume de diable rouge, portant haut son masque à cornes et miroirs, s'écriait, faisant rugir son fouet sur la chaussée :

« *Manmay-la, annou ba Lota sa ki fo'y ! Annou : Kokofiolo ! Kokofiolo, sòti an kay-la si ou ni grenn !* » (Les gars, foutons à Lota ce qu'il mérite ! Allons-y : espèce de coco ! Sors de chez toi si t'as des couilles !)

Les carnavaliers redoublaient d'ardeur et bientôt des centaines de voix couvraient la maison Lota hermétiquement close pour l'occasion. Une année, l'irascible docteur avait eu le malheur d'apparaître à son balcon et de riposter aux insultes de la foule, brandissant même un revolver. On lui avait voltigé des pavés et le pire n'avait été évité qu'à la faveur de l'intervention musclée d'une troupe de gendarmes à cheval.

En cette fin de siècle, nul ne songea cependant à interboliser le rédacteur du *Bien public*, sa petite personne n'était pas à la hauteur de l'événement. La jonction qui se faisait habituellement entre nègres des bas quartiers et petits-bourgeois du Centre s'opéra à hauteur de la rue Bouillé. Plus de barrières de couleur ni de classe en cet endroit ! Plus de riches ou de miséreux ! Une seule et même communion dans le délire carnavalesque, dans le tafia partagé au goulot, dans la fornication immédiate et sans sentiments, dans les cris paillards et les blasphèmes les plus odieux. Le carnaval abolissait tout. Le temps, le chagrin, le deuil, les préjugés, les haïssances. Il brassait toutes les classes dans un gigantesque tourbillon qui emportait l'En-Ville et, à mesure qu'approchait le Mardi gras, faisait flotter au-dessus d'elle une atmosphère d'irréalité.

En cette circonstance, Marie-Égyptienne, toujours grimée en La-Diablesse (et donc d'une belleté effrayante !), s'agrippait au bras de Danglemont et ne le lâchait plus. Leurs peaux se frottaient, leurs sueurs se mêlaient des heures durant sous le soleil implacable de février. Le jeune gandin sentait frémiller contre son épaule les seins lourds de la blanchisseuse et, de son corps tout entier, monter vers lui une sorte de musc violemment sensuel. Le couple s'entre-dévorait, ballotté par la houle des carnavaliers. Baisers, attouchements insistants, gloussements. Parfois, quelque vicieux s'aboutait au popotin de Marie-Égyptienne et entreprenait de jouir tout en avançant au rythme du défilé. Et la bougresse de s'esclaffer :

« Ouaille, la vie est belle, mes amis ! J'ai un braquemart par-devant, un autre par-derrière, qu'est-ce que je veux encore ? »

Danglemont entrouvrait alors sa braguette et l'empalait sauvagement, ce qui créait un personnage à trois têtes, qui tantôt allait de l'avant tantôt reculait. Nul ne s'apercevait de ce manège, car chacun était employé à des occupations tout aussi lubriques. De gros nègres noirs en profitaient pour investir la chair pâle des chabines dorées ou des mulâtresses. Des Blancs créoles, masqués mais reconnaissables à leurs bras blêmes et poilus, s'emmanchaient avec des négresses de bas étage dont ils n'auraient même pas voulu comme servantes. De la Grand-Rue à celle de l'Enfer, de la place Bertin au Pont de Pierres, ce n'était qu'un seul héler-à-moué, une sorte de libération des instincts les plus primaires. Et pour scander toute cette bacchanale, des chanters mal élevés ou des biguines politiques.

Avant que la nuit n'enveloppât tout-à-faitement l'En-Ville, la Bohème rentrait se changer en six-quatre-deux. Saint-Gilles et Vaudran houspillaient le conducteur du tramway qui, à les entendre, traînassait plus qu'à l'ordinaire. Danglemont n'avait que quelques rues à traverser pour atteindre son meublé. Tenant Marie-Égyptienne par la main, il se frayait un passage dans la foule déchaînée qui profitait de l'obscurité, à peine trouée par de rares flambeaux en bambou, pour régler des comptes. Cette année-là, l'ultime du siècle, le commis principal des établissements de Maucourt reçut un etcetera de coups de jambette qui le laissa en sang au pied du phare de la place Bertin. Seule l'épaisseur de son habit de petit marquis lui épargna la vie. Reine-Marie, catin de *L'Escale du Septentrion,* qui venait d'atteindre les rives de l'âge mûr, se voyant abandonnée par son amant de cœur au profit d'une jeunotte arrogante, se vengea de cette dernière en lui voltigeant une fiole d'ammoniaque à la figure. Nul n'entendit, dans le ouélélé des défilés, les hurlements de douleur de sa rivale qui s'effondra sur la chaussée et fut piétinée sans ménagements. En représailles, des nègres de Sainte-Philomène, ce quartier des réprouvés que l'on traversait sans s'arrêter quand on désirait se rendre dans la commune voisine du Prêcheur, ne montrèrent aucune compassion pour la catin. Ils lui déchirèrent son déguisement de Pompadour et la coquèrent à tour de rôle à l'encoignure d'une maison de commerce, entre des caisses de morue séchée et des barriques de mélasse. Une enfilade de bougres — plus d'une trentaine, assura la rumeur — lui monta sur le ventre et au devant-jour, Reine-Marie fut retrouvée morte, les yeux ayant comme tourné à l'envers, une mimique presque soulagée lui figeant les lèvres. Elle fut ensevelie à la va-vite dans la fosse commune du cimetière des pauvres et Syparis, le fossoyeur en chef, lui fit cette courte homélie :

« Honneur et respect à Reine-Marie qui toute sa vie sut offrir volupté et tendresse à la race des hommes. Elle nous a quittés ce Mardi gras dans la gloire d'un siècle qui s'achève. Ainsi soit-il. »

Tout ce beau français lui avait été préparé par Pierre-Marie, juste avant que les deux compères ne montent à l'abordage du *Casino*, une salle de danse qui n'ouvrait qu'à la période du carnaval (le reste du temps, ce n'était qu'un hangar à marchandises). Bien que soûl comme cela s'écrit, le philosophe avait tenu à rendre un dernier hommage à Reine-Marie, dans les bras de laquelle il lui était arrivé de s'anonchalir. Tenant Marie-Égyptienne d'une main et Syparis de l'autre, il les avait halés jusqu'à la piste de danse où s'entrechoquaient les masques les plus extravagants et, tout en envoyant son corps monter en l'air, il avait fait répéter après lui les premiers — et sans doute derniers — mots de français que le gredin eût jamais prononcés de sa vie. On fut grandement étonné de la bonne mémoire de Syparis.

La nuit dans son entier fut dansée à travers l'En-Ville. Mais en ce dernier-dernier carnaval du siècle, seul le Ra ! Ra ! Ra ! des crécelles imposait son refrain chimérique, dispensant une terreur froide qui s'incrustait jusqu'aux fibres de la chair des hommes les plus debout dans leur pantalon, ceux qui s'en foutaient pas mal de rencontrer la mort sur leur chemin de grand matin, oui ! ceux qui ne se laissaient aucunement accouardir par les traînées de fumée et de cendres qui s'échappaient de la gueule fendue de la Montagne. Car cette dernière fumait régulièrement à présent, lâchait des haillons de suie noir bleuté ou des volutes blanches qui prenaient la forme de corolles quand elles montaient au ciel, obligeant tout un chacun à se poser des questions...

[LE SONGE DE LAFRIQUE-GUINÉE

Il était le seul à ne jamais paillarder. Temps de carnaval, c'est temps du Diable, grommelait-il. Mais dans sa bouche, le Diable n'entretenait aucune accointance avec l'imagerie chrétienne d'une créature noirâtre, fourchue et cornue, qui dansait autour des flammes de l'Enfer. Que nenni ! Diable, c'est un beau Blanc, proclamait-il. Un Béké fringant, les cheveux rouges, vêtu d'un costume de lin blanc, d'un casque colonial blanc, qui montait un superbe cheval blanc et qui galopait à travers les campagnes pour cueillir la fine fleur des négresses. Dès le vendredi gras, au moment où les bandes masquées de La Galère s'apprêtaient à déferler sur l'En-Ville, Lafrique-Guinée se hissait sur la rambarde du Pont de Pierres, solitaire et inquiétant, et jetait un regard lourd de commisération sur cette négraille qui commençait à brailler, à se déhancher, à boire du tafia et à tourner sa vie en dérision. Il leur lançait (sans que quiconque s'émût de la couleur de ses paroles) :

« J'ai fait un songe. Chaque nuit, je fais un songe et c'est ainsi que je n'oublie pas. Savez-vous que nous sommes devenus des aveugles, nous les nègres de ce pays-là, mais en songe, personne ne peut empêcher les aveugles de voir. Personne ! Je vois des fleuves démesurés qui montent à l'assaut du ciel, des forêts impénétrables, des tigres, des compères éléphants. Je vois, autour du foyer sacré, le gardien des ancêtres qui, lentement, tourne et vire, tourne et vire, et j'entends chaque mot de sa langue natale. Mais il n'est pas besoin que je la sache, car je suis l'heureuseté même. Me voici dans la Terre d'Avant. Je suis revenu dans le ventre de ma mère... »

Nul n'accordait donc d'attention à Lafrique-Guinée. Il y avait bien eu jadis un citoyen de la rue Montmirail qui avait porté plainte en accusant le bougre de troubler la sérénité publique, mais le tribunal, en considération des médailles que le vieux nègre avait gagnées lors de la guerre du Mexique (dans l'armée de Napoléon troisième du nom, s'il vous plaît !), déclara qu'il n'y avait pas lieu de le poursuivre. Les juges lui demandèrent de « tempérer ses élucubrations ». En particulier, cette sinistre prédiction par laquelle il concluait ses plaidoiries du mercredi des cendres :

« Cette vie-là ne durera pas, nègres de peu de mémoire ! Cette ville est condamnée aux pires tourments ! »]

Or donc, sans que nul ne se fût passé le mot, les carnavaliers de la dernière année du siècle se grimèrent tous en moines, ma-sœurs, prêtres, évêques, archevêques ou pasteurs anglicans. Oubliés les déguisements américains de *Chez Sosso*, tous ces fantômes écossais et autres Capitaine Drake ! Aux orties les masques créoles confectionnés avec amour toute l'année durant dans les quartiers de Fond-Coré et de La Galère ! Foin des carolines, des Marianne-peau-de-figue ou des masques-la-mort ! Comme si une autorité supérieure en avait lancé le mot d'ordre, tout un chacun avait soulevé son matelas afin d'en extirper ses hardes usagées ou simplement passées de mode et l'on avait coupé, découpé, taillé, cousu, recousu. Robes de bure, soutanes, cornettes, étoles, chasubles, tiares jaillirent des mains expertes des femmes qui étaient secouées par des rires irrépressibles, entrecoupés de brusques sanglots, comme si les assaillait soudain le sentiment de commettre l'irréparable. Si certaines se refusaient d'abord à cracher ainsi sur l'Église, la folie ambiante avait assez vite raison de leurs scrupules et même dans les demeures des riches Blancs où la piété (ou son semblant) était hautement affichée, on recommandait aux nounous les décolletés les plus audacieux pour les robes de religieuses. « Saint-Pierre est devenue folle ! Elle est folle dans le mitan de la tête ! » s'alarma la gent ecclésiastique, qui alerta le maire lequel alerta le gouverneur lequel alerta le ministère des Colonies, qui finit par avertir le gouvernement. Lequel avait d'autres chats à fouetter que les déhanchements d'une poignée de nègres lubriques dans une île perdue des Amériques.

Telle fut en effet la réponse, peu diplomatique il est vrai, que monseigneur de Cormont reçut de la bouche d'un haut fonctionnaire en visite d'inspection dans l'île. Le chef de l'Église décida donc de péter une guerre contre les mécréants et les impies et au final de janvier, il organisa des processions dans les rues les plus importantes de l'En-Ville à des heures (sept heures du matin) et à des jours (le mardi ou le jeudi) tout à fait incongrus. À la tête de ces manifestations, on vit s'avancer, ô surprise, la demoiselle Edmée Lemonière, à la parole si rare et au maintien si prestancieux que beaucoup, y compris parmi les femmes, avaient peur de lui adresser la parole. Il faut dire que la quarteronne, riche héritière, ne vivait pas de ses seules rentes : elle exerçait aussi la profession moins reluisante de prêteuse sur gages et un bon tiers des commerçants de Saint-Pierre lui était débiteur. Aussi la redoutait-on grandement, car sur un simple signe de tête, Edmée Lemonière vous annonçait que l'heure était arrivée de la rembourser. Une nuée d'huissiers hargneux comme des roquets s'en venaient bientôt cogner à votre porte en hurlant le montant de vos dettes, insensibles au scandale qu'ils provoquaient et insoucieux d'écorcher votre honneur pour un etcetera de générations.

Danglemont observait ces étranges processions depuis sa fenêtre, partagé entre la stupeur et un brusque enfièvrement dû à la présence, ô combien insolite, de celle qu'il aimait en secret et qu'il commençait à désespérer de pouvoir approcher. Edmée portait une grande croix sur l'épaule et avançait tête à demi penchée, murmurant des prières. Sur son passage, les gens s'agenouillaient avec respect ou s'agrégeaient au cortège, grossissant une foule qui envahissait la cathédrale pour y communier dans l'adoration de la Vierge Marie et de son fils. En ces occasions, des conversions subites se produisirent. La plus spectaculaire fut celle de Manuel Rosal, membre pourtant éminent de la Bohème et poète symboliste qui avait juré jusque-là l'inexistence de Dieu, proclamant haut et fort que Dame Nature était la seule force qui régissait ce monde. De panthéiste convaincu, il se mua, flap ! en propagateur fervent, voire intolérant, de la foi chrétienne et se brouilla du même coup avec ses amis. Antoinise, sa favorite à *La Belle Dormeuse*, en attrapa un chagrin si-tellement inconsolable qu'on crut qu'elle en deviendrait folle. Rosal déserta l'endroit du jour au lendemain et son esprit boute-en-train en vint à manquer aux filles, même à celles qu'il n'avait jamais fréquentées. Comme des âmes en déshérence, elles accueillaient la clientèle avec des sourires forcés et buvaient comme des trous. Vomissements, éclats de voix, injuriées et menaces. La tenancière se résolut à faire appel à Virgile et Pierre-Marie, bien qu'elle leur vouât une rancune tenace parce qu'ils avaient toujours affiché leur préférence pour l'établissement rival, *L'Escale du Septentrion*. Les deux compères acceptèrent de tenter l'improbable entreprise. Ramener Manuel Rosal à la raison, c'est-à-dire à sa vie de bamboche, ne serait pas, ils s'en doutaient, chose aussi aisée que de haler une chaise au bord d'une table.

« Nous risquons de perdre à jamais un ami, que dis-je, un frère, grandiloqua un brin Virgile, mais avons-nous le choix ?... »

Février approchait à grand vent-grand mouvement et, sans discontinuer, la quarteronne Edmée organisait ses processions matutinales. Cela finit par inquiéter également Marius Hurard, le chef de file du Parti mulâtre, à cause des élections qui approchaient. Dans son journal *Les Colonies*, il se mit à vitupérer (à contrecœur, car il nourrissait lui aussi un faible pour Edmée) contre cette « religiosité subite et suspecte », y voyant la main de la caste békée. Final de compte, Hurard crut trouver la raison du zèle prosélyte de la plus belle créature du *Grand Balcon* : elle voulait devenir blanche. Oui, blanche ! Blanche pur sang ! Edmée Lemonière, simple quarteronne à qui il manquait quelques quartiers de noblesse, était donc en train de s'acheter une blancheur comme on s'achète une conduite, s'acharna-t-il. Sans qu'on sût si le politicien mulâtre avait deviné juste, cette campagne valut à la jeune femme les foudres conjuguées des gens de couleur et de la négraille, cette dernière classe se montrant peut-être la plus virulente parce qu'elle entrevoyait dans le désir d'Edmée de se débarrasser de toute trace de sang africain une méprisation sans bornes.

« *Man ka konpwann poutji sé épi ayen ki Bétjé i ka koupé, bòbò-a !* » (Je comprends pourquoi elle ne fornique qu'avec des Blancs créoles, cette putain !) furibonda Syparis au marché du Mouillage, à l'heure de la plus forte affluence.

Cela ne l'étonnerait pas qu'elle fût la maîtresse du sieur de Maucourt, menaçant du même coup l'emprise qu'avait Marie-Égyptienne sur le président du Cercle de l'Hermine et, surtout, le job de rabatteur de négresses nubiles dont Syparis s'acquittait pour le compte du négociant. Mais, beau joueur, le bandit de grand chemin accepta de laisser Pierre-

Marie et Gigiles tenter une ultime démarche auprès de Rosal avant d'exercer ses talents de crocheteur à l'encontre de la grande maison en pierre de taille d'Edmée, sise rue d'Anjou. S'ils réussissaient à ramener le poète symboliste à une plus juste appréciation des choses, croyaient pouvoir affirmer les deux compères, nul doute que leur ami sût exercer à son tour quelque influence sur Edmée, laquelle mettrait probablement un terme à ces défilés qui commençaient à agacer tout le monde, y compris les commerçants du Centre. Toutes ces démonstrations provoquaient en effet une cohue jusqu'à une heure avancée de la matinée, ce qui gênait la circulation des chalands. Un comité s'était même créé, qui avait sollicité un entretien auprès du maire de Saint-Pierre afin de réglementer les processions pendant les jours de la semaine. Il fut décidé que, au-delà de sept heures et demie du matin, toute cette agitation deviendrait illégale, les contrevenants s'exposaient à de sévères amendes et même, en cas de récidive, à des peines d'emprisonnement. Au reste, cet arrêté municipal ne fut jamais promulgué, le premier édile craignant trop d'écornifler son électorat.

« Je leur accorde jusqu'au dimanche d'avant la mi-février », vitupéra Syparis à la cantonade, sans qu'on sût s'il s'adressait aux autorités, à Edmée Lemonière et ses fidèles, ou à la Bohème. « Cette quarteronne imbécile ne va pas gâcher notre carnaval, foutre !

— Le dernier du siècle, en plus ! » lui rétorquait-on ici et là.

L'entretien avec Manuel Rosal fut un échec cuisant pour les deux émissaires. Vêtu d'une sorte de robe de bure, les yeux enfiévrés, le poète leur entrouvrit sa porte et ne répondit que par des grognements à leurs salutations. Après lui avoir annoncé qu'Antoinise se morfondait de sa disparition, Gigiles, le continuateur de *L'Énéide*, entreprit de lui déclamer un des meilleurs quatrains du poète symboliste :

Si le velours d'un sein, le satin d'une lèvre
ont fait naître en ton cœur une amoureuse fièvre ;
si tu t'es enivré du vin des voluptés,
qu'importent les serments, une nuit chuchotés !

À ces mots, le bondieuseur de fraîche date fut pris d'une sainte horreur. Le grain de ses yeux brilla de haine et tout son corps, devenu famélique à force de jeûnes répétés, fut secoué par une sorte de hoquet qui le projetait tantôt en avant tantôt en arrière. Tout aussi soudainement, Manuel Rosal retrouva une immobilité marmoréenne et, considérant tour à tour ses deux anciens compères de la Bohème, leur asséna la même phrase mystique qui devait les hanter des semaines durant, une antienne qui avait le don, les soirs de beuverie, de les dégriser d'abord et de les faire rire jaune ensuite :

« Le péché de chair, qui est l'œuvre des sept

démons, perdra Saint-Pierre. Nous éprouverons dès ici-bas les tourments de l'Enfer ! »

Quelque temps après cette ultime tentative de conciliation, l'inévitable se produisit : des heurts éclatèrent près de la batterie d'Esnotz entre une bande de manieurs de crécelle qui avait investi l'En-Ville dès avant le devant-jour — semant ses Ra ! Ra ! Ra ! sinistres — et la procession quotidienne menée par la quarteronne du *Grand Balcon*. Syparis, les balafres de son visage teintes en rouge vif, avançait au pas cadencé tout en fracassant sur les pavés son long fouet en nerf de bœuf. Il barytonisait, les yeux exorbités :

« *Kannaval-la wouvè ! Kannaval-la déwô !* » (Le carnaval a commencé ! Le carnaval est dans les rues !)

Les deux cortèges se firent face juste devant la Bourse, au moment où Edmée Lemonière, hiératique, insensible aux insultes paillardes qui tigeaient parmi les nègres aux crécelles, s'apprêtait à bifurquer afin de conduire ses fidèles à la cathédrale Notre-Dame-du-Bon-Repos. Sa belleté était tout bonnement impressionnante et la hargne de Syparis fut sur le point de chavirer quand son regard se posa sur les hanches généreuses de la quarteronne. À chacun de ses pas, ses cuisses parfaites se dessinaient sous sa longue robe de prêtresse d'un culte nouveau qui inquiétait désormais jusqu'à Monseigneur l'Évêque lui-même, à en croire les prêches que l'ecclésiastique délivrait depuis quelque temps.

Si le prélat avait de prime abord vivement encouragé ses ouailles à participer à ce qu'il désignait comme une réaffirmation de la foi chrétienne, il les mettait à présent en garde contre ses dérives païennes. Il faut avouer que nombre de Pierrotins voyaient dans l'entreprise d'Edmée un signe du ciel, l'annonce que le nouveau siècle serait totalement différent de celui, pourtant plein de fureur, qui était sur le point de s'achever. Sans doute le règne de Dieu sur la terre était-il proche et il était temps de faire amende honorable pour s'en épargner les foudres. « Et puis, la dame aux longs cheveux de jais, elle fait des miracles, oui ! » colportait-on ici et là. Rumeur qui poussa peu à peu le peuple des campagnes environnantes à investir la ville, dormant toute la nuit dehors pour attendre le passage de la procession. On tendait alors à Edmée des bébés scrofuleux ; des vieux-corps à l'article de la mort se traînaient à quatre pattes à ses pieds ; aveugles, paralytiques, bambocheurs dévorés par la syphilis, poitrinaires, toute l'humaine misère qu'on ne voyait jamais au grand jour se pressait autour de sa personne. Et pour de vrai, des rémissions miraculeuses se produisirent. Anthénor Diable-Sourd recouvra l'usage de l'un de ses tympans et se mit à cabrioler partout en criant :

« J'entends à nouveau la musique ! Seigneur Jésus-La Vierge Marie-Tous les Saints du Ciel, le tambour résonne à mes oreilles, foutre ! »

Une porteuse d'Ajoupa-Bouillon sentit ses rhumatismes s'évanouir du jour au lendemain. Un mulâtre nonagénaire, à qui on avait baillé deux fois l'extrême-onction et dont les descendants avaient déjà procédé au partage des biens, retrouva toute sa vigueur et chassa ses fils de sa maison. Le Chinois Chang-Sen, le boutiquier le plus avenant du Mouillage, reçut enfin la lettre de Canton qu'il attendait depuis dix-sept années. C'est dire que le nombre des partisans de la quarteronne se mit à grossir de jour en jour et le bon peuple n'espérait plus qu'une chose : qu'elle se mît enfin à parler. On était sûr et certain que son verbe serait un nouvel Évangile et que le monde s'en trouverait bouleversé. Syparis, qui n'éprouvait en revanche aucun respect pour sa personne, l'affronta devant la Bourse en lui traçant ses générations de la manière la plus infamante :

« Edmée ! Hé, tu m'entends ? Tu es la reine des putaines-vagabondes et avant toi, ta mère se faisait coquer tout debout derrière le presbytère pour deux francs-quatre sous, et ta grand-mère, qui ramassait la canne, elle ouvrait sa coucoune à qui le voulait dans les champs, et ton arrière-grand-mère, elle n'était qu'une chienne d'esclave en chaleur qui se vautrait au pied du maître blanc pour le supplier de l'engrosser... »

Edmée Lemonière ne cilla pas sous le flot d'insultes dévidées comme une pelote de fil. Roide, stoïque, elle défia Syparis. Choc entre quatre yeux, silence de mort, tension extrême. Derrière la quarteronne, ses fidèles s'agenouillèrent dans la rue pour prier à haute voix. Les crécelles tentèrent aussitôt de couvrir leur bourdonnement. À intervalles réguliers, Syparis faisait rugir son fouet de diable rouge sur les pavés. Et c'est alors qu'un miracle se réalisa, un vrai cette fois-ci. La jeune femme tourna le dos à son adversaire et s'adressant aux processionnaires, leur lança d'une voix étrangement monocorde :

« J'ai fait tout ce qui était en mon pouvoir pour sauver ce monde du désastre. Maintenant, ma mission est achevée. Il n'y a qu'à attendre le jugement du Très-Haut, mes frères et sœurs. Notre attente, en vérité je vous le dis, ne sera pas indéfinie. »

Sans plus accorder un regard à quiconque, elle quitta les lieux d'un pas étudié, son équanimité habituelle décorant à nouveau son beau visage de sang-mêlé. Le carnaval, le dernier-dernier du siècle, était sauvé ! Syparis et ses nègres aux crécelles hurlèrent leur joie devant la débandade des porteurs de croix et de chapelets. Des cochons surgis d'on ne savait où furent travestis en curés et en moines, parfois en ma-sœurs à cornette. Tenus en laisse, on les fit processionner à travers les principales rues de Saint-Pierre sous les applaudissements nourris de la badaudaille. Monseigneur l'Évêque fut représenté par un énorme animal de la taille d'un veau qui devait bien peser deux cents livres et ratissait d'ordinaire, libre de toute attache, les ordures du quartier La Galère. Ses tétés pendaient à même le sol et son groin effrayant et rose faisait encore plus ressortir l'ébène de son poil. De Mère Coche, son surnom de toujours, l'animal fut rebaptisé Ma-Commère l'Évêque et quand arrivèrent les jours gras, l'En-Ville entier se trémoussa derrière cette créature à qui on avait enfilé une chasuble jaune et sur la tête de laquelle on avait posé un chapeau pontifical fabriqué avec de vieux journaux.

En cette ultime bacchanale du siècle, tout le monde s'entêta à dérisionner la Sainte Église catholique, apostolique et romaine, y compris les Blancs qui se croyaient protégés par leurs cagoules de pénitents, mais qu'on devinait à leurs déhanchements un peu lourdauds. Au matin du mercredi des cendres, Man Séssé eut cependant le dernier mot. Bien que s'étant enrichie grâce au commerce de la chair, la tenancière de *L'Escale du Septentrion* n'en demeurait pas moins une personne très pieuse, que ce spectacle scandalisait au plus haut point. Sur le pas de la porte de son bousin, on l'entendit déclarer, détachant chacun de ses mots :

« C'est le signe que nous attendions ! Il est là, devant nos yeux. Saint-Pierre va tomber en maudition ! »

Personne ne rapprocha ces mots de la sentence sibylline d'Edmée Lemonière et la Bohème, qui seule eût pu tracer un lien entre ces deux prophéties et celle que leur avait éructée Manuel Rosal, l'ex-poète symboliste, continua à s'esbaudir de plus belle dans la canaillerie et l'insouciance. Pourquoi ce lot de paroles oiseuses gâcherait-il l'enterrement du Roi

Vaval ? Vaudran avait une telle allure dans sa robe de moine franciscain, Gigiles était une parfaite carmélite en dépit de sa moustache et Pierre-Marie un digne cardinal romain.

X

Cette Espagnole n'est pas si maigre-zoquelette qu'on le croit ! songeait-il.

Danglemont s'essuya par deux fois le visage, incrédule. Il était environ deux heures trente du matin et il venait de quitter les bras de Carmencita à *L'Escale du Septentrion*. Comme à son habitude, il s'était accroupi au bord du caniveau le plus proche et s'était aspergé d'abord les tempes, ce qui avait le don de lui remettre aussitôt les esprits en place tant l'eau était frette à cette heure, puis le front et enfin les joues et la nuque. Ce petit matin-là, le liquide avait une consistance farineuse ! Il n'y avait pas d'autre mot. Oui, bel et bien farineuse ! S'approchant d'un réverbère, le jeune mulâtre observa ses mains, qu'il découvrit recouvertes d'une mince pellicule de cendres. Son cœur se mit à chamader. De la cendre descendue du volcan, de la cendre volcanique ! Cette fois, inutile de se jouer la comédie, il fallait rendre son vrai nom à la Pelée, cette fausse tranquille, lui restituer l'effrayante dénomination que l'on taisait depuis toujours : volcan. Le gandin reprit cependant à pas pressés sa marche en direction de la rue du Petit-Versailles, plus guilleret. Allons donc, il s'était fait des idées ! Les billevesées du maître de l'Habitation Parnasse avaient sans doute fini par s'insinuer dans son esprit, et ce à son corps défendant. Dans une maison proche, on devait avoir cureté quelque fourneau dont on avait déversé la cendre dans le caniveau, voilà tout ! Il n'y avait point là matière à s'inquiéter et à échafauder toutes espèces d'hypothèses à propos d'un volcan qui n'avait pas grondé depuis un bon demi-siècle. La Pelée était éteinte ! c'était écrit noir sur blanc dans la plupart des ouvrages de géographie, exactement comme ses lointains compères d'Auvergne ou du Massif central. Il lui arrivait certes de se manifester encore de loin en loin et l'on apercevait alors de longues fumerolles noirâtres qui s'échappaient de son cratère, mais les gens haussaient affectueusement les épaules en disant :

« Notre gardien est un vieux sage qui aime à téter sa pipe, oui. »

Arrivé devant la porte du meublé où il logeait depuis bientôt deux ans, Danglemont hésita. L'idée qu'il lui faudrait ôter ses chaussures, monter l'escalier à pas feutrés pour ne pas troubler le sommeil de sa logeuse et des autres locataires, se curer les dents dans une cuvette pour en ôter le goût du tabac qu'il détestait à son réveil, se déshabiller dans le noir puisque allumer la lampe à kérosène lui aurait pris trop de temps, final de compte trouver la bonne position dans son lit, ce qui pouvait durer une bonne heure, cette simple idée l'épuisa. Le jeune homme s'affala contre le porche et décida d'attendre le devant-jour. Des balayeurs indiens commençaient à nettoyer les rues en marmonnant d'étranges prières dans leur langue. Ils avançaient par groupes de quatre : les deux premiers munis d'impressionnants balais-coco raclaient les pavés, projetant tout ce qui s'y trouvait dans les caniveaux, tandis que les deux autres ramassaient les objets trop volumineux qu'ils enfournaient dans des sacs en guano. C'est qu'à Saint-Pierre la propreté la plus extrême côtoyait un incroyable laisser-aller, jusque chez ces gens de la classe mulâtre qui se croyaient tout droit sortis de la cuisse de Jupiter parce qu'ils possédaient une plaque d'avocat, de médecin ou d'apothicaire, et qui n'hésitaient pas à balancer par les fenêtres, à la faveur de la nuit, tout ce qui pouvait les embarrasser ou dont ils n'avaient plus besoin : chaises cassées, vieilles paires de chaussures, ustensiles de cuisine ébréchés ou encore bouteilles d'alcool vides. Au matin, nulle trace de cette bacchanale : les Indiens-Coulis avaient redonné à l'En-Ville son aspect propret, voire coquet.

Un des balayeurs s'approcha du philosophe et lui demanda en créole s'il était souffrant. Danglemont se dérida et le remercia de sa sollicitude. Il ne manquait jamais d'être étonné par l'équanimité de cette race qui se situait au plus bas de l'échelle sociale et qui, au contraire des nègres, tout juste placés un barreau au-dessus d'eux, ne vitupérait jamais. L'Indien-Couli était un mur de silence. Mieux : s'il occupait les rues durant la nuit, il devenait quasiment invisible pendant le jour. Se terrant à La Galère, ou parfois plus loin, à Fond-Coré, où ils subissaient sans broncher l'ostracisme de voisins pourtant aussi dénantis qu'eux, ces créatures filiformes adoraient des dieux et des déesses aux noms bizarres : Nagourmira, Paklayen ou Mariémen. Danglemont s'était toujours promis de les approcher de plus près, mais l'occasion ne s'en était jamais présentée, bien que son meilleur ami Saint-Gilles fût amoureux d'une de ces « filles du Gange », comme le poète aimait à qualifier pompeusement la frêle Irvéna. Aussi sursauta-t-il lorsqu'un balayeur, qui se trouvait en retrait du groupe, lui déclara en riant :

« *Atjèman, tout moun-lan vini Bétjé !* » (Maintenant, on est tous devenus des Blancs !)

Le mulâtre ne comprit ce qu'il voulait dire que lorsque, au bas de la rue du Petit-Versailles, un rayon de soleil naissant éclaira tout à coup la troupe des balayeurs et qu'il s'aperçut que les bougres étaient entièrement recouverts de cendres. Une cendre gris clair qui leur baillait un air de créatures surnaturelles. Danglemont sauta sur ses pieds et s'agita pour s'assurer qu'il n'avait pas rêvé. Il se pencha sur le dalot qui traversait la rue montueuse en son mitan et se rendit à l'évidence : l'onde limpide et d'ordinaire si vive qui dévalait de la Montagne semblait traînasser, alourdie par d'épaisses couches de matière brunâtre. Pierre-Marie y plongea la main et la retira prestement : l'eau était presque brûlante. Il sentit le sang lui monter aux tempes et le ballant de son cœur s'accélérer. Le volcan ! Pas de doute : dans les entrailles de la Pelée, des forces obscures étaient entrées en action. Le jeune homme resongea à ce curieux voyageur, ce journaliste-écrivain-artiste qui avait débarqué à Saint-Pierre quelques années plus tôt et y avait défrayé la chronique : le fameux Lafcadio Hearn, un Anglo-Américain d'ascendance grecque par sa mère, qui avait appris le créole en un battement d'yeux et s'était mis à hanter aussi assidûment *La Belle Dormeuse* que *L'Escale du Septentrion.* Il avait conquis non seulement le cœur des courtisanes, mais aussi l'esprit des poètes et des gens de théâtre qui fréquentaient ces bouges. À commencer par celui de Danglemont. Hearn lui avait révélé la belleté de Saint-Pierre, les charmes cachés de la vie créole, les postures de déesses des marchandes et des porteuses, la débonnaireté des voix d'homme, choses que le jeune homme avait toujours jugées sans intérêt. Débardeurs, bouchers, gabarriers, conducteurs de carrioles, cordonniers ou maçons, tout un petit peuple affairé auquel le mulâtre n'avait accordé jusque-là qu'un œil distrait.

Un soir au cours duquel Hearn avait longuement entretenu Pierre-Marie de son île grecque natale, le voyageur s'était fait soudain plus grave. Sa mine de mangouste étique accentuait encore sa laideur que pourtant, paradoxe des paradoxes, il portait beau.

« Saint-Pierre me fait immanquablement penser à Pompéi, mon cher Danglemont. Elle en a le côté tragique, frivolement tragique. Vous vivez sans le savoir avec tant d'énergie qu'il faut croire que chaque jour vous est compté. Comme si vous vouliez en épuiser les plaisirs, car vous n'êtes point certain d'en voir le lendemain. Voilà : Saint-Pierre possède une énergie mélancolique. Ah ! je sais, vous me direz que je poétise à tort et à travers. Mais votre insouciance créole n'est que feinte, elle est teintée d'une sourde appréhension que vous dissimulez derrière de brusques accès de rage. »

Hearn, il est vrai, était passé maître dans l'art de provoquer des bagarres et, plusieurs fois, Pierre-Marie avait dû intervenir en sa faveur ou s'interposer lorsque quelque quidam courroucé avait prétendu lui trancher la gorge. L'incident le plus grave s'était produit au cours d'une représentation de *La Juive* d'Halévy, opéra que donna une troupe venue de France. L'Américain avait voulu à tout prix se procurer une place au poulailler, ce dernier étage de la Comédie réservé à la chiennaille, c'est-à-dire aux nègres de peu. Il s'était vu refouler sans ménagement par les huissiers pour qui un Blanc ne pouvait s'installer qu'au parterre ou à la rigueur au second balcon, parmi les mulâtres aisés. Hearn, en dépit des conseils de Pierre-Marie, avait tenté en vain de s'y faire admettre, avant de se résoudre à s'asseoir au beau mitan des négociants blancs des premiers rangs. De loin, le jeune homme l'observait à la lunette. L'arrivée du sieur Lafcadio avait provoqué un brouhaha, ce qui agaça fort Dupin de Maucourt et sa suite. Le hobereau tenait en piètre estime les Blancs de passage dans la colonie, qu'il soupçonnait être porteurs d'idées subversives. Cet Américain borgne, qui s'accointait depuis son arrivée aux gens de couleur jusqu'à louer une chambre à la rue Montmirail où il concubinait avec sa servante noire, devait être mis au pas. Dupin s'en était ouvert au consul Prentiss, lequel déclara n'avoir rien à reprocher au comportement de son compatriote, les États-Unis étant un pays où les citoyens étaient libres d'agir à leur guise, y compris de s'encanailler s'ils le voulaient, à leurs risques et périls, avec la lie de l'humanité. À La Nouvelle-Orléans d'où vient ce monsieur, ajouta le diplomate, il est courant que les Blancs débauchés courent la gueuse de couleur. Le Béké en référa alors au Cercle de l'Hermine et menaça, si ce Hearn qui se proclamait journaliste écrivait la moindre ligne dans un journal évictionniste, de lui faire sauter la cervelle. Mais Dupin n'eut pas plus de succès auprès de ses pairs, pour qui Lafcadio Hearn était de la même trempe que ce peintre dérangé mental qui avait séjourné à Saint-Pierre quelques mois plus tôt, ce Gauguin qui bafouait les règles élémentaires de l'art classique avec ses personnages à peine esquissés et ses couleurs aux contrastes violents : un simple original, quoi ! Et donc quelqu'un d'inoffensif.

Dupin tenait enfin sa revanche. Tout le monde devait bien constater à présent que Hearn n'était qu'un provocateur doublé d'un traître à sa race, puisqu'il affichait si insolemment sa répugnance à se trouver assis aux premières loges, parmi les Blancs. Les trois coups qui annonçaient le début de l'opéra mirent un terme à ce qui menaçait de tourner à l'algarade, le négociant toisant le trublion dans un silence de mort. Hélas ! Les danseurs n'avaient pas commencé à évoluer sur la scène et la soprano à faire vibrer les murs de pierre de la Comédie, qu'une voix rauque, à l'accent anglo-saxon, lança :

« Vive les Juifs ! »

Le machiniste éteignit les lumières tandis que des cris de colère fusaient de partout. De toute évidence, le perturbateur se trouvait au mitan du parterre, c'est-à-dire parmi les Blancs, chose tout-à-faitement insolite ! D'ordinaire, c'était du poulailler, juste sous les toits de la Comédie, dans les rangs de la canaille, que tigeaient des coups de « Va baiser ta mère ! » ou de « Salope de chien-fer ! » et qu'éclataient des trafalgars à cause de femmes de petite conséquence. La maréchaussée se tenait toujours prête à intervenir dans les coulisses et grimpait quatre à quatre l'escalier en colimaçon qui conduisait au paradis. Deux-trois vagabonds étaient menottés et tirés, corde au cou comme des mulets, jusqu'à la geôle. Ce temps durant, les rangs des premières et des secondes demeuraient dans le calme. Blancs-pays et mulâtres gardaient leur quant-à-soi, quelle que fût la durée de l'intervention, les dames en profitant pour se rendre sur le perron de la Comédie et y acheter des oranges douces que vendaient des marchandes qui jamais de leur vie ne pénétreraient dans ce lieu. À la saison des opéras, Marie-Égyptienne en profitait pour grappiller quelques sous et toiser Edmée Lemonière lorsque la quarteronne s'approchait de son panier. Se tenant cloîtrée chez elle pendant les festivités carnavalesques, Edmée ignorait tout des activités bambocheuses auxquelles la lessivière se livrait avec ce jeune mulâtre qui n'avait de cesse de l'observer à la lunette durant l'entracte et qui, au *Grand Balcon,* faisait des pieds et des mains pour attirer son attention. Elle avait pris quelques renseignements sur ce Pierre-Marie Danglemont et sa bande de poètes libertins. Le bruit de ses démêlés avec les autorités du séminaire-collège était également parvenu à ses oreilles. Rien qui pût l'intéresser ! Le mulâtre ne différait guère de tous ces gandins de La Nouvelle-Orléans qui brûlaient leur vie par les deux bouts, entraînant moult papillonnantes créatures féminines dans la spirale de leur déchéance. Et son nouvel ami, ce Hearn, en était un exemple parfait, tout borgne et affreux qu'il fût. La quarteronne avait craint un temps que ce fouineur dans l'âme ne découvrît sa véritable identité et s'était recluse chez elle durant trois semaines sous le prétexte d'une vilaine grippe. Son cocher lui avait rapporté que l'Américain était devenu un assidu du *Grand Balcon* et qu'il posait des questions à tout le monde, notant scrupuleusement les réponses de chacun sur un carnet. Edmée fut rassurée lorsqu'elle finit par se rendre compte que le bougre s'intéressait surtout à la populace. N'avait-il pas fait l'éloge des porteuses et des lessivières dans un article retentissant publié par le journal de Baltimore dont il était le correspondant ?

Pierre-Marie, s'avisant soudain qu'il était demeuré statufié sur le trottoir, plongé dans ses songeries, et que les premiers passants matinaux lui jetaient des regards circonspects, se décida à monter dans sa chambre. Sa logeuse était en train de brosser l'escalier avec des boquittes d'eau savonneuse et chacun de ses gestes énergiques faisait baller les boursouflures de chair qui couraient de ses hanches à ses cuisses dénudées.

« Les souliers, on enlève ! aboya-t-elle en découvrant le jeune homme.

— Bien le bonjour, m'âme !

— Cette cendre colle partout, Bondieu-Seigneur ! Je vais pas pouvoir m'esquinter comme ça tous les jours... Danglemont, mon loyer, c'est le 5 au plus tard, hein ?

— Compris, m'âme ! »

Il grimpa l'escalier quatre à quatre, trop heureux pour une fois d'échapper aux griffes de la furie. Sous sa porte, il trouva le dernier numéro du quotidien *Les Antilles,* qu'il décacheta d'un geste machinal. Tout en se préparant un café, son regard fut accroché par un article qui figurait en première page et dont certains passages étaient imprimés en caractères gras : *Poisson d'avril.* Encore une zizanie politique ! se dit Pierre-Marie en faisant couler goutte à goutte l'eau bouillante sur la poudre marron clair si caractéristique du café de Saint-Domingue. Par coquetterie, le jeune homme n'achetait que des marques importées des îles espagnoles, bien que leur arôme fût moins puissant que celui du café martiniquais. L'odeur qui embauma la pièce le transporta aussitôt d'allégresse. Lorsqu'il ouvrit sa fenêtre, Danglemont s'aperçut que le jour s'était levé depuis longtemps. L'aller-venir des carrioles et les cris des djobeurs le rassurèrent. Tout était redevenu on ne pouvait plus normal.

L'article du journal l'intrigua à nouveau. Quelle farce le parti des Blancs avait-il bien pu concocter aux dépens des mulâtres ? Stupéfait, il se mit à lire à mi-voix, presque comme s'il déchiffrait mot à mot :

POISSON D'AVRIL

Oui, en vérité, mémorable sera notre avril 1902 ; surtout au point de vue de l'éruption physique ou volcanique, dont on parlera comme on parle de celle du 5 août 1851, la dernière en date. Quand on nous en relatait, nous eussions voulu y être *: cela nous paraissait un phénomène extraordinaire et d'autant plus piquant que, pensant notre Pelée éteinte,* nous n'espérions jamais voir un événement de ce genre. *Aussi,* *quelle ne fut pas notre surprise lorsqu'on vint nous annoncer que la Montagne fumait !... Nous prîmes tout d'abord la chose pour* un poisson d'avril *et n'y crûmes pas avant d'avoir vu...*

Le bruit d'une dispute en chinois interrompit sa lecture. Une chaise se fracassa contre un mur et une voix aiguë de femme encore jeune, entrecoupée de sanglots, semblait proférer une imploration. C'était la énième fois depuis qu'ils avaient loué la chambre quelques mois plus tôt que les voisins de Danglemont se querellaient dès le matin. On disait, bouche à l'en-bas des bras, que le couple était en attente d'un rapatriement pour Shanghai et que le mari avait dilapidé au jeu leurs sept ans d'économies. Tout s'achèverait dans le quart d'heure et l'on n'entendrait plus une mouche voler chez eux jusqu'à très tard le soir, quand le Chinois rentrerait de sa tournée des bousins de La Galère, qu'il fréquentait avec assiduité. Pierre-Marie se remit à lire :

De grosses masses de fumée, tantôt noirâtres et tantôt blanches, sortaient de terre et montaient rapidement et verticalement dans les airs en s'arrondissant. Ensuite, une accalmie se produisait, puis le même manège recommençait. Nous vivrions encore cent ans que nous garderions intact ce souvenir. Précisément, nous garderions aussi cette cendre mystérieuse sortie des entrailles enflammées de notre globe et vomie à distance par la gueule de notre volcan...

Le chanter de lessivière de Marie-Égyptienne monta de la rue, en trémolos parfaitement exécutés. Elle héla l'amour de sa vie, mais Pierre-Marie n'éprouvait guère l'envie de se disputer avec elle ce matin-là, même si ce n'était que pure plaisanterie entre eux. Sa nuit de débauche dans les bras pleins de suavité de Carmencita l'avait épuisé. Il s'allongea tout habillé sur son lit, s'efforçant de parcourir les dernières lignes de l'article :

Sans doute est-ce de la cendre comme une autre ; mais à moins d'être dépourvu de toute imagination, on avouera que cette cendre tient de sa nature quelque chose de particulièrement remarquable. Nous la garderons donc comme une relique ; elle est fine, légère, menue comme du ciment, mais un peu plus bleuâtre. Cette cendre est pour nous un poème *; il est déjà fait dans notre esprit, et si nous l'écrivions, nous l'intitulerions :* La cendre du volcan. *Et quelles flammes aussi nous ferions jaillir de cette cendre !...*

La montagne Pelée, voyant que les bonnes coutumes s'en allaient, a simplement voulu nous faire manger un poisson d'avril. Aimable avril ! Ainsi puisque tu vas te coucher, dors bien ! Et toi, mai, salut !

Et à l'instant de s'assommeiller, Pierre-Marie s'entendit répéter comme en écho :

« Et toi, mai, salut ! »

XI

Carnets de philosophie créole

La musique — la musique vraie — me manque. Celle qui emporte l'âme par vagues concentriques jusqu'à ce point où plus rien autour de soi ne semble faire obstacle. Les murs deviennent de fragiles rideaux que chaque battement de vos yeux écarte sans peine et même la profondeur du ciel, par les persiennes mi-closes, ne sécrète plus son habituel pesant d'effroi. On jurerait une ascension sans mouvement de tout votre corps qui, soudain, s'engourdit et vous baille le sentiment de vous retrouver à côté de votre personne physique.

Chaque fois qu'à Berlin, dans le salon du professeur Friedrich von Hafsten, nous savions qu'il nous faudrait nous attaquer à Rimski-Korsakov, nous nous arrêtions quelques minutes, instruments en main, comme pétrifiés. Herr von Hafsten avait l'œil pétillant derrière le verre épais de ses lunettes. Il tenait sa baguette d'un air désinvolte ou la moulinait à la manière d'un pres-

tidigitateur dans le seul but de nous troubler. Et de tonner :

« Petits malpropres ! Vous ne savez toujours pas vous tenir devant la grande musique. Il n'y a aucune différence entre elle et l'imploration divine. Que celui qui s'entête à l'ignorer sorte sur-le-champ de cette maison ! »

Je fermais les yeux un bref instant. Mes doigts chamadaient sur ma flûte traversière et je me disais que jamais je n'arriverais à dompter ces forces sauvages qui s'ingéniaient à me dévoyer quand notre orchestre de chambre avait pris son envol. Je tenais les pieds bien à plat sur le parquet craquant pour m'empêcher de battre la mesure et m'efforçais de garder la nuque raide jusqu'à souffrir de mille morts. Ildefonso, le tromboniste espagnol, me lançait des regards complices : à lui aussi, on avait demandé de faire taire son sang de gitan. Herr Professor était formel : la musique était une activité de l'esprit, rien d'autre. La cadette de la philosophie ou la benjamine de la mathématique, comme l'on voulait, et ce que Platon avait banni de la Cité, assurait-il, ce n'était que les coassements cacophoniques du vulgaire, pas cette abnégation de la chair réservée aux êtres de rang supérieur. Von Hafsten était un fervent admirateur de Nietzsche, dont il nous faisait la lecture avant chaque cours. Qui ne comprend Zarathoustra ne pourra jamais jouer Berlioz ni Wagner, messieurs, et les grands Russes encore moins ! Pour entrer dans la musique, il faut laisser pénétrer en soi tout le chaos originel du monde et s'en rendre maître.

Les barbares, incapables de se gouverner, peuvent danser des nuits entières au son du tam-tam autour d'un feu de joie. Quelle hérésie que de marier le feu et la musique ! Messieurs, la musique est une glaciation fulgurante de l'âme, qui nous met en relation directe avec l'au-delà et nous console de la mort de Dieu.

Herr Friedrich von Hafsten nous faisait valoir que les hommes n'avaient plus inventé de religion depuis Mahomet, c'est-à-dire depuis treize siècles. Que la musique avait définitivement pris la place de la divinité. Qu'elle était donc sacrée. Et que, par conséquent, la seule idée d'une musique profane était une imposture ou une hérésie. Il portait Rimski-Korsakov au pinacle, parce que le compositeur avait su créer du silence. Le but ultime de la musique est de nous rendre sourd au bruit du monde ! Je dois avouer que le vieux Teuton avait fini par me convaincre de la justesse de ses vues. D'autant qu'il me portait une affection qui me surprenait toujours, alors qu'il ne m'appelait jamais que « l'Américain ». Le jour où je lui annonçai mon départ pour Paris, il me fit entrer pour la première fois dans sa bibliothèque et y choisit un livre qu'il m'offrit en me disant :

« C'est de Heinrich von Kleist, un maître de l'écriture ! Qui devait fort apprécier en outre votre continent, car le jour où il se suicida avec sa maîtresse dans une petite auberge des bords du Wannsee, il se fit apporter du rhum et du tabac. Oui, monsieur l'Américain, vous avez bien entendu : du rhum et du tabac ! »

Ce livre de Kleist n'a jamais plus quitté mon chevet.

Mais ici, dans ce pays mien, cette île de chaleur et de moustiques, de pluies haletantes et de raz de marée, tout cela me paraît si loin que je me persuade parfois avoir rêvé. Ou l'avoir vécu dans une autre vie. Saint-Pierre, où tout n'est qu'agitation, vacarme, cris de joie ou injuriées subites. Saint-Pierre, qui jamais ne s'endort vraiment, où, l'obscurité venue, les rues résonnent des braillements de ces bandes de noceurs auxquelles je me suis agrégé. Et les chiens qui jappent de loin en loin, du Mouillage à Fond-Coré, interminablement, scandant la nuit jusqu'au petit matin. Le jour, on les trouve affalés aux quatre coins de la ville, épuisés, indifférents aux coups de roche ou à la hargne du soleil. À peine deux ou trois rôdaillent-ils aux abords du marché aux poissons, en quête de quelque maigre pitance.

*Ma ville ne connaît pas le silence. Le nègre a peur du silence. Sans doute craint-il de se retrouver face à la vacuité de son existence. Aussi n'a-t-il de cesse de gigoter, de brailler, de tambouriner, d'apostropher son prochain sans raison évidente. Notre vie créole est toute en frénésie. Cela m'enchante et m'irrite tout à la fois. Je suis toujours disposé à quelque sérénade nocturne sous la fenêtre d'une belle. N'ai-je pas osé chanté l'*Aïda *de Verdi dans l'espoir d'attendrir le cœur d'Edmée Lemonière, alors même que j'ai une voix affreuse ? Ne me suis-je pas laissé aller à faire des macaqueries quand la quarteronne a intimé à mes amis et à moi l'ordre de nous clore le bec ? À genoux, je lui ai récité du*

Lamartine, j'ai rampé à même le sol comme un margouillat, vomissant le tafia que j'avais commencé à ingurgiter dès neuf heures du soir à L'Escale du Septentrion. *Je n'avais nulle conscience de ma veulerie à cet instant-là, d'autant que Saint-Gilles et Vaudran, à moitié ivres eux aussi, applaudissaient mon prétendu exploit. Pourtant, Edmée ne s'est pas échauffée. Elle ne s'est même pas encolérée. Nous l'avons simplement entendue nous tancer :*

« Vous nous précipitez tous dans le néant. Je vous en prie, ayez pitié ! »

Ces propos insolites nous dégrisèrent sur-le-champ. Saint-Gilles soutint que la plus belle créature de Saint-Pierre (et sans doute de tout l'arc des Antilles) était une pauvre somnambule et que la voix que nous venions d'entendre n'émanait pas vraiment d'elle. À l'inverse, Vaudran voulut nous faire accroire qu'Edmée était rien moins qu'une séancière qui gagnait sa vie en prédisant l'avenir aux riches Békés qu'elle ne recevait qu'au plus noir de la nuit. Une vraie diablesse, quoi !

« Le néant ? De quel néant parles-tu, très chère Edmée ? Sache que Saint-Pierre vivra éternellement, car elle est la nouvelle Rome des Amériques. Son nom restera gravé en lettres d'or au frontispice de l'Histoire de l'humanité », grandiloqua Vaudran.

J'avais le cœur désarroyé. C'était la vérité vraie. Cette femme, qui refusait de me réciproquer, j'étais tenté de lui demander pardon pour une telle importunation, mais c'eût été me ridiculiser à jamais aux yeux de ces bambocheurs invétérés de Saint-Gilles et Vau-

dran. J'aurais voulu lui dire à quel point le seul fait de la savoir en vie, de savoir qu'elle existait, même si loin de moi, m'était une manière de consolation. Edmée Lemonière était en quelque sorte ma musique. Ma musique sacrée à moi.

XII

Les adieux d'Irvéna

Larguer cette terre de chiques et de pian, ce rocher flottant à la dérive où nous n'avons, ma race et moi, récolté que le crachat et l'opprobre. Qui d'entre nous ne se souvient des quatorze injures scélérates — Couli mangeur de chiens, Couli qui sent le pissat, Couli mendiant, Couli balayeur de dalot et ainsi de suite — que les nègres voltigent sans arrêt à nos faces faméliques et leur marmaille de nous dérisionner à chaque fois que nous osons piéter hors des habitations où l'on nous a enchaînés, esclaves nouveaux d'un nouveau temps où le maître blanc n'est plus très sûr de son bon droit. Ombres de ficelles ! Ainsi nous insultent les bandes de négrillons hilares qui nous pourchassent à coups d'arbalète lorsque nous venons au Mouillage acheter de la toile ou des remèdes contre le mal de poitrine. Car nous mourons comme des mouches de tous les maux qui parfois épargnent les autres races. La fièvre typhoïde a tenu mon grand-père recroquevillé sur un grabat pendant etcetera de jours et de nuits et c'est à moi qu'il fut demandé de le veiller en dépit de mon jeune âge et de mon ignorance de la langue tamoule, la seule qu'il eût jamais parlée. Aussi n'en ai-je discerné que quelques bribes quand il s'est mis à déparler, c'est-à-dire à entrer dans le chemin de la Mort en tournant ses mots à l'envers comme pour donner à entendre au monde la litanie de ses douleurs. Il réclamait la terre ! Terre de l'Inde ancestrale ! Terre de nos dieux Nagourmira et Paklayen, qui jamais ne nous abandonnèrent bien que nous ayons enfreint la loi sacrée, celle qui prescrit qu'aucun Hindou ne soit enterré hors du sol sacré de l'Inde, au risque d'être condamné à la réincarnation perpétuelle, sans espoir d'atteindre un jour le nirvana, l'ultime escale, la bienheureuse, ô tendresse infinie !

Monsieur Saint-Gilles, mon amant, ces choses que je t'ai tues durant nos étreintes fébriles au Jardin Botanique, il faut que, à la veille de mon départ, tu les apprennes pour que tu n'ailles pas t'imaginer que je ne t'ai jamais aimé. Car j'entends déjà tes amis de *L'Escale du Septentrion* qui voudront te persuader : femme coulie, c'est femme volage, cela n'a pas sa tête sur les épaules, ça se vend au plus offrant, cela ne sait pas de quel poids pèsent les mots. Ce Vaudran, qui ne m'a jamais plus supportée du jour où je lui ai fait remarquer que les nègres n'avaient pas le monopole de la noirceur, que moi, tamoule, j'étais tout aussi noire que lui, sinon davantage, comment douterais-je qu'il ne s'exclame : « Bon débarras ! Qu'avons-nous à faire de cette race frêle et timide ? » Frêle et timide, moi ? Tel ne fut pas le jugement qu'ont porté sur ma personne les masœurs du couvent de la Délivrande, à Morne-Rouge, quand les signes de punition divine ont commencé à se manifester. Tu n'as jamais rien su, mon cher Virgile, de mon existence de petite bonne dans cette prison tenue par de vieilles Blanches aigries qui me traitaient pis que la lie de la terre. Je dormais sur un grabat au fond d'un long couloir humide où les vents sarabandaient au beau mitan de la nuit. J'étais la proie de cauchemars sans fin, je hurlais mon compte de hurler, je trépignais jusqu'à ce que la mère supérieure et son bras droit fondent sur moi à coups de balai en me projetant de l'alcali au visage :

« Que le démon qui est en toi quitte cette demeure consacrée à la Vierge Marie ! À genoux, païenne et prie avec nous ! »

Je vivais tout bonnement dans la terreur. On m'obligea à abjurer les dieux de l'Inde et à embrasser la Rose-Croix. Je ne grappillais pas une miette de repos, j'avais faim, toujours très faim. Tu te moquais de moi, Gigiles, lorsque, le samedi soir, je descendais à Saint-Pierre au motif de visiter mon père et que j'en profitais pour m'empiffrer de tout ce que tu voulais bien m'offrir. C'était là une occasion de rigoladerie pour ta bande de noceurs :

« Ma petite fleur du Gange, me susurrais-tu, où

passe toute cette nourriture que tu avales, hein ? Je te vois toujours aussi fluette qu'une sauterelle. Ha-ha-ha ! »

Et ce malotru de Vaudran de surenchérir :

« Elle a peut-être des bras et des jambes en fil de fer, mais elle doit avoir une grosse foufoune. Sinon, je suis sûr que tu ne serais pas resté avec elle. »

Il n'y avait que Pierre-Marie, le mulâtre philosophe, à me porter quelque considération, bien qu'il ne m'adressât que très rarement la parole. Il n'était point familier des Indiens-Coulis, cela se voyait. La longueur de mes cheveux l'impressionnait tout autant que mes yeux, qu'il comparait gentiment à des lucioles. J'aurais aimé me retrouver seule avec lui, mais ta bande ne lui laissait pas une seconde de répit, il fallait toujours que Bonneville, Vaudran ou un autre lui demandât quelque explication sur des sujets qui, je le confesse bien volontiers, m'ennuyaient à mourir. Je ne suis point allée à l'école. Pas un seul jour dans ma vie. Les Indiens n'y avaient pas droit sur l'Habitation La Consolation, la mal nommée, où mon grand-père a bourriqué une vie durant et où mon père a réussi — merci Nagourmira ! — à obtenir un poste de muletier. Car le plus terrible, et cela non plus tu ne le sais pas, en dépit des quelques jours où ton père t'a embesogné pour t'endurcir, c'est le champ de canne. Les hautes tiges aux feuilles coupantes qu'il faut empoigner à mains nues sous un soleil de fer et sectionner en trois morceaux, des semaines et des mois entiers, sans un pauser-reins, sans fla-flas ni pleurnicheries. Et le commandeur qui passe à cheval, surveillant chacun de tes gestes, dépliant sa toise et t'agonissant d'injures au moindre tronçon qui n'aurait pas un mètre :

« Coulie, mangeur de chien, tu veux me faire attraper des emmerdations avec le Béké ? C'est ça, hein ? »

Inutile de tenter la moindre défense. Inutile de faire remarquer que la canne poussait rabougrie sur la parcelle où l'on t'avait placé. Rester bec coué. Baisser les yeux. Prendre un air de bête humaine et supporter parfois ses coups de pied au derrière ou ses crachats. Mon père a connu tout cela, je l'ai vu de mes yeux, car je travaillais dans les petites-bandes à ramasser les tronçons oubliés par les attacheuses. On me mandait aussi pour porter de l'eau aux hommes fourbus qui en réclamaient toujours davantage et il me fallait courir au pied d'un morne, derrière la plantation, emprunter une trace envahie d'herbes receleuses de serpents-fer-de-lance, une boquitte d'eau sur la tête. Lorsque le siècle nouveau est arrivé, mon père nous annonça que son contrat d'engagement se terminerait bientôt, qu'il fallait nous préparer à quitter cette terre de maudition pour regagner l'Inde vénérée. Nous étions fous de joie. Ma mère qui avait fait douze marmailles dont quatre seulement avaient survécu, ma mère si douce et belle, qui couvait un mal de poitrine qu'aucune offrande à nos dieux ne parvenait à apaiser, se mit à dépérir. On suggéra à mon père de recourir aux services d'un quimboiseur, mais il refusa tout net. À ses yeux, la sorcellerie des nègres était pire que cette maladie sans nom qui rongeait son épouse. Mon père haïssait leur race et méprisait celle des mulâtres comme toi, mon Virgile. « Un mulâtre, c'est quoi ? Un mélange de gorille noir et de singe blanc. Cette engeance-là est pire que ses géniteurs, oui », répétait-il sans cesse.

Mais il fallut se rendre à l'évidence : ma mère ne saurait attendre encore deux longues années si aucune médication ne lui était apportée. Mon père n'hésita pas à consulter les meilleurs docteurs de Saint-Pierre, s'endettant plus encore auprès de son patron béké. Aucune pilule, aucun onguent, aucun baume ne put circonscrire le mal qui gangrenait le corps devenu squelettique de ma mère. Toute cette apothicairerie fut vaine. Alors mon père se résigna, acceptant qu'elle fît le pèlerinage à la Vierge de la Délivrande, à Morne-Rouge. Les ma-sœurs du couvent exigèrent qu'elle se convertît au catholicisme avant d'entreprendre des actions de grâces à son profit. Ma mère y consentit, la mort dans l'âme. On la baptisa en grande pompe en présence de Monseigneur l'Évêque, qui déclara en cette occasion que l'Église venait de remporter une nouvelle victoire contre les forces des ténèbres. Mon père pleura de rage contenue. Du jour au lendemain, sa chevelure si noire attrapa un coup de neige, lui baillant tout l'air d'un vieux-corps alors qu'il entrait à peine dans la quarantième année de son âge. Mais petit à petit, ma mère recouvra l'entièreté de ses forces. Elle se remit à chantonner le matin au réveil, comme elle savait si bien le faire autrefois. Seulement, ce n'était plus en tamoul, mais en créole, et plus jamais elle ne fit autre chose que chanter. On dut l'interner à la Maison Coloniale de Santé. Cette fois-ci, mon père en perdit la parole. Il nous prit à part et nous déclara :

« Votre mère ne rentrera pas en Inde avec nous. Elle est passée de l'autre côté. Ce pays-là me l'a volée. Maudit soit-il ! »

À dater de ce jour, la perspective de nous embarquer avec lui à bord du bateau de rapatriement se fit plus improbable. Deux de mes frères aînés se mirent même en case avec des négresses et cessèrent de nous fréquenter. Quand ils rencontraient des Indiens, ils détournaient le regard ou brocantaient de trottoir. Mon père ne survécut pas à ce nouveau coup de chien et décéda d'une congestion au beau mitan d'une cérémonie en l'honneur de la déesse Mariémen. Nos prêtres le déclarèrent saint et brûlèrent son cadavre à l'insu des autorités, selon la coutume hindouiste. Ses cendres furent conservées dans le temple de La Galère afin d'être ramenées au pays au jour prévu de son rapatriement et dispersées dans le grand fleuve sacré. On aurait juré que les ma-sœurs du couvent de la Délivrande n'espéraient plus que cette dernière infortune pour s'abattre sur notre maison comme une nuée d'oiseaux-mensfenils et décréter :

« Cette enfant nous appartient désormais ! Elle est presque orpheline à présent. Nous tâcherons d'en faire une servante de la Vierge Marie. »

Elles m'emportèrent sans que quiconque osât s'opposer à mon enlèvement. Sauf le père Baudouin. Mais les religieuses réussirent à convaincre tout le monde que, ayant été excommunié par le pape en personne, sa parole ne valait pas davantage que du vent. J'avais à peine treize ans sur ma tête. Dix années s'écoulèrent, dix années de souffrances et de larmes au cours desquelles on m'enseigna l'écriture, la grammaire, le calcul et un peu de latin. Jusqu'à ce qu'enfin le volcan se réveillât. Lorsqu'il se mit à ronfler au début du mois d'avril — l'année où notre famille devait être rapatriée —, je n'eus pas même peur. On aurait dit le bruit de soufflerie d'une monstrueuse machine : Aaa-hong ! Aaa-hong ! Les ma-sœurs cessèrent de me mener la vie dure et m'offrirent même la cellule d'une d'entre elles qui avait regagné la France au soir de sa vie. D'étranges phénomènes se mirent à se produire dans le couvent. La nuit, une armée de spectres en arpentait les couloirs et s'installait au réfectoire, où elle tapait sur les assiettes et les casseroles. Les prières de notre mère supérieure, les génuflexions et les mortifications des autres ma-sœurs ne furent d'aucun secours. Le Diable avait investi le monastère et les talents d'exorciste du curé de la paroisse de Morne-Rouge restèrent sans résultat.

Au matin, nous observions, ahuries, les épaisses couches de fumée traversées d'éclairs qui s'échappaient du volcan où un cône étrange avait poussé. Un cône de couleur crayeuse qui grandissait de jour en jour et que je trouvais fort beau. Bientôt, des avalasses de cendres brûlantes détruisirent la campagne environnante et nous vîmes des gens par dizaines accourir au couvent pour y trouver refuge et réconfort. Nous ne savions trop quoi faire pour apaiser un tel désarroi. Je soignais des brûlures purulentes, posais des attelles de fortune à des membres brisés en morceaux par des chutes de pierre, baillais à boire des tisanes d'herbes amères aux femmes enceintes, fermais les yeux des mourants. Ma modeste personne était devenue si indispensable que la mère supérieure me demanda de porter désormais la robe et la cornette. Grâce au volcan, j'étais devenue une ma-sœur. À l'égale des Blanches ! Au reste, tout le monde avait oublié sa couleur. Il n'y avait plus ni nègres ni mulâtres ni chabins ni Indiens ni Chinois ni Békés, mais des êtres humains désarçonnés devant ce qui avait tout l'air d'être les prémices de la fin du monde.

Je ne t'ai jamais parlé de tout cela, Virgile, car je savais que tu me rirais au nez. À Saint-Pierre, vous viviez dans l'insouciance de l'ire du volcan, car elle ne semblait concerner que les communes avoisinantes : Le Prêcheur, où l'on ne pouvait plus respirer, Ajoupa-Bouillon, où l'eau d'une rivière avait pris la couleur du lait avant de déborder, ouvrant des failles en plein bourg, engloutissant plusieurs cases et leurs infortunés occupants, Morne-Rouge, si proche du cratère de l'Étang Sec. Inexplicablement, Saint-Pierre semblait épargnée et à *La Taverne de la Flibuste* où nous avions nos rendez-vous du samedi, vous buviez tous en l'honneur du volcan. Même quand la rivière Blanche se mit à rouler des eaux rouge sang et submergea le Pont de Pierres après avoir emporté sur son passage l'Usine Guérin, noyant une trentaine d'ouvriers, pas un seul de votre bande ne s'en émut outre mesure.

« Saint-Pierre est protégée par le Morne Lénard, le professeur Landes est formel ! » proclamait un Vaudran péremptoire avant de déclamer un poème dans lequel il était question de lave fluorescente, de fleurs de feu et de corolles d'étincelles.

Tu ne t'intéressais qu'à mon corps et ne me découvrais vraiment qu'après l'amour, quand tu t'étonnais de mon français que tu déclarais parfait. Or, il n'y avait rien en cela de bien extraordinaire : dix années durant, je n'avais eu autour de moi que des ma-sœurs blanches, toutes nées en France, hormis une jeune Békée atteinte d'hébétude à cause, murmurait-on, des ravages de la consanguinité. Dix années durant, je n'avais eu pour seuls compagnons de solitude que les livres de la bibliothèque du couvent, dont beaucoup n'étaient point pieux. Si nous ne fréquentions pas le monde, il nous fallait pourtant en connaître les turpitudes, afin d'être en mesure de les affronter le moment venu, affirmait notre mère supérieure, qui nous recommandait la lecture de *Nana* et de *La Dame aux camélias*.

XIII

Le docteur Albert Corre portait beau en dépit de sa soixantaine avancée. Son front largement dégarni et ses yeux sévères contrastaient avec sa fine moustache en arc de cercle qui lui donnait l'air d'un acteur de vaudeville. Ou d'un phacochère. Le Cercle de l'Hermine s'était paré pour l'accueillir : des tentures grenat masquaient les murs d'où suintait une humidité permanente ; des chaises Louis XIV avaient été placées devant une petite estrade où le médecin de la Marine devait officier. Quelques Békés s'éventaient à l'aide de journaux en discutant à voix basse. Tout le monde attendait que Louis de Saint-Jorre présentât d'abord le savant à l'assistance, mais le vice-président du cercle s'entretenait nerveusement avec Dupin de Maucourt dans un angle de la salle. Celle-ci fut remplie en un rien de temps et certains invités durent rester debout. En dehors des périodes électorales, les conférences n'attiraient d'ordinaire qu'une poignée de gens cultivés, la plupart des négociants et des planteurs préférant se rendre au *Grand Balcon* pour écouter le ténor Théodore ou dans quelque bouge de la rue Monte-au-Ciel. Le sujet du jour n'était pourtant pas particulièrement attractif : « Mesures encéphalographiques des différentes races humaines et leurs conséquences sur les civilisations. »

Telle était l'annonce alambiquée qui avait paru dans *Le Bien public* et d'autres organes de presse contrôlés par la caste blanche. Les mulâtres s'en étaient immédiatement gaussés, le candidat aux législatives Louis Percin en tête. Ses partisans avaient fait apposer dans la nuit un placard moqueur qui s'étalait sur les murs des rues principales de l'En-Ville :

AVIS À LA POPULATION

Demain soir, au Cercle des Vermines, un aréopage de savants sans diplômes et de vendeurs de morue séchée sans scrupules procédera à une mesure gratuite du volume crânien de nos concitoyens. Toute la population est conviée à cette opération et un prix de dix louis d'or sera décerné à qui possédera les mensurations les plus imposantes. Charles-Gros-Tête, le débardeur de la rue de Damas, est bien entendu hors concours. De même qu'Albert-Tête-Concombre et Gisèle-Tête-Marteau. Il est demandé de se raser les cheveux pour faciliter le travail du docteur Albert Corre, le génie scientifique méconnu du siècle nouveau.

Hughes Dupin de Maucourt ne décolérait pas. Après la diatribe de Diderot qui avait été glissée l'autre matin sous la porte de son magasin d'export, ces malotrus du parti radical-socialiste s'en prenaient à présent à une manifestation organisée sous le haut patronage du gouverneur de la Martinique et de Monseigneur l'Évêque de Cormont, qui s'apprêtait à quitter la colonie pour un repos de six mois bien mérité dans sa Vendée natale.

« Cette fois-ci, je le convoque en duel, ce Percin ! se mit-il à brailler.

— Cher ami, je vous comprends tout à fait, rétorqua le maître de l'Habitation Parnasse, mais permettez-moi de vous faire remarquer que, pour l'heure, il y a bien plus grave. Notre ville est menacée par une éruption volcanique. Je ne tiens pas pour accidentel ce mur de boue qui a emporté la centrale électrique, dévasté l'Usine Guérin et...

— Saint-Jorre, fous-nous la paix avec ton volcan, tu m'entends ! Ça fait des siècles qu'il crache de la fumée sans que personne n'en ait eu à souffrir. Ces mulâtres, je vais les mettre au pas ! Trop c'est trop !

— Allons ! Allons, messieurs, calmez-vous ! intervint Ulysse de Pompignac, toujours débonnaire, disons que nous avons deux emmerdations qui pèsent sur nos têtes ces jours-ci. Ha-ha-ha ! Les mulâtres et le volcan. Mais pour l'instant, nous devons accueillir le docteur Corre. »

Les deux personnages les plus éminents du Cercle de l'Hermine, qui n'avaient pas remarqué que l'assistance avait les yeux braqués sur eux, arrangèrent prestement le col de leur chemise, se passèrent la main dans les cheveux et gagnèrent l'estrade où le médecin-chef de la Marine avait gardé un quant-à-soi étonnamment impavide. Louis de Saint-Jorre, s'éclaircissant la voix, fit l'éloge du savant, une sommité en matière d'étude des maladies mentales, affirma-t-il en brandissant deux de ses ouvrages. Il s'arrêta un instant pour fixer le parterre d'une manière solennelle avant d'ajouter :

« Mais le domaine dans lequel le docteur Albert Corre s'est acquis la plus haute réputation est celui du calcul volumétrique des crânes humains et conséquemment des capacités intellectuelles des différentes races qui peuplent notre planète. »

Une salve d'applaudissements accueillit cette annonce. Quelqu'un lança : « Vive la royauté ! »

« Messieurs, nous ne sommes pas venus ici pour parler de politique, reprit Saint-Jorre, le front plissé. Ce dont va nous entretenir notre invité n'a rien à voir avec des opinions ou des préjugés, mais relève de la science avec un grand S. L'éminent docteur Corre a passé une dizaine d'années dans ses laboratoires à étudier les crânes. Les résultats de ses recherches sont de la plus absolue rigueur intellectuelle et lui ont valu les félicitations de l'Académie des sciences de Paris. Nous aurons tout à gagner à prêter une oreille attentive à ses explications : elles sauront nous servir dans la lutte féroce qui nous oppose à des adversaires qui ont à peine franchi les premiers stades de l'espèce humaine. Docteur, c'est à vous ! »

L'assistance se leva et fit une ovation au savant, lequel se dressa à son tour et la salua du chef. Au moment où il se rassit, un tremblement sourd ébranla les murs du Cercle de l'Hermine. Croyant à quelque assaut des sbires du Parti mulâtre, plusieurs Békés sortirent leur revolver et se précipitèrent aux fenêtres. Les autres, tétanisés, se recroquevillèrent sur leurs sièges. Le bâtiment trembla de plus belle, ce qui fit tomber l'une des tentures et secoua fortement l'estrade où seuls Louis de Saint-Jorre et le docteur Corre étaient demeurés impassibles.

« Ce n'est qu'un mouvement du sol..., fit le premier quand le phénomène cessa. Notre bon vieux volcan se réveille, contrairement à ce que croient certains esprits entêtés. »

Mais un cri s'éleva soudain de l'une des fenêtres. Un planteur du quartier Pécoul pointait un doigt tremblant par les persiennes en hurlant :

« La neige... la neige tombe, oui... »

Tout le monde se bouscula pour assister à l'incroyable : des flocons blancs laiteux s'écrasaient sur les pavés dans un bruit mat, tandis que le soleil continuait vaille que vaille à briller. Bientôt, la chaussée fut entièrement recouverte d'un manteau blanc. Des passants couraient se mettre à l'abri en vociférant, la peau visiblement brûlée.

« De la cendre, messieurs, rien que de la cendre ! déclara Saint-Jorre.

— Donc aucun danger ! fit Dupin de Maucourt qui avait promptement retrouvé ses esprits. Chers amis, revenons, je vous prie, à l'objet de notre réunion d'aujourd'hui. Nous autres, pauvres mortels, n'avons, hélas, aucune prise sur les événements naturels et il est inutile de s'attarder sur ces émanations volcaniques. En revanche, nous sommes passés maîtres en matière d'organisation sociale et nous avons besoin des lumières du docteur Corre pour affronter les périls qui nous guettent. N'oubliez pas qu'outre Percin, le radical-socialiste, il y a ce révolutionnaire de Lagrosillière, qui est encore pire que lui ! Sans doute n'obtiendra-t-il qu'une poignée de voix aux élections, mais les idées qu'il lance vont germer dans l'esprit des nègres au cerveau ravagé par le rhum. Docteur Corre, je vous en prie... »

Sans un regard vers l'assistance, le docteur Corre se mit à lire d'un ton monocorde un texte qu'il venait d'extraire de la poche intérieure de sa redingote :

« Le Noir est initiable aux professions libérales et mécaniques, industrielles et commerciales ; il y déploie, à défaut de qualités brillantes, de l'attention, de la persévérance et de l'honnêteté. Même dans le bas peuple, il est loin de se montrer un pauvre d'intelligence et d'esprit. Il a souvent la repartie très vive, quelquefois profonde sous une apparence de bonhomie naïve ; il revêt ses pensées d'un tour original, qui séduit autant qu'il étonne l'Européen encore non blasé ou énervé par le milieu. Du reste... »

Des craquements de doigts et des raclements de chaises résonnèrent au mitan du lourd silence qui s'était installé dès les premiers mots du médecin-chef de la Marine. Ulysse de Pompignac et Louis de Saint-Jorre se regardèrent avec perplexité avant d'échanger quelques mots à voix basse. Une sueur vive perla aux paupières de Dupin de Maucourt comme à chaque fois qu'il se trouvait sur la défensive. Le négociant feignit de se gratter le nez pour masquer l'irritation qui le gagnait.

« Du reste, reprit le conférencier, la manière dont certains nègres se sont acquittés et s'acquittent encore des plus difficiles fonctions suffirait à démontrer combien fausses et ridicules sont les opinions trop exclusivement malveillantes envers cette race. Toutefois, si l'on rencontre parmi eux des personnes qui ont su profiter du haut enseignement qu'elles ont reçu, quelques sujets distingués dans les arts (particulièrement d'excellents musiciens) et la littérature, il y en a peu qui touchent au talent, moins encore qui se soient élevés jusqu'aux choses du génie. Il serait... »

Une salve d'applaudissements accueillit ces propos. De Pompignac se mit debout et s'écria :

« Bravo ! Il y a longtemps que nous n'avions pas entendu de si franches vérités en notre bonne ville de Saint-Pierre. Les forces de l'éviction sont devenues si puissantes qu'on peut à peine rappeler que, il y a moins de cinquante ans, aucun nègre ne savait ni lire ni écrire.

— Puis-je vous poser une question, docteur Corre ? fit quelqu'un dans l'assistance.

— Bien sûr, cher monsieur...

— À quoi peut-on attribuer ce talent que vous venez d'évoquer ? S'agirait-il d'une exceptionnelle faculté d'imitation ? Ou au contraire d'une qualité innée à la race des nègres ?

— De toute évidence à sa faculté d'imitation. »

Louis de Saint-Jorre, voyant que d'autres doigts se levaient, intervint pour demander à l'assistance de réserver ses questions pour la fin de la conférence et invita le docteur Corre à continuer.

« Les métis de nos colonies ont certainement...

— Les mulâtres, vous voulez dire ! brailla quelqu'un, mulâtre ça vient de mulet, ne l'oublions pas ! Ha-ha-ha !

— Je vous en prie ! Allons, messieurs, je vous en prie ! Laissons le docteur Corre achever sa conférence, fit Saint-Jorre, agacé.

— Les métis de nos colonies ont certainement les aptitudes des Blancs, avec une volonté tenace de les mettre en relief. Ce qui leur nuit, c'est la persistance de leurs jalousies. Aujourd'hui qu'ils ont partagé avec les Blancs les droits et les honneurs, qu'ils ont même réussi à se substituer à leurs anciens dominateurs dans tous les hauts emplois, ils n'en poursuivent pas moins leur guerre de caste. Avec le mépris du nègre, ils ont toujours la détestation du Blanc, auquel ils ne pardonnent pas de conserver ce qu'il n'est pas en son pouvoir de céder sans se détruire, la pureté de sa couleur.

— Bien parlé ! fit de Pompignac en bondissant à nouveau de son siège. Hurard au poteau ! Percin à la guillotine !

— Lagrosillière aux galères ! rétorqua-t-on dans l'assistance, ce qui souleva une vague d'éclats de rires.

— Messieurs ! Messieurs ! Un peu de calme, je vous en prie. Ceci n'est pas une réunion électorale, puis-je me permettre de vous le rappeler ? » vitupéra Saint-Jorre qui avait lui-même le plus grand mal à se contrôler.

Le docteur Corre parla encore une bonne demi-heure, sans la moindre interruption cette fois-ci. À aucun moment, le savant ne fit cependant allusion à la craniométrie et aux découvertes récentes en la matière, à la grande déception de Dupin de Maucourt. Ce dernier entreprit alors de déballer ostensiblement les cinq paquets déposés sous son siège, le front soucieux, tout en jetant des coups d'œil discrets à l'hôte du Cercle de l'Hermine. Nettoyés très proprement à la chaux, les cinq crânes brillaient dans la pénombre qui baignait désormais la pièce à cause du brouillard de cendres qui, à l'extérieur, avait quasiment éteint la lumière solaire. Syparis les avait dérobés pour le compte du Béké dans le cimetière des pauvres. Le maître ès larcins de Saint-Pierre ne s'était pas embarrassé cette fois-ci de scrupules.

S'il était en effet d'une facilité dérisoire de se procurer des crânes de nègres, d'Hindous et de Chinois, il n'en allait pas de même pour les Blancs. Dans leur cimetière, les Blancs et les mulâtres riches se faisaient construire de magnifiques caveaux en marbre dont l'entrée était protégée par des grilles quasiment inviolables. En outre, le fossoyeur du lieu, un ancien bagnard de Cayenne qui avait été gracié pour on ne savait quelle raison bien qu'il eût égorgé cinq vieilles dames en la ville de La Rochelle, était d'un tempérament particulièrement irascible. Il était inutile d'essayer de le soudoyer car il ne marchait pas, clamait-il, « dans la sorcellerie des nègres, mordieu ! ». Syparis avait donc fourni à son maître des crânes exclusivement prélevés au cimetière des pauvres et le bougre n'y vit que du feu ! Le docteur Corre également qui, cédant aux sollicitations de plus en plus pressantes de ses hôtes, en vint à disserter gravement sur les dolichocéphales blonds d'origine aryenne et les brachycéphales africains et asiates, lesquels étaient, selon lui, une étape intermédiaire de l'évolution entre les grands singes et les humains accomplis. On applaudit à tout rompre le médecin-chef de la Marine, sauf Gaston Souquet-Basiège, un bel esprit qui venait de publier un ouvrage controversé, *Le Préjugé de race,* dans lequel, tout en les jugeant inférieurs aux autres races, il osait avancer que les nègres étaient perfectibles. Muni de diplômes prestigieux, ce sorbonicole affectait de penser en toute indépendance et regardait de haut ses compatriotes blancs créoles. Il prétendait voir plus loin qu'eux et craignait que leur obstination bornée ne les conduisît à leur perte. Aussi personne dans l'assistance ne fut-il surpris lorsque ce freluquet de Souquet, comme le qualifiait Dupin de Maucourt, leva la main et demanda la parole. Des dizaines de paires d'yeux hostiles convergèrent sur sa personne.

« Mes chers amis, fit-il de sa voix fluette, un léger sourire aux lèvres, toutes ces démonstrations sont sans doute bien vraies et j'ai le plus profond respect pour la science, comme vous le savez, mais elle est impuissante à nous expliquer pourquoi nous avons été contraints d'abolir l'esclavage des nègres, pourquoi la plupart des mulâtres rivalisent avec nous dans les plus hautes fonctions et surtout pourquoi notre prédominance sur cette île est en train de s'effriter inexorablement. Je dis bien : in-exo-ra-blement. »

Satisfait de son effet, Souquet-Basiège croisa les jambes et regarda fixement au plafond. Extrayant un mouchoir en soie de la poche de son paletot, il s'essuya la face et continua :

« Je ne suis pas, vous le savez aussi, un de ces traîtres à notre race qui vénèrent Victor Schœlcher. Si je pense que l'abolition était inéluctable, je demeure persuadé qu'on est allé trop vite en besogne et qu'il fallait donner le temps aux nègres d'atteindre un degré supérieur de civilisation. Néanmoins, mes chers amis... j'ai étudié l'histoire des civilisations, j'ai beaucoup voyagé à travers le monde et je puis vous assurer que de notre petite Martinique, nous avons singulièrement tendance à ne voir les choses qu'à notre modeste échelle. Partout à travers le monde, nous assistons au réveil des peuples dits inférieurs. Notre cas est loin, fort loin, d'être une exception. »

Personne ne sut comment réagir à de tels propos. Certains affectaient d'observer les pales immobiles du ventilateur qui geignait au plafond ; d'autres lorgnaient en direction du buffet où étaient alignées des bouteilles de cognac et de whisky. Louis de Saint-Jorre déclara opportunément que la séance était levée et annonça le thème de la prochaine soirée qui se tiendrait dans une dizaine de jours :

« Observations vulcanologiques dans l'archipel antillais : la Pelée peut-elle entrer en éruption ? »

Le choix du conférencier n'avait pas encore été fait.

XIV

Les signes prémonitoires allaient se multipliant. Les sources du quartier Trois-Ponts, auxquelles on attribuait des vertus miraculeuses, comme celle de guérir ces pleurésies scélérates qui vous jetaient bas l'homme le plus robuste parce qu'il avait commis l'imprudence de se livrer buste nu et en sueur à la traîtrise d'un courant d'air, se tarirent brusquement. Un vilain filet de matière gluante les remplaça et les rainettes qui avaient coutume de pulluler à cet endroit se volatilisèrent. On en trouva un bon paquet le ventre ballonné, les pattes rigidifiées, sur le chemin de terre qui y conduisait. Les nuits étaient devenues silencieuses, comme si les insectes et les petites bêtes des bois s'étaient enfermés dans un mutisme. Quant au grondement métallique qui émanait à intervalles réguliers du volcan, nul ne parvenait à s'y habituer, pas même les nègres les plus fanfarons. Seuls trouvaient le sommeil ceux qui étaient trop soûls. On vivait le nez en l'air, guettant le moment où l'une de ces gigantesques colonnes de fumée noire qui s'échappaient du cratère de l'Étang Sec s'élèverait dans le ciel, dépassant les nuages les plus haut pendus, masquant le soleil durant des heures, jusqu'à ce que les alizés la chassent vers la mer au-dessus de laquelle elle stagnerait jusqu'au soir avant de se disloquer. Les pêcheurs de Fond-Coré, qui ne sortaient plus en mer au petit jour, rapportaient d'étranges phénomènes : au mitan de la baie, les flots se creusaient soudain dans un bruit de succion tout bonnement effrayant et un trou énorme se formait, d'où tigeaient des geysers de sable bouillonnant. Toute vie semblait avoir déserté les fonds marins qui entouraient Saint-Pierre et c'est en pure perte que l'on s'alignait pour tirer la senne lorsqu'un pêcheur téméraire se hasardait à affronter le danger.

Le géant Barbe Sale déclara à la cantonade : j'ai pris une décision, foutre ! Le trafiquant d'armes Anthénor Diable-Sourd enchaîna : ma décision est prise, je n'avais que trop tardé ! Par grappes, on se mit à les imiter, qui au Mouillage, qui à La Consolation, qui à Sainte-Philomène, qui même — miracle d'entre les miracles ! — à La Galère. Cette décision était bien la plus surprenante que pouvait arrêter le nègre qui devait affronter chaque jour que le Bondieu faisait les mille et une turpitudes de l'existence, trouver un job quelconque sur les quais pour espérer manger le soir et bailler quelque chose à sa marmaille, faire assaut de flatteries auprès d'un apothicaire pour qu'il accepte de lui vendre le médicament tant attendu, arrivé de France le jour même et réservé en priorité aux Blancs et aux mulâtres fortunés, convaincre le boutiquier qu'il réglerait son carnet de crédit dans la semaine et qu'il était donc inutile d'aller le dénoncer à la maréchaussée : car ici-là, on faisait de la geôle pour trois francs et quatre sous de dettes. Pour avoir injurié un Blanc-France ou tenu tête à un Blanc-pays. Pour s'être bagarré dans les bouges de la rue Monte-au-Ciel. Pour trois fois rien parfois.

Messieurs et dames de la compagnie, Barbe Sale avait décidé de se jeter dans les rets du mariage ! Ce n'était pas une faribole ! C'était une chose sérieuse, oui. Il concubinait, depuis une longueur de temps qu'il avait renoncé à mesurer, avec la meilleure amie de Marie-Égyptienne, une drôlesse sans grâce mais dure à la tâche, qui exerçait elle aussi la profession de lessivière sur les berges de la Roxelane. Madame Barbe Sale, comme on la désignait, forçait le respect de la négraille tant elle avait démontré une capacité extraordinaire à supporter les coups que lui flanquait son homme dès qu'il revenait du *Grand Balcon*, où pourtant le videur avait l'occasion d'épancher ses instincts agressifs. Comme s'il voulait se venger des méprisations que lui lançaient à la figure les grandes gensses qui fréquentaient le cabaret, il battait sa concubine sans s'accorder le moindre répit. Du lundi au samedi, sur le coup de deux heures du matin, La Galère était secouée par les hurlements de la malheureuse qui attendait désespérément le dimanche. Ce jour-là, le géant se vêtait d'un costume-cravate, se chapeautait de noir et se rendait d'un pas très digne à la cathédrale, où il communiait sans jamais passer par le confessionnal.

« Je suis un bon chrétien, moi ! » clamait-il aux prêtres qui, par crainte d'un scandale en pleine messe, lui lâchaient l'hostie dans sa large bouche avec un geste de dégoût mêlé de terreur.

À onze heures, Barbe Sale gagnait le marché du Mouillage où des joueurs de sèrbi installaient des tables de fortune. Il y restait planté sans mot dire, les yeux rivés sur la course des dés, observant intensément les parties. Quand il se sentait disposé à tenter sa chance, il bousculait sans ménagement les joueurs, s'emparait du cornet et braillait en faisant glisser hors de sa bouche l'hostie qu'il n'avait point avalée :

« Onze ! J'ai demandé le chiffre onze, sacré tonnerre de Dieu ! »

Un silence effrayé accompagnait la cavalcade des dés sur la table. Barbe Sale agitait ses lèvres en tous sens pour y faire tourner l'hostie en ricanant. Et jamais, messieurs et dames de la compagnie, le onze magique ne lui fit défaut. Jamais ! Le géant ramassait les mises en défiant ses adversaires du regard, avant de leur déclarer :

« Allez dire tout-partout qu'il n'y a qu'un maître du sèrbi à Saint-Pierre et qu'il s'appelle monsieur Barbe Sale ! »

Une fois les poches pleines d'espèces sonnantes,

il s'en allait d'un pas guilleret à *La Belle Dormeuse*, dont il était toujours le premier client le dimanche après-midi. Dès qu'il atteignait la rue de Damas, il se mettait à gueuler :

« *Yé sé manawa-a, mi Bab Sal ka rivé ! Bonda-zot paré ?* » (Hé, les putaines, v'la Barbe Sale qui s'ramène ! Votre cul, il est prêt ?)

Terrorisées, les catins se claquemuraient dans leurs chambrettes et la tenancière devait tambouriner à leur porte pour les contraindre à descendre au salon, menaçant parfois de les renvoyer. De mauvais gré, Hermancia, la reine des lieux, la plus costaude de toutes les filles, l'amie-ma-cocotte de Thérésine, son alter ego de *L'Escale du Septentrion*, se mettait sa robe la plus quelconque, se fardait à la va-vite, amarrait ses cheveux sur le côté avec la première barrette venue et claudiquait dans l'escalier comme si chaque marche lui était une épreuve. Le géant l'accueillait dans un barrissement qui faisait reculer la tenancière elle-même :

« *Mi bonda-mwen ka rivé, fout ! Haaa, man kay dékoukouné'w aprémidi-taa, Emansia, doudou-mwen !* » (Voici mon cul qui s'amène ! Ah, je vais te défoncer ta chagatte cet après-midi, mon Hermancia chérie !)

Et sans plus tarder, il se ruait sur la jeune femme qu'il soulevait de ses deux bras et se mettait à lui arracher ses vêtements avec les dents en poussant des grognements d'affamé qui avaient le don de faire s'esclaffer sa proie. La tenancière s'embarquait à son tour dans cette bonne humeur et, une à une, les autres catins, rassurées, commençaient à mettre le nez dehors. Les clients, qui avaient respectueusement attendu que Barbe Sale finisse son cirque, pénétraient alors dans l'établissement en sifflotant. Les râles de plaisir d'Hermancia, à l'étage où le bougre l'avait charroyée, ne dérangeaient personne. On savait que le géant possédait une bande de fer entre les cuisses et qu'aucune des filles ne pouvait, comme à l'ordinaire, fermer les yeux en attendant seulement que la chose passe.

Quand la terre se mit à trembler tous les jours et que de fines pellicules de cendres brûlantes commencèrent à s'abattre sur La Galère avant de tapisser les rues du Centre et du Mouillage, le géant fut l'un des rares à ne pas s'en émouvoir. Certes, il ne bravachait pas à l'instar de son ennemi intime, Gros Gérard, le tonitruant commandeur de l'Habitation La Consolation, qu'on voyait insulter le volcan ou le couvrir de sarcasmes. Barbe Sale arborait un visage grave, mais sans la moindre appréhension. Il était préoccupé par la bonne marche de ses affaires et cherchait le moyen de les adapter à la nouvelleté de la situation. Car il ne lui était plus guère loisible de se poster au Pont de Pierres et d'exiger une dîme de tous ceux qui l'enjambaient, l'air y était devenu difficilement respirable. Des écharpes de fumées noirâtres déboulaient dans le lit même de la Roxelane et rendaient ses abords invivables. Il y avait en outre tous ces Blancs-France de basse engeance qui débarquaient à Saint-Pierre depuis le début du siècle et dont le nombre était allé en s'amplifiant cette année-là, sans qu'on en connût la raison. Ils ne respectaient aucune des règles de la vie créole, surtout pas celles, non avouées, qui réglaient les rapports entre les bandes de voleurs du Mouillage et de La Galère, les deux plus redoutables de l'En-Ville. Barbe Sale, pour l'heure impuissant et furieux, s'en allait répétant :

« Faut que je mette un milieu dans tout ça ! »

C'est à dater de cette époque que le géant se mit à passer sa rage sur les mamzelles de *La Belle Dormeuse*. Alors qu'il se contentait jusque-là de pilonner Hermancia au début de l'après-midi du dimanche et finissait la soirée dans les bras d'une catin plus vieille parce qu'il avait trop forcé sur le tafia, le voici qui montait à présent à l'abordage de la totalité de l'équipage du bousin ! Comme si un démon bouillonnait dans son corps, il défonçait à tour de rôle, sans prendre une once de pauser-reins, qui Hermancia, qui Ismène, qui Justina, qui Madou, et ainsi de suite jusqu'à ce que les dix-sept pensionnaires de l'endroit eussent ployé sous sa membrature de colosse. Devant les supplications de son personnel, la tenancière songea un instant à fermer son établissement. Elle aurait eu de bonnes raisons pour agir de la sorte : les soubresauts du volcan et ses vomissures de feu et de roches rendaient la vie impossible. Les chambres baignaient dans une semi-obscurité permanente et l'eau de la salle de bains était trop boueuse pour permettre aux titanes de se propreter le sexe. Barbe Sale n'en eut cure. Il menaça de démolir la porte si on ne lui ouvrait pas et continua à imposer son désir inextinguible à chacune des filles jusqu'aux premières heures du lendemain. C'est dire combien elles furent soulagées d'apprendre que leur bourreau allait convoler en justes noces !

Barbe Sale prit sa décision quand un phénomène étrange se manifesta dans certaines demeures bourgeoises de l'En-Ville : leurs rideaux se maculaient de sang. Un jour qu'il dévalisait de la porcelaine à la rue des Bons-Enfants, il eut l'immense surprise de voir apparaître des rigoles rouges aux fenêtres. Elles zébrèrent en silence murs, persiennes et rideaux. On aurait juré des larmes de sang. Le géant s'enfuit sans demander son reste et quand il s'en ouvrit aux lieutenants de sa bande, il eut confirmation qu'il n'avait pas rêvé. Dieu, se dit-il, voulait bailler un avertissement aux nègres de Saint-Pierre. Reprenez le droit chemin ou vous subirez bientôt mes foudres ! Barbe Sale décida donc d'épouser sa concubine et nombre de gredins des bas quartiers l'imitèrent à la grande stupéfaction de la gent ecclésiastique.

TEMPS DE L'APOCALYPSE

XV

Pour rien au monde Pierre-Marie Danglemont n'aurait manqué cette réception au consulat des États-Unis où se presseraient à coup sûr les plus jolies femmes de Saint-Pierre, en particulier Edmée avec qui il ne désespérait toujours pas échanger deux mots-quatre paroles. Cela faisait bientôt huit mois qu'il rôdaillait à son entour, qui au *Grand Balcon*, qui au Jardin Botanique, où elle aimait à se promener le samedi de beau matin, en compagnie, hélas, d'une chaperonne, imposante négresse au visage de cerbère qui décourageait les importuns à sa seule façon de se déplacer. Alors qu'Edmée condescendait à accorder quelques miettes de sourire, plus rarement un « Ah oui ? » délicat mais distant, à Latouche de Belmont quand il s'asseyait à quelque table de poker, elle continuait à ignorer superbement Pierre-Marie. Elle n'avait point réagi lors de la sérénade qu'il lui avait baillée pour la seconde fois sous ses fenêtres en avril, à l'époque où le volcan s'était mis à gronder sourdement et des pluies de cendres à fifiner sur les extérieurs de l'En-Ville. Elle avait refusé le billet qu'il lui avait fait tenir et qui ne cachait pas une invitation mais un poème. Un simple poème. Une petite grappe de mots qui lui étaient venus un soir où il l'avait surprise qui rentrait précipitamment à son domicile, jupes relevées à mi-jambe. Des mots d'amour :

D'où vous vient ce regard ?
papillon d'ambre couvrant le monde
C'est ce qu'en vain, je cherche.

Pierre-Marie n'avait rencontré le consul Prentiss qu'une seule fois et sa morgue yankee l'avait immédiatement insupporté, mais qui pouvait se permettre de farauder devant le représentant du plus puissant pays des Amériques ? Le diplomate, qui avait commencé à s'intéresser lui aussi aux caprices du volcan, rendait fréquemment visite au planteur Louis de Saint-Jorre. Prentiss avait paru surpris qu'un mulâtre servît de précepteur aux deux garçons du maître de l'Habitation Parnasse, mais il s'était efforcé de se montrer courtois avec Pierre-Marie.

« J'ai reçu plusieurs câbles de New York », déclara-t-il en prenant place dans le grand salon un peu sombre que décoraient les portraits aux poses fiéraudes de plusieurs générations de Saint-Jorre. « Les nouvelles ne sont pas très bonnes, *my dear friend*. Pas bonnes du tout ! »

Des vulcanologues américains paraissaient inquiets de l'évolution des manifestations qui agitaient la Pelée depuis quelques mois. À les entendre, c'était toute la chaîne caraïbe qui était en train de se réveiller.

« Je dis bien "se réveiller", monsieur de Saint-Jorre, appuya le diplomate, car votre volcan n'est pas éteint, contrairement à ce qu'affirme votre gouvernement.

— Vous parlez à un convaincu... Hélas ! La politique a ses exigences, monsieur le consul. Les élections approchent et il ne saurait être question de priver la population de sa distraction favorite.

— La politique ! La politique ! Vous n'avez que ce mot à la bouche dans cette île. À croire que ce soit là le plus beau cadeau que vous ayez fait aux *niggers*. »

De Saint-Jorre rigola franchement, ce qui ne lui arrivait guère. Il héla une servante et lui ordonna d'apporter deux punchs.

« Cher ami, désormais on ne dit plus les "nègres", ha-ha-ha !... la bienséance commande d'appeler ces messieurs-dames des "gens de couleur".

— *All right !...* mais à quoi bon toute cette agitation ? Il est de mon devoir de vous révéler qu'à Washington on ne voit pas cela d'un très bon œil. Theodore Roosevelt se tient régulièrement informé de la situation...

— Vous savez, monsieur le consul, ici, à Saint-Pierre, il existe deux choses sacrées : le carnaval et les élections. Ha-ha-ha ! Dans votre pays, au moins avez-vous eu le bon sens de n'accorder que le premier aux gens de couleur... »

Se rendant soudain compte que ses propos n'avaient pu échapper à Danglemont qui se trouvait avec ses enfants dans la pièce attenante, de Saint-Jorre demanda au précepteur de les rejoindre et le présenta au consul Prentiss. Le diplomate fut ravi d'apprendre que le jeune homme avait enseigné au séminaire-collège Saint-Louis-de-Gonzague et non au lycée de Saint-Pierre, ce repaire de radicaux-socialistes hostiles à ce qu'ils nommaient l'hégémonie américaine.

« Cher monsieur, faites-moi l'honneur de passer au consulat le deuxième jour du mois de mai ! J'y donnerai un bal en l'honneur de ma fille aînée... *it's her birthday...* »

Pierre-Marie se remémorait ce premier face-à-face tout en parachevant sa tenue : une redingote neuve qu'il s'était fait spécialement tailler pour l'occasion, une magnifique cravate en soie bleu nuit et un chapeau de feutre fraîchement arrivé de Paris. S'examinant dans le miroir ovale de sa chambre, il se trouva d'une élégance raffinée, mais le reflet glauque lui rappela que des choses étranges étaient en train de se dérouler. Les paquets de cendres qui flottaient dans l'air obscurcissaient l'argenterie et ternissaient jusqu'à l'éclat des plus beaux objets de cristal. Les fumerolles à l'odeur d'acide sulfurique provoquaient des quintes de toux interminables chez les gens fragiles et étaient souventes fois fatales aux poitrinaires.

Quand le jeune homme mit le nez dehors, l'air était d'une surprenante fraîcheur, la ville étrangement calme. Le phare de la place Bertin balayait une mer étale et phosphorescente. À l'angle des rues Saint-Jean-de-Dieu et des Bons-Enfants, Danglemont nota une activité fébrile, dont il ne put cependant distinguer tout le détail en raison de l'obscurité, l'usine électrique ayant été emportée deux jours auparavant par une coulée de boue. À la lueur de flambeaux en bambou, des aigrefins étaient en train de déménager une maison cossue : meubles, argenterie, vêtements, tout était emporté. Un tombereau croulait sous le poids du butin, menaçant de briser les jarrets du pauvre mulet chargé de le haler.

« *Hé, chapé kò'w, boug-mwen !* (Eh, tire-toi, mon vieux !) chuchota un homme en menaçant le mulâtre d'un gourdin. *Ou pa sav lavil kay brilé ! Chapé kò'w Fodfwans !* » (Tu sais pas que la ville va brûler ! Enfuis-toi à Fort-de-France !)

Trois autres voleurs entourèrent le jeune gandin et se gaussèrent de ses habits de soirée. L'un d'eux déclara sur le ton de la plaisanterie que l'heure de l'enterrement n'avait pas encore été fixée. À sa voix un peu caverneuse, Danglemont identifia Barbe Sale, qui ne le reconnut même pas et continua à distribuer des ordres précis à ses sbires. Toutes les maisons du quartier avaient été désertées, probablement depuis peu. On n'y entendait nulle protestation ni bruit de lutte. Le pillage se poursuivait dans la plus parfaite tranquillité.

À l'en-bas de la Comédie, une foule hagarde semblait se lamenter à voix feutrée. Affalés sur d'énormes ballots, des femmes et des enfants dépenaillés tentaient de trouver un brin de sommeil. Danglemont reconnut les réfugiés de la commune voisine du Prêcheur que les incessants crachotements du volcan avaient chassés de chez eux. Les pauvres hères avaient été refoulés une première fois par la maréchaussée au quartier La Galère. L'édilité leur avait fait savoir qu'ils troublaient l'ordre public et que le centre-ville n'avait pas été prévu pour accueillir tant de gens affamés et désœuvrés. Mais à la faveur du faire-noir, ils étaient revenus un à un et avaient commencé à occuper les abords du Théâtre. Ils regardèrent passer le mulâtre sans réagir. Nul ne l'interpella. Personne ne lui demanda la charité. Une armée de spectres, telle fut l'image qui traversa l'esprit de Pierre-Marie. Des zombies, voilà ! Un frissonnement le secoua et lui fit presser le pas.

Les gardes du consulat des États-Unis conservaient leur garde-à-vous en dépit d'un ciel lourd de menaces, traversé d'éclairs fauves et de gerbes d'étincelles. Ils examinèrent à peine le carton d'invitation du jeune homme. La cadence guillerette d'une musique cow-boy happa le gandin à l'instant où il grimpait les marches du perron. Il eut un instant d'hésitation. Sans doute serait-il le seul homme de couleur à cette réception et l'idée d'avoir à supporter les regards lourds de condescendance de certains Grands Blancs l'accabla d'une soudaine fatigue. Il s'arrêta et envisagea de rebrousser chemin quand un grondement effroyable déchira la nuit. On aurait juré qu'un millier de canons s'était mis à tonner depuis les flancs de la Montagne. Des flammes de plusieurs centaines de mètres s'échappaient vers l'en-haut du ciel et explosaient en paquets de lumière incandescente sur les campagnes environnantes et sur Saint-Pierre. L'En-Ville se trouvait illuminé par à-coups et l'ocre de ses bâtiments de pierre virait au blafard. La fière architecture de la Comédie, dont le toit s'apercevait de n'importe où, n'était plus qu'un pâle mirage sous l'embrasement céleste. Danglemont resongea au visage d'Edmée ce jour où une troupe venue d'Europe y avait donné *Le Lac des cygnes*. Assise au premier rang, son éventail de soie à la main, elle avait tout simplement l'air d'une reine. Une reine créole. Croisement d'Anacaona, la dernière des Tainos qui régna sur les îles d'Ayti et de Borinquen, de Blanche de Castille et de négresse de la cour de Soundiata.

Une fois de plus, le répétiteur de philosophie décida de ne pas déserter le combat. Il avait désormais l'habitude de se retrouver seul parmi la caste dite supérieure et leurs propos inouïs ne lui écorchaient plus guère les oreilles. Au séminaire Saint-Louis-de-Gonzague, le père André ne faisait-il pas réciter chaque matin à ses élèves une prière où il était affirmé que la race blanche était la seule qui appartenait à l'espèce humaine créée par Dieu, toutes les autres ayant un pied dans l'animalité ? En guise de protègement, le mulâtre se répéta cette phrase de Victor Schœlcher qu'il s'était efforcé autrefois (à Paris, à Berlin, à Rome) d'apprendre par cœur : « Tout homme ayant du sang africain dans les veines ne saurait jamais trop faire dans le but de réhabiliter le nom de nègre auquel l'esclavage a conféré un caractère de déchéance. »

[LA LEÇON DE PHILOSOPHIE

Les bâtiments austères du séminaire-collège Saint-Louis-de-Gonzague étaient la première épreuve matinale que devait subir le répétiteur de philosophie. À chaque fois, Danglemont demeurait planté quelques instants devant la lourde porte en bois de chêne que le gardien, un nègre taciturne en blouse marron, peinait à ouvrir. Le jeune mulâtre avait le sentiment de se trouver confronté à l'immense savoir européen qui, sous les Tropiques, lui apparaissait dérisoire, sinon incongru. L'allure médiévale du collège jurait avec la bleuité impavide du ciel où dardaient déjà les premières élancées du soleil. Dans un ballet silencieux, des calèches déposaient devant le porche des enfants blancs, vêtus comme pour quelque cérémonie, qui ne souriaient point ni ne babillaient. Comme chaque jour, Pierre-Marie cherchait du regard les têtes frisées des trois élèves mulâtres que comptait l'établissement et se sentait ainsi moins seul, encore qu'aucun d'eux ne fût inscrit en classe de rhétorique. Des surveillants, tous Européens, rangeaient aussitôt tout ce beau monde devant les salles de classe où les attendaient déjà, l'œil exagérément sévère, des prêtres dont le premier souci était de leur faire réciter leur prière. Aucun ecclésiastique n'adressait de salut à leur collègue de couleur. Le répétiteur avait obtenu, il est vrai, l'autorisation exceptionnelle de ne pas participer à ce rituel et demeurait ce temps durant dans la cour principale qu'égayait un quénettier dont il était interdit de cueillir les fruits la saison venue. Seuls les criaillements mutins des bandes de merles qui y avaient élu domicile troublaient la récitation monocorde du Pater Noster et les chanters à la gloire de la Vierge Marie.

Ce matin-là, lassé des provocations du père supérieur, le jeune homme avait décidé de faire sa classe réfléchir à cette pensée de Voltaire : « Les nègres sont une espèce d'hommes différente de la nôtre, comme la race des épagneuls l'est des lévriers. Il n'est pas impossible que, dans les pays chauds, des singes aient subjugué des filles. »

L'usage était d'écrire la phrase au tableau et de la faire recopier par les élèves, lesquels disposaient ensuite d'une dizaine de minutes pour la méditer. Certains se mirent à pouffer de rire sur leur cahier ; d'autres marmonnaient le mot « singes » en roulant des yeux et se gonflant comiquement les joues. Pierre-Marie ne broncha pas. Il gardait un œil sur le couloir où le surveillant général, vieil abbé acariâtre, passait et repassait devant sa classe dans le but avoué d'espionner ses cours. Aucune trace du bougre ce jour-là. Sans doute était-il souffrant. Ou occupé à des travaux d'écriture à l'économat. Dès que le dernier élève eut posé sa plume, Urbain Granier de Cassagnac, le plus vif de tous, un petit rouquin turbulent dont le père possédait une plantation de café sur les hauteurs de Champflore, à Morne-Rouge, leva le doigt et s'écria :

« Monsieur, je suis d'accord avec la deuxième phrase mais pas avec la première ! »

Ses camarades gardaient la tête baissée, l'air profondément ennuyé, comme à l'ordinaire, par le cours de philosophie du professeur Danglemont. Beaucoup étaient mal réveillés et ne se gênaient pas pour bâiller ostensiblement.

« En quoi la première phrase vous gêne-t-elle, monsieur de Cassagnac ? fit Pierre-Marie qui pressentait la réponse du garnement.

— Les épagneuls et les lévriers appartiennent à la même espèce même s'ils sont de race différente.

— Fort bien ! Continuez...

— Or, si des filles ont fauté avec des singes, en Afrique, je suppose... eh bien, elles n'ont pu mettre au monde que des créatures d'une autre espèce que l'espèce humaine ou, en tout cas, qui n'y appartiennent que pour partie. »

La classe éclata de rire sans que Pierre-Marie sût si elle avait bien saisi l'allusion le concernant. S'avançant à hauteur du jeune rouquin qui le fixait dans le mitan des yeux, il se retint de lui flanquer une calotte. Plus jeune que ses condisciples dont la plupart avaient dépassé la vingtaine pour avoir redoublé plusieurs classes, le garçon affichait une finesse d'esprit qui en avait vite fait le seul et unique interlocuteur du répétiteur de philosophie. Quand Pierre-Marie préparait ses cours, il pensait à Urbain Granier de Cassagnac, prévoyait ses questions, affûtait les réponses cinglantes qu'il lui ferait — toujours sur le ton le plus calme dont il était capable — ou les plaisanteries à double sens que le rouquin était le seul à pouvoir décrypter. Une sorte de joute intellectuelle s'était instaurée entre eux, qui permettait à Pierre-Marie de se libérer quelque peu de la chape d'ennui qui l'enveloppait dès que les cloches du séminaire-collège annonçaient le début des cours.

« Et ces créatures mi-hommes mi-singes, si je comprends bien, seraient dotées de la faculté de parler ? ironisa-t-il.

— Parfaitement ! Les Africains ne sont rien d'autre que des animaux qui parlent, une espèce intermédiaire entre l'espèce animale et l'espèce humaine, fit Urbain sans ciller des yeux.

— Espèce intermédiaire dont je fais partie ?

— Non, monsieur. L'esclavage a civilisé vos ancêtres et d'ailleurs, vous êtes à moitié blanc, donc... »

La porte de la salle de classe s'ouvrit avec une brutalité qui fit sursauter les élèves. La plupart se mirent debout, au garde-à-vous, comme par réflexe. Le père supérieur, accompagné du surveillant général et de deux autres abbés, s'avança au-devant de l'estrade où se trouvait le bureau de Pierre-Marie et, sans lui prêter la moindre considération, intima l'ordre aux élèves de rejoindre la salle d'étude qui se trouvait à l'étage du séminaire.

« Toi, tu restes ici ! » siffla le père supérieur en retenant Urbain de Cassagnac par l'oreille.

Aussitôt la classe sortie, le surveillant général fit agenouiller le rouquin, qu'il se mit à frapper sur l'épaule à l'aide d'une baguette, arrachant à l'enfant des cris de douleur. Puis de lui infliger un habituel pensum : l'élève recopierait deux cents fois une phrase que l'argousin avait extraite au hasard de la Bible à couverture de cuir qu'il portait en permanence sous son bras.

« Va rejoindre tes camarades ! » lui ordonna le père supérieur.

Pierre-Marie ne savait quoi dire ni que faire. Un incommensurable dégoût l'envahissait et n'eût été le fait qu'il dépendait entièrement de son salaire de professeur, contrairement à ses amis Saint-Gilles ou Manuel Rosal qui recevaient une pension mensuelle de leurs pères, il eût jeté aux orties cartables, livres et cahiers et tourné le dos à cette prétaille inculte. Le père supérieur le devança :

« Il est désormais clair, monsieur, que vous n'avez plus rien à faire dans notre établissement. »]

À l'intérieur du consulat, l'atmosphère était étonnamment sereine. Des lustres éclairaient une large salle de réception où avaient été installées des tables chargées de victuailles. Un Gramophone jouait un air qui vous baillait l'envie de sauter à cloche-pied, exercice auquel se livraient d'ailleurs deux-trois jeunes gens. Le consul Prentiss en personne vint accueillir son hôte, mais il ne put dissimuler sa surprise. Sans doute le diplomate avait-il oublié l'invitation qu'il avait lancée quelques mois plus tôt à Pierre-Marie. Ou peut-être ne l'avait-il fait que par pure convenance. Ces supputations agitaient l'esprit de Danglemont, qui s'efforça de masquer sa gêne. Pour de vrai, il était bel et bien le seul homme de couleur à la réception donnée pour l'anniversaire de la fille du consul des États-Unis d'Amérique. Le seul !

De petits groupes d'invités occupaient ici et là des fauteuils profonds à l'intérieur desquels les femmes semblaient disparaître. La gouaille du capitaine de *La Magdalena* tira le jeune homme d'embarras. Dès qu'*il signore* Ettore Mondoloni l'aperçut, le navigateur s'empressa en effet de venir lui serrer les mains.

« *Buona sera, dottore* Danglemont ! C'est une joie immense d'avoir parmi nous ce soir un bel esprit tel que le vôtre. *Signore, signori,* pour ceux d'entre vous qui ne le connaîtraient pas encore, j'ai *il grand'onore* de vous présenter l'illustre Pierre-Marie

Danglemont, ancien philosophe au séminaire-collège où il a laissé un souvenir impérissable et actuel précepteur des fils de notre vieil et distingué *amico,* Louis de Saint-Jorre. Bravo ! »

Ses claquements de mains ne recueillirent qu'un écho poli. Le président du Cercle de l'Hermine, Hughes Dupin de Maucourt, grimaça avant de lui tourner le dos. Le négociant était en grand causer avec Gaston Landes, l'éminent professeur de sciences naturelles du lycée de Saint-Pierre, auquel le gouverneur avait récemment confié la tâche d'animer la Commission du Volcan. Une assemblée très attentive s'était formée autour des deux hommes, parmi laquelle Danglemont reconnut Ulysse de Pompignac, le hobereau de l'Usine Périnelle, et le docteur Lota, l'enragé rédacteur du *Bien public*, qui ne manquait jamais une occasion de rappeler que son pays natal, la Corse, était intimement lié à la Martinique pour la raison que les deux îles avaient offert à la France deux tempéraments inégalés, Napoléon Bonaparte et Joséphine de Beauharnais. Quelques gros négociants du Mouillage, au front barré de dix mille plis, complétaient le tableau.

« Notre cher volcan ne vous fait donc pas peur ? lança le Corse à Pierre-Marie, dévisageant le mulâtre de la tête aux pieds. On m'assure que vous ne montez guère à cheval et comme notre bon vieux tramway ne fonctionne plus, je suppose que vous êtes donc venu à pied...

— Qui à Saint-Pierre croit une seule seconde aux

élucubrations de monsieur Landes et de ses amis ? s'esclaffa Ulysse de Pompignac. Toute cette agitation n'a qu'un but que nous connaissons tous : reporter le second tour des élections ! »

Vexé, le professeur de sciences naturelles ôta ses binocles sur lesquels il souffla vainement pour tenter de les débarrasser de la fine couche de cendres qui les recouvrait. Gaston Landes n'avait jamais pu se sentir à son aise parmi ces descendants de colons chez qui se retrouvaient mêlées la morgue des cadets de famille de la petite noblesse et la grossièreté, certes joviale, des roturiers et autres coupe-jarrets opportunistes. Il s'étonnait souvent que ces gens-là s'imaginassent être français, alors qu'il était évident pour toute personne née et élevée en Europe que les Békés étaient des Américains dans l'acception la plus brutale du terme. Le professeur n'ignorait pas que les théories sur la naissance et l'évolution de l'espèce humaine qu'il développait dans ses cours déplaisaient au plus haut point aux idéologues du Cercle de l'Hermine. À commencer par son président, qui ne manquait jamais de répéter que seul un radical-socialiste athée pouvait admettre l'idée que l'homme était né en Afrique.

« Nous sommes réellement menacés, commença le naturaliste. La Soufrière de l'île de Saint-Vincent vient d'exploser, comme vous le savez. Beaucoup de morts et de dégâts ! Le câble entre la Martinique et Sainte-Lucie en a été même rompu. »

Le consul des États-Unis confirma les craintes de

Landes, citant un rapport émanant de son gouvernement. Le capitaine Ettore Mondoloni déclara qu'il levait l'ancre le lendemain matin : à son humble avis, la montagne Pelée, cousine d'*Il Vesuvio*, ne tarderait pas à déverser sur Saint-Pierre et sa région un déluge de feu et de lave.

« Vous êtes étrangers à ce pays, messieurs, lança, hilare, Ulysse de Pompignac. Cela fait trois bons siècles que nous vivons avec ce volcan et nous sommes habitués à ses sautes d'humeur. Monsieur le consul, je vous rappelle que nous sommes tous réunis ici pour l'anniversaire de votre charmante fille, pas pour une conférence volcanologique. Puis-je inviter miss Daisy ? »

Et sans attendre de réponse, le hobereau empoigna la frêle enfant blonde qui se tenait près du buffet et l'entraîna dans une mazurka créole endiablée. Pierre-Marie passa la soirée dans un coin, un verre de bourbon à la main, surveillant l'arrivée des invités dans le fol espoir de voir apparaître le visage tant aimé de la quarteronne. De temps à autre, le professeur Landes ou le capitaine Mondoloni venaient s'entretenir avec lui, mais le jeune homme ne leur accordait qu'une oreille polie. Ce n'est qu'à la fin des réjouissances, après que la fille du consul eut embrassé chacun — à l'exception de Pierre-Marie, auquel elle fit un simple signe de tête — et regagné sa chambre, qu'une parole happée au vol, de la bouche d'un Béké qui sortait du salon-fumoir en même temps que le navigateur italien, lui déchira le cœur :

« Alors, cher capitaine, cette belle créature du *Grand Balcon* a fini par accepter de vous suivre dans votre pays. Permettez-moi de vous en féliciter bien bas ! »

XVI

Samedi 3 mai 1902

Marie-Égyptienne n'avait pas veillé de la nuit. Elle s'était tenue un peu à l'écart de la population du quartier La Galère qui, tétanisée, regardait, le bec coué, les geysers de flammes s'échappant de la gueule du volcan et battait en retraite jusqu'au bord de mer lorsqu'il se mettait à expectorer ses énormes blocs de roche incandescente qui s'écrasaient avec fracas en amont de la rivière des Pères. Le sol ne décessait de trembloter comme s'il avait pris frette et les arbres vacillaient, même les zamanas altiers et les bois-canon au pied desquels s'amoncelaient des oiseaux asphyxiés. Le jour semblait ne jamais devoir s'ouvrir. Comme si la terre avait arrêté de tourner. Comme si la fin du monde approchait.

Lafrique-Guinée était le seul à ne pas s'être laissé envahir par la panique. Il allait de groupe en groupe, hilare, une bouteille de tafia dans chaque main qu'il proposait au premier venu, y compris à la marmaille livrée depuis des jours à elle-même. Quand il essuyait quelque refus, le bougre se servait une-deux rasades avant d'agonir les apeurés d'imprécations dans un créole d'une virulence inouïe, usant de mots tout droit sortis de la sauvagerie de l'esclavage, ce temps de fouet, de coups de crachat et de sang qu'il accusait les nègres de céans de vouloir enterrer dans leur mémoire. Saint-Pierre est une ville maudite, braillait-il ! Son opulence s'est bâtie sur la sueur de nos ancêtres qui furent arrachés à la Terre-Mère et qui, jour après jour, semaine après semaine, mois après mois, année après année, siècle après siècle, se sont esquintés dans les champs de canne pour le seul profit des Blancs et de leurs complices, leurs fils bâtards, ces mulâtres veules qui aujourd'hui — ha-ha-ha ! — rampent comme des rats dans les rues maculées de vomissures blanchâtres. L'enrageaison du volcan sera notre vengeance et il ne laissera pas un mur debout. Je vous le prédis : pas un seul mur debout !

Pour la première fois de sa vie, la femme-dehors du Béké de Maucourt observa le nègre fou comme on observe un être humain et, ô surprise, le trouva bel et beau dans sa démesure et dans le jaillissement de leurs orbites, à chacune de ses éructations, de ses cocos-yeux rougis. Alors elle rangea le chapelet-rosaire qu'elle égrenait depuis un bon paquet d'heures et aimanta ses pas à ceux de l'exalté. Partout où celui-ci se dirigeait, elle se tenait désormais dans son dos, attentive à ses propos, subjuguée. Un sentiment de vergogne s'empara d'elle à l'idée qu'elle eût pu nourrir depuis si-tellement longtemps une passion pour Pierre-Marie Danglemont. Où se trouvait-il à présent, ce jeune et fringant philosophe qui ne consentait, l'année durant, qu'à lui accorder quelques miettes de plaisanteries et soudain, à la période du carnaval, larguait toute bienséance et honneur pour s'accointer à sa modeste personne de lessivière ? Qui, du dimanche gras au mercredi des cendres, la tenait fermement par la main, de crainte de la perdre dans le charivari des défilés. Qui se serrait contre son corps, se frottait contre ses tétés, ses fesses matées. Qui léchait la sueur fauve dégoulinant de ses aisselles comme s'il se fût agi d'un élixir divin. Qui lui susurrait à tout bout de champ :

« Vous êtes ma diablesse à moi, vous savez ! »

Elle l'imagina dans sa chambre, impassible, en train de feuilleter un de ces livres savants qui avaient fait sa réputation de grand-grec jusque chez les Blancs, qui acceptaient qu'il enseignât à leurs rejetons. Ou réfugié au contraire dans la demeure du père de son meilleur ami Virgile, une bâtisse aux murs épais à l'en-bas du Morne Dorange, qui ne laissaient filtrer que de sourdes envolées arrachées au piston que le fantasque poète parnassien emportait partout avec lui. Il fallait être mulâtre, songea-t-elle, pour aduler cet étrange instrument de musique. À cette idée, elle posa les mains sur son ventre et s'écria :

« Mon Dieu, faites que je ne sois pas grosse une nouvelle fois ! Je vous en prie, il n'y a pas de place en ce monde pour l'enfant d'une négresse de petite conséquence telle que moi... »

Les explosions redoublaient à l'intérieur du volcan, jetant la foule à genoux. Des averses enragées s'abattaient sur sa tête à-quoi-dire une punition venue d'en haut. Pluies chaudes, lourdes, visqueuses par moments. Lafrique-Guinée était le seul à ne pas plier devant le déchaînement des éléments. Il continuait à avancer, tenace dans son rire et ses imprécations, prophète insolite qui se fondait dans la noirceur implacable du devant-jour.

« *Gadé'y ! Gadé'y, jis li ki pa fouti doubout !* » (Regardez-le ! Regardez-le, même lui n'arrive pas à se lever !) hurlait-il.

Et du doigt, il pointait une faible lueur rosée par-dessus les pitons du Carbet, là-bas, au sud de la ville. Aujourd'hui, mes frères de captivité, sachez que l'astre du jour n'éclairera point la terre. Il a été vaincu, définitivement vaincu par les forces des ténèbres. Vos prières au dieu chrétien et à ses saints sont tout-à-faitement inutiles. Saint Michel, macommère, montre-toi donc avec ton glaive et terrasse-moi le dragon si tu le peux ! Ha-ha-ha ! Sainte Vierge-catin Marie-salope mère-bordelière du fils ababa de Dieu le père scélérat, que faites-vous pour ces pauvres hères désemparés qui ne cessent d'implorer votre miséricorde ? Ah ! les dieux de la Guinée sont enfin arrivés ! Ils ont mis trois siècles pour enjamber les eaux de l'Atlantique, mais à présent, ils sont là, parmi vous et sachez que leur colère sera terrible, oui !

La lessivière cessa d'arpenter le chemin en dérade du nègre fou au moment où elle se rendit compte qu'il se dirigeait tout droit vers la trace qui conduisait à la Montagne. De là, entre d'immenses tertres basaltiques, on pouvait, si l'on possédait des reins suffisamment solides, commencer son ascension et il ne fallait ni se retourner ni devirer en arrière, car l'herbe était si glissante, la pente si abrupte, qu'on se serait rompu le cou tout net. D'ordinaire, seuls les membres de la Société de Gymnastique et de Tir, athlètes émérites, attaquaient aussi crânement la Pelée. Les gens normaux préféraient se rendre dans la commune voisine de Morne-Rouge, où avaient été aménagés des sentiers protégés ainsi que des abris sûrs à différents niveaux d'altitude. Marie-Égyptienne se remémora les excursions au lac des Palmistes, chaque premier dimanche de l'an, avec ses consœurs, un ballot de linge sur la tête, un panier de provisions au bras. Cette compagnie n'acceptait que les femmes et pas n'importe lesquelles, s'il vous plaît ! Pas ces ribaudes arrogantes et parfumées de *L'Escale du Septentrion*, qui se plaignaient des herbes-à-piquants, des moustiques ou qui tombaient du haut-mal au moindre frou-frou dans les halliers en bafouillant : « Serpent ! Ouaille, serpent ! » Non ! Il n'y avait là que des mâles-négresses ce qui veut dire des femmes noires comme un péché mortel et fières, aux cheveux drus, aux hanches cambrées et aux rires frais. Marie-Égyptienne sourit au souvenir de cette seule et unique fois où Mathilde, la favorite de Pierre-Marie, avait voulu tenter l'aventure, capitulant au bout d'une demi-heure de marche. La compagnie l'avait abandonnée à son sort sur une petite éminence battue par les vents et l'avait retrouvée au même endroit, au finissement de l'après-midi, transie de froid et pleurant toutes les larmes de son corps. La lessivière avait savouré sa revanche et n'avait pas manqué de propager les détails de la mésaventure de sa rivale aux autres marchandes de potins dans l'espoir, assurément vain, que Pierre-Marie cesserait de fréquenter une aussi frêle créature.

À cette heure, la catin et ses compagnonnes devaient faire la grasse matinée, insoucieuses qu'elles étaient des frasques du volcan. Seuls les bouges n'avaient point fermé en effet et l'on s'y pressait même davantage qu'à l'ordinaire. Des hommes de bien, dont on n'eût jamais soupçonné qu'ils franchiraient un jour le seuil de *La Belle Dormeuse*, y montaient la garde chaque après-midi, à la faveur, il est vrai, de la semi-obscurité qui enveloppait l'En-Ville depuis plusieurs jours. Marie-Égyptienne avait ouï dire qu'il s'y bradait bijoux en or de Cayenne et objets en porcelaine de Limoges contre de simples caresses. Contre quelques morceaux de parole chuchotés au creux de l'oreille. Mais pour leur malheur, ces clients peu ordinaires s'entichaient des alcools les plus tord-boyaux et, n'ayant pas l'habitude des longues veilles, s'effondraient comme des masses entre les fauteuils de cuir et les tables basses où traînaient des piles d'exemplaires des trois journaux de Saint-Pierre.

« *La ni lajan pou nou pran !* » (Y a de l'argent à se faire là-bas !) avait déclaré à la blanchisseuse une de ses proches voisines de La Galère.

Et de fait, toute honte bue, de jeunes femmes qui ne s'étaient jamais méconduites et communiaient la tête haute s'en venaient proposer leurs services à Man Séssé et aux autres tenancières qui n'en demandaient pas tant. On prétendait même qu'une pulpeuse mulâtresse de l'île de la Barbade, le visage dissimulé derrière un loup, les cheveux amarrés par un madras jaune safran, avait établi ses quartiers à *L'Escale du Septentrion*, faisant des ravages parmi la clientèle et provoquant une jalousie de mouches-à-miel chez les mamzelles du cru. Jamais la belle n'ouvrait la bouche, disait-on, et elle faisait sa toilette dans sa chambrette, dédaignant la salle d'eau où Loulouse et Thérésine s'amusaient comme des catherines-piquant à se voltiger de l'eau au visage tout en brocantant les derniers ragots sur les messieurs au visage grave qui venaient s'esbaudir entre leurs bras. Marie-Égyptienne avait refusé de s'associer à cette dévergondation généralisée et préférait manger tous les jours du fruit-à-pain cuit à l'eau, les bourgeois de l'En-Ville ne lui confiant plus leur linge, chose désormais inutile par ces temps de suie et d'effroi. Dans un brouillard total, la négresse poursuivit sa marche en direction du Centre. Elle se surprit à marmonner :

« *Lavi bout kon sa yé a, mézanmi !* » (La vie est foutue, mes amis !)

Le tramway hippomobile la fit sursauter. Il se tenait roide, sa masse rectangulaire et noire se découpant sur l'épais magma blanchâtre qui obligeait les rares passants à avancer à l'aveuglette. On aurait juré un corbillard dans l'attente de son cortège. La paire de chevaux qui le tiraient ressemblait à quelque statue antique qu'un archéologue facétieux eût tout juste exhumée de terre. Leur pelage brillait d'une lueur phosphorescente sous l'épais manteau grisâtre qui les couvrait. Marie-Égyptienne, intimidée, s'approcha du véhicule. Elle voulait entendre renifler les chevaux. De tout cœur, elle espéra qu'ils se cabreraient sur son passage. Mais rien ! Pièce mouvement ! Ils étaient à-quoi-dire morts, pétrifiés, et il n'y avait que leurs yeux à s'agiter frénétiquement à l'en-bas de leurs lourdes paupières. Comme prise d'enfollement, la sublimissime négresse pressa le pas jusqu'au marché du Mouillage, où elle fut à nouveau surprise par un grand concours de gens en vêtements de nuit. Agenouillés, le plat des mains tendu vers les cieux, ils murmuraient des supplications incomprenables. Le soleil réussit enfin une légère percée, ce qui rendit le spectacle encore plus émotionnant. Il y avait là des bourgeois en bonnet de nuit et robe de chambre, des bougres des bas quartiers buste nu, des réfugiés du Prêcheur reconnaissables à leurs baluchons hétéroclites, quelques Coulis qui se tenaient un peu à l'écart et psalmodiaient en tamoul. Tout ce monde-là était blanc. Blanc nacré. Inutile de vouloir distinguer les vrais Blancs de ceux qui ne l'étaient pas. Ce tableau arracha un demi-sourire à Marie-Égyptienne, qui eût voulu avoir un miroir pour contempler sa propre personne. Elle chercha une figure amie ou simplement connue au sein de cette masse tétanisée, mais en vain. Le géant Barbe Sale lui-même était invisible, qui dominait d'ordinaire de deux têtes n'importe quel attroupement. Soudain une voix, dix voix, cent voix hurlèrent :

« À la cathédrale ! À la cathédrale pour demander à Dieu la rémission de nos péchés, frères et sœurs ! »

Comme un seul homme, la fourmilière se redressa pour se diriger vers la place Bertin, charroyant Marie-Égyptienne dans son ballant. Furieuse et décontenancée, la lessivière voulut rouscailler :

« Mais je n'ai aucun pardon à demander à qui que ce soit, tonnerre de Brest ! Dieu ne m'a jamais cadeautée de rien du tout. À ma naissance, ma mère m'a même injuriée ! »

Mais elle fut incapable de se dégager. Des enfants, piétinés sans pitié, se mirent à brailler ; des vieux-corps se tenaient par les mains, hagards, cherchant un bras secourable, lâchant des prénoms qui se perdaient dans la cacophonie ambiante :

« Hilaire, mon fils !... Rosalie, je suis là !... Mariette, viens t'occuper de ton vieux papa !... Audebert, Audebert, ne me laisse pas ! »

À l'entrée de la cathédrale, la bousculade fut telle que plusieurs personnes faillirent périr étouffées sans que quiconque prêtât le moindrement attention à leur sort. Marie-Égyptienne se trouva projetée contre Thérésine, l'hétaïre de *L'Escale du Septentrion*, laquelle ne portait pour tout vêtement qu'une courte combinaison transparente qui laissait voir ses seins galbés et l'en-haut de ses cuisses. Visiblement, l'alerte l'avait surprise en pleine action.

« Pas la peine de me morguer ! lança-t-elle à la lessivière. Aujourd'hui, tout le monde est dans la même géhenne, oui !

— Je n'ai aucun péché à me faire pardonner, continuait à protester la belle négresse en se débattant.

— Ah ! tu crois ça ? On a tous dérespecté les lois du Seigneur. Sinon, pourquoi il chercherait à nous punir, hein ?

— On s'est tous déguisés en ma-sœurs et abbés pendant le dernier carnaval du siècle ! cria une voix dans leurs dos.

— Et alors ! s'énerva Marie-Égyptienne. Deux ans ont passé depuis, non ? »

Un véritable démêler-sans-comprendre éclata lorsque la foule voulut investir les premiers bancs. Les Blancs qui s'y étaient précipités, chacune de leurs familles disposant d'une plaque dorée à son nom, en furent expulsés à coups de poing et de pied. Aux rangs du mitan, où d'ordinaire la mulâtraille faisait admirer ses tenues rutilantes du dimanche, des nègres hirsutes avaient installé leurs fesses, certains se tenant même debout sur les bancs, les mains en visière afin d'apercevoir la nef. Cris, pleurs, imprécations vengeresses, fracas, désordre indescriptible.

« C'est donc notre dernier jour, Marie-Égyptienne ? demanda d'un ton subitement calme la catin de *L'Escale du Septentrion*.

— Arrête de dire des couillonnades !

— J'aurais dû m'échapper à Fort-de-France. Il y avait une navette ce matin tôt...

— Idiote, va ! Elle a débarqué le gouverneur lui-même, sa femme et tous les hauts gradés qui travaillent avec lui, rétorqua la lessivière. Tu crois que s'il y avait vraiment danger, ces grandes gensses-là seraient venues à Saint-Pierre ?

— C'est pour les élections, pardi ! Tout le monde sait ça. Ils veulent qu'on aille voter dimanche prochain... mais, tu verras, ce soir ils seront repartis à Fort-de-France. »

Où sont les prêtres ? Les prêtres ! Les prêtres ! Dans la cathédrale devenue soudain trop étroite, des voix rageuses s'élevaient de la foule. Mille yeux fouillaient l'autel du regard, nul n'osant s'en approcher. C'était le seul endroit un peu éclairé par la lumière glauque qui filtrait à travers les vitraux. Brusquement, une épée de feu se dessina dans l'air, qui tanguait de-ci de-là, inquiétante et somptueuse. La meute se tut aussi sec. L'épée s'allongea jusqu'à frôler le dôme de la cathédrale, où une fresque à demi effacée de chérubins aux ailes déployées faisait fête à la Vierge Marie. Une détonation assourdissante jeta femmes et marmaille sur le sol. Les hommes avaient fermé les yeux, attendant le Jugement dernier. L'épée se promena dans l'allée centrale, marquant au passage ceux qui s'y étaient entassés faute de place dans les travées : celui-ci en récolta une balafre sous l'œil gauche, celui-là des filets noirs sur tout l'avant-bras, tel autre encore un tiquetage de rousseurs sur le nez ou les paupières. Puis, le glaive disparut comme il était venu et la foule des repentants reprit peu à peu ses esprits. On s'entre-regarda, incrédule, on se palpa pour s'assurer qu'on était bien vivants et pas encore dans l'au-delà, chez Madame Personne, la gardienne créole des portes de l'Enfer. Marie-Égyptienne fut la première à faire remarquer que l'apparition n'avait pas léché indistinctement tous ceux qui se pressaient dans la cathédrale :

« Regardez mes bras et mes jambes ! s'exclama-t-elle. Ils sont propres de toute marque, alléluia ! »

Thérésine, la demi-mondaine, ne pouvait en dire autant : l'entièreté de sa figure était couverte de vilaines striures de couleur indécise qu'elle s'escrima en vain à vouloir effacer à l'aide de son mouchoir-de-tête. Comme prise de grattelle, elle entreprit de lacérer sa peau à grands coups d'ongles qu'elle portait longs et effilés. Bientôt, les pommes de sa figure furent en sang et l'on vit des dizaines d'autres marqués s'employer à l'imiter. À-quoi-dire des gens qui se vouaient une soudaine et violente haïssance. Qui voulaient en finir avec leur corps. Thérésine se mit à brailler d'une voix caverneuse :

« Oui, Seigneur-Dieu, j'avoue que j'ai péché ! Le nombre de mes méfaits est si-tellement incalculable qu'il faudrait des jours et des jours pour l'établir ! »

« Nous sommes tous de misérables pêcheurs ! » tonna un homme à la voix fluette en qui l'on reconnut Martial, le commis principal des établissements de Maucourt, l'homme le plus élégant de Saint-Pierre.

« Demandons pardon à Dieu le Père ! » renchérirent des voix entrecoupées par les trémolos de l'angoisse.

[LES SEPT PÉCHÉS DE SAINT-PIERRE

Seigneur, nous avons forniqué sans mesure avec femmes d'autrui, femmes de mauvaise vie, jeunes filles frêles, hommes d'âge mur, jouvenceaux bégayants, abbés en soutane — que le Purgatoire leur soit doux ! —, marins débarqués de l'Univers entier et le Diable lui-même en contrepartie d'espèces toujours sonnantes et trébuchantes. Nos sexes ont mignonné, palpé, tripoté, trituré les chairs lascives, se sont abreuvés aux désirs les plus fous. La salive de nos baisers, le joui de nos génitoires, la sueur de nos frottements et le sang de nos menstrues ont inondé le chemin de nos vies. Seigneur Jésus, pardonne-nous !

Seigneur, nous avons boissonné toutes qualités de boissons. Notre rhum bien-aimé qui fait fondre les douleurs plus vitement-pressé qu'un philtre magique, le gin des Anglais qui coupe les jarrets, le whisky des Américains qui baille témérité aux jeunes gens, le vin de Madère qui emporte dans une rêvasserie sans limites, le cognac des Blanc-France qui flatte les narines et tapisse le palais de tendresse, l'alcool de riz du Chinois Chang-Sen et de ses compères aux yeux fendus qui fait tressauter comme un cabri et rire d'un rire irrésistible, tant d'autres alcools encore dont nous ne connaissions même pas le nom. Boissons incolores, sans étiquette, mais chaleur immédiate au fond de la gorge. Allégresse assurée toujours suivie de vomissements subits, maux de crâne, douleurs au bas-ventre, malcaduc en pleine rue. Seigneur, pardon !

Seigneur, nous, la race des nègres, avons volé et pillé. Nous avons emporté des chandeliers en argent massif et des tableaux de grands peintres d'Europe, des coffres en bois de cèdre du Liban, des étoffes précieuses et des poudriers en or du Pérou, des caisses de morue séchée et des tonneaux de beurre de Normandie. Nous, la race des Blancs, avons purgé la sueur des coupeurs de canne, des ouvriers de sucrerie et des djobeurs du Bord de Mer, des servantes dans leur prime jeunesse et des nounous octogénaires. Seigneur, pardon !

Seigneur, pardon pour[1]...]

Par les fenêtres de la cathédrale plongée dans le noir, on finit par s'apercevoir que le soleil irradiait à nouveau les rues. Le brouillard noir qui encombrait l'En-Ville depuis des jours s'était estompé comme par enchantement. Des carrioles grinçaient sur les pavés, soulevant une fine poussière dorée. Des débardeurs roulaient des barriques de salaisons

1. Note du traduiseur : il est parfaitement oiseux de continuer cette énumération, chacun sachant ce qu'il faut savoir à ce sujet, foutre !

en sifflotant, poursuivis par des négrillons qui jouaient au cerceau. Un merle chanta dans les basses branches d'un manguier-bassignac dans l'arrière-cour du presbytère. Un cortège de Blancs-manants et de nègres sans-manman passa au pas de charge en criant :

« Votez dimanche ! Votez pour le parti de la liberté, de l'honnêteté et du respect de l'ordre ! Vive Fernand Clerc ! »

Ils entraînèrent dans leur élan la foule des prieurs, des invocateurs de Jésus et de l'archange saint Michel qui sortaient de la cathédrale et tous ceux qui, incroyants au fond d'eux-mêmes, y avaient accouru par désarroi. Marie-Égyptienne se vit à nouveau emportée par le courant. Tout le monde était heureux de retrouver la vraie vie et s'embringua sans réfléchir dans la manifestation du parti des Blancs. Celle-ci parcourut tout le sud de la Grand-Rue, pour arriver à l'en-bas du Morne Dorange où l'attendaient ses chefs. Sur des tréteaux décorés de drapeaux à fleurs de lys et d'inscriptions à la gloire du royaume de France, se dressait une forêt de panamas et de redingotes noires : la fine fleur de l'élite blanche créole. Fernand Clerc, le candidat de la caste, vêtu d'un costume de lin blanc, adressait des gestes de remerciements à ses partisans. L'entourait, le visage grave, tout ce que Saint-Pierre et ses environs comptaient d'aristocrates, à commencer par Dupin de Maucourt et Ulysse de Pompignac, qui furent les premiers à prendre la parole. Le négociant dénonça les menées subversives du plus jeune des trois candidats aux législatives, le dénommé Joseph Lagrosillière, jeune et brillant avocat dont personne n'avait jamais entendu parler céans, puisque l'homme était natif de Sainte-Marie ou de la Trinité, ce dont on n'était pas sûr. Ce qui était assuré en revanche, c'est que Lagrosillière développait sans sourciller toutes sortes d'idées socialistes et révolutionnaires. Comme de mettre plantations et usines entre les mains de l'État ! Ou d'instaurer un salaire minimal pour les travailleurs de la canne à sucre. Et c'était lui qui avait amené à Saint-Pierre ce chant barbare qu'entonnaient désormais les ouvriers des distilleries lorsqu'ils se mettaient en grève, cette *Internationale* aux couplets criminels dont de Maucourt envisageait de demander au gouverneur l'interdiction.

« Nos adversaires se réclament du genre humain, tonna-t-il, mais qui nous fera croire que ces hordes de nègres syphilitiques et poitrinaires et ces mulâtres pleins de veulerie en font réellement partie ? Qui ? »

On applaudit, Blancs et nègres mêlés, ces derniers n'ayant point déchiffré les belles paroles du plus riche négociant de Saint-Pierre. Au ton employé par son amant, Marie-Égyptienne devinait pourtant que le Béké accablait les gens de couleur de son mépris, mais elle-même, avait-elle jamais pu résister à son regard ? À ce bleu implacable qui faisait baisser immédiatement les yeux aux plus hardis ? Tapant des mains et des pieds, la négresse se mit à scander à son tour :

« À bas le parti de l'éviction ! Vive papa Clerc ! »

XVII

Dimanche 4 mai 1902

Soudain, le ciel vira au noir profond au beau mitan du jour, à l'heure pourtant où la lumière solaire semble s'enfoncer dans les entrailles du sol telle une dague, hébétant les alentours. Une salve d'explosions, ponctuées de gerbes de feu, jaillit du dôme qui avait poussé au cœur du volcan et la tremblade s'empara du monde : les arbres se mirent à vaciller. Des spirales d'oiseaux s'enfuirent en direction du couchant en lâchant des cris de détresse.

Puis, tout se tut.

L'air redevint peu à peu respirable. Syparis et son compère Danglemont, qui avaient été plaqués à même l'herbe humide, se tenaient par la main tels deux frères, ô insolite ! Le nègre balafré scrutait le ciel, la figure mangée par l'incrédulité et la terreur tout à la fois. Ses lèvres balbutiaient des phrases qui ressemblaient à un prier-Dieu, mais dans un jargon que Pierre-Marie n'avait jamais entendu de sa vie.

Les mots s'égrenaient à la venvole, se bousculaient même tout en gardant une surprenante douceur. Le mulâtre éclata de rire, tout en se nettoyant les cheveux :

« Notre vieille dame nous a joué un bon tour ce matin ! Tu vois, elle ne veut pas que je m'embesogne dans la canne. »

Son compagnon s'accroupit et se mit à fixer le vide tout en continuant à marmotter. La terre avait recommencé à trépider, quoique plus faiblement. Tout autour d'eux, les cannes, pleines d'une hautaineté insolite, semblaient indifférentes à l'agitation du monde. Seul le manteau d'une blancheur immaculée qui couvrait leurs feuilles indiquait qu'un phénomène anormal venait de se produire. Un fou rire s'empara à nouveau de Danglemont :

« Tu es tout blanc, Syparis ! Je te jure, tu as les cheveux blancs, le visage blanc, les bras blancs. Ha-ha-ha ! C'est un don du ciel, mes amis. Voici que le Seigneur est en train d'exaucer le rêve le plus cher de tous les nègres de ce pays. Ha-ha-ha ! »

Ils marchaient depuis bien avant le lever du soleil. Ils avaient d'abord traversé Saint-Pierre endormie où seules des grappes de chiens sans maîtres drivaillaient en compagnie de quelques âmes frappées de déraison. Ils avaient longé le Jardin Botanique dont les arbres, en cette heure indécise, avaient un aspect des plus inquiétants. Des cris étouffés se faisaient entendre dans leurs frondaisons et les deux hommes pressèrent instinctivement le pas, bien que le jeune mulâtre n'accordât qu'un médiocre crédit aux histoires de zombies et de sorciers volants. Mais Syparis n'affirmait-il pas avoir rencontré à ce même endroit un cheval-trois-pattes ?

[LA LETTRE DE CANTON

Il avait décidé, après des nuits de tergiversations, tantôt seul dans sa boutique où il consultait des horoscopes chinois, tantôt avec sa femme dans le galetas qui leur servait de chambre, de faire de ce pays-ci l'endroit où ses restes seraient enterrés. La Chine, il la garderait dans ce coin sacré de sa mémoire qu'il fréquentait chaque fois que la vie se montrait trop chienne à son égard et il en transmettrait le secret à ses enfants. Quatre d'entre eux étaient nés à Saint-Pierre et se considéraient créoles, en dépit des sarcasmes incessants des nègres et des mulâtres pour qui le bridé de leurs yeux masquait la duplicité et le goût du lucre. Chang-Sen déchira sa lettre de rapatriement le jour même où il reçut des nouvelles de sa famille, là-bas à Canton. L'écrivain public qu'avait embauché son vieux père, devenu nonagénaire dans l'intervalle, s'était appliqué : les idéogrammes s'alignaient impeccablement sur la feuille ocre en papier de riz, sans qu'un seul fût plus large ou plus épais que les autres. Du vrai travail d'artiste ! Chang-Sen et sa femme conjuguèrent leurs efforts pour tenter de déchiffrer la missive, aucun d'eux n'ayant appris dans l'enfance plus de trois cents caractères. Ici-là, l'oubli avait aussi fait ses ravages. La femme du boutiquier fut tentée de faire appel à Hung-To, le plus lettré de tous les immigrants chinois, un fils de famille qui avait échoué à Saint-Pierre à cause d'un crime inavouable, mais comme la plupart de ses congénères, Hung-To haïssait Chang-Sen. Sa reconversion en boutiquier après qu'il eut abandonné le dur métier de ferronnier sur une plantation du Prêcheur et le succès de son commerce faisaient du Cantonais la cible privilégiée de toutes ces créatures perdues qui erraient sur les quais à la nuit close dans l'espoir d'embarquer clandestinement à bord d'un navire en partance pour l'Empire du Milieu. Beaucoup finissaient dans les geôles de l'En-Ville, où ils subissaient le supplice du « banc de justice », instrument de torture inédit. On vous couchait sur une planche, fesses dénudées contre le ciel, et un bourreau vous les lacérait à l'aide d'un fouet jusqu'à épuisement. Certains, qui étaient convaincus de meurtre, étaient expédiés, enchaînés, au bagne de Cayenne. À l'exception de Chang-Sen, aucun Chinois ne s'était enrichi dans cette Martinique qui les avait pourtant fait rêver à la signature de leur contrat d'embauche ! On mettait la réussite du Cantonais sur le crédit illimité qu'il accordait aux nègres des bas quartiers et aux courbettes qu'il servait vingt fois par jour aux mulâtres et aux Blancs. En réalité, la fortune du boutiquier ne tenait qu'à deux choses : son inappétence pour les jeux de hasard, vice rédhibitoire des immigrants chinois, et son ardeur au travail. Tout Saint-Pierre savait qu'on pouvait se procurer tout ce dont on avait besoin chez Chang-Sen, qu'il fût onze heures du matin ou onze heures du soir. Le reste du temps, il était loisible en outre de le déranger dans son sommeil sans qu'il s'en offusquât.

« On n'a pas besoin de Hung-To ! conclut le Chinois. Ce que nous avons pu comprendre dans cette lettre nous convient assez. *Hen hao !* Très bien ! Nos parents sont encore en vie, c'est l'essentiel. »

De ce jour, le boutiquier arbora un sourire perpétuel et se montra moins obséquieux envers ses clients. Il avait pris de l'assurance. Son contrat d'engagement déchiré — ce qui supprimait toute possibilité de rapatriement dans son pays —, il se sentit désormais fils de la terre martiniquaise. Chang-Sen se mit à parsemer son créole chaotique de *Hen hao* sonores qui finirent par le rendre sympathique aux yeux des autres races, surtout auprès des nègres, toujours friands d'expressions abracadabrantes.]

Les deux hommes atteignirent la Roxelane dont ils percevaient le grondement rassurant, mais ils ne s'approchèrent pas trop de ses berges envahies en cette saison par les halliers, de crainte de déranger les bêtes-longues dans leur toilette matinale. Danglemont se demandait s'il n'avait pas eu tort de faire ce pari stupide, la veille, à *L'Escale du Septentrion.* Tout cela dans l'unique but d'épater la nouvelle recrue de l'établissement, Marietta, une chabine qui prétendait venir de l'extrême sud du pays, de Rivière-Pilote ou du Vauclin, et dont la personne dégageait tout un lot de mystères. Son français soigné et ses allusions fréquentes à des pays étrangers pouvaient laisser penser qu'elle avait déjà voyagé, ce que démentait son très jeune âge, seize ou dix-sept ans peut-être.

« Cette fille ne me fascine pas, mais elle possède quelque chose..., avait-il confié à Saint-Gilles. Elle est... comment dire ? Elle est féminité à l'état pur. »

Le continuateur de *L'Énéide* avait soupesé du regard les seins lourds mais bien galbés de la jeune fille, détaillé ses hanches, puis ses jambes et avait conclu :

« Non, tu te trompes, mon cher ami. Elle est femmellité à l'état pur. Ha ! Ha ! Ha ! »

Femmellité ! Saint-Gilles avait le sens du mot ajusté, de la formule brillante. Marietta, qui s'était aperçue de l'intérêt particulier que lui portaient les deux gandins, s'était approchée d'eux sans façons et leur avait lancé :

« Lequel d'entre vous, messieurs, est assez galant pour m'offrir une anisette ? »

Surpris par l'attaque, aucun des deux ne sut d'abord répondre. Final de compte, Saint-Gilles fut le plus prompt à adresser un geste au serveur et Marietta s'assit tout naturellement sur ses genoux, ignorant superbement le répétiteur de philosophie, qui demeura planté au beau mitan du salon sous les regards amusés des autres clients. La règle était de s'éclipser dès que chacun avait trouvé sa chacune et c'est la mort dans l'âme que Danglemont se rabattit sur Loulouse. Mais une manière de nervosité le gagna à mesure que la soirée avançait. Pierre-Marie se mit à boire plus qu'à l'ordinaire et ne réagissait guère aux caresses de la fille aux jambes interminables. Il ne parvenait pas à détacher le grain de ses yeux de Marietta et le mot « femmellité » tressautait dans son esprit déjà embué par les vapeurs d'alcool. Il fallait qu'il l'arrache à ce mirliton, à ce tresseur de rimes frivoles ! Mais comment ? Man Séssé ne tolérait ni disputailleries entre ses clients ni rivalités entre ses protégées. *L'Escale du Septentrion* était sans doute le seul bousin de Saint-Pierre où la maréchaussée n'avait pas à intervenir pour mettre fin à quelque échauffourée ou ramasser le corps d'un pauvre bougre lacéré au rasoir. Je tiens un établissement de bien, vantardisait la tenancière, la preuve c'est que même des Blancs du Cercle de l'Hermine fréquentent ma maison, s'il vous plaît !

Une idée astucieuse surgit alors à l'esprit de Danglemont. Idée qu'il fallait relier aux éternelles joutes oratoires et aux paris stupides[1] que le mulâtre avait l'habitude d'engager avec Saint-Gilles au sein de leur petite Bohème. Quand le second ne parvenait pas à avoir le dessus, ce qui se produisait plus souvent que rarement à cause de la rhétorique implacable de l'ancien maître en philosophie du séminaire Saint-Louis-de-Gonzague, il braillait :

« Tous tes Platon, Aristote et tutti quanti, c'est bien beau, mais que vaut tout cela devant une seule journée passée à couper la canne à sucre, hein ? Je dis bien, mesdames et messieurs, une seule, une seule misérable journée dans cet enfer. »

Saint-Gilles assurait, exhibant une longue cicatrice qui partait de la paume de sa main droite pour remonter à son poignet, qu'il avait eu l'insigne chance d'avoir un père sans doute fortuné mais sévère, lequel l'avait obligé à s'embesogner dans la canne. À l'époque, Gigiles était encore adolescent

1. Note du traduiseur : Danglemont avait ramené de Berlin la roulette russe, distraction périlleuse qui faillit lui coûter la vie à deux reprises.

et ne s'intéressait pas à la poésie. Il baguenaudait toute la sainte journée à travers l'En-Ville, à la recherche de coups pendables, en compagnie des bandes de négrillons à moitié affamés qui hantaient les abords du marché du Mouillage. Deux roulaisons durant, son père l'avait fait embaucher comme ramasseur dans les petites-bandes d'abord, puis comme coupeur de canne, afin que le garnement puisse « douciner la chaleur d'un tel labeur ». Juste une poignée de jours, certes, mais la leçon s'était avérée suffisante.

Danglemont, incapable de réprimer l'élan qui le poussait vers Marietta, s'approcha du couple pour murmurer à l'oreille de son ami :

« Si tu me la laisses, je fais une journée de travail sur la plantation de ton choix. Je le jure sur la tête de...

— Pas de jurement ! On est entre athées ici. Un peu de respect envers nous autres, s'il te plaît !

— Tu ne me bailles pas une réponse ?

— C'est tout réfléchi ! goguenarda Saint-Gilles, mais attention, mon petit monsieur, je veux aussi une compensation. Que tu ailles t'esquinter quelques heures dans la canne ne saurait me suffire.

— Qu'est-ce que tu voudrais ?

— À toi de voir ! »

Et le poète de recommencer à tripoter de plus belle l'ensorcelante chabine. Danglemont sentit peser sur sa personne les regards rigolards des autres clients de *L'Escale du Septentrion*. Pour une fois,

Gigiles avait réussi à le prendre au dépourvu. Le mulâtre avait beau calculer dans sa tête, il ne voyait pas où voulait en venir le continuateur de *L'Énéide*. Les deux amis avaient pour habitude de se prêter mutuellement de l'argent et de se le rembourser sans porter attention à l'exact des sommes rendues. Une confiance les unissait depuis le retour de Pierre-Marie de ses pérégrinations européennes, confiance que rien, pas même les dissensions politiques, n'était parvenu à ébranler à ce jour.

« Franchement, je ne vois pas de quoi tu veux parler, se résolut à lui demander Pierre-Marie.

— Ma fleur du Gange, mon cher ! Eh oui ! Tu es le seul à pouvoir la convaincre de rester à la Martinique. Dans deux jours, le bateau de rapatriement sera à quai et figure-toi qu'Irvéna envisage de suivre ses sœurs en Inde.

— Et pourquoi serais-je mieux placé que toi pour la faire changer d'avis ?

— Elle t'admire, mon vieux. Ça crève les yeux ! Chaque fois que tu ouvres la bouche, elle n'a d'yeux que pour toi et ne s'avise même plus de mes caresses. Pour Irvéna, tu es un sage. Ha-ha-ha ! Si elle savait ! »

Le répétiteur de philosophie promit d'essayer, en se disant que c'était là, à coup sûr, une tâche impossible. Aussi son ami lui céda-t-il sur l'heure la chabine piquante de Rivière-Pilote. La mamzelle quitta sans façons les bras de Virgile pour ceux de Pierre-Marie et entreprit de lui servir les mêmes simagrées dont elle régalait le poète l'instant d'avant. Mais au lendemain de cette nuit si-tellement chaude au cours de laquelle le jeune mulâtre lut à la titane des extraits de *Nuits d'orgie à Saint-Pierre* qui la firent exubérer, il lui fallut bien répondre au défi de Saint-Gilles. Nul autre que Syparis n'était en mesure d'accompagner Danglemont dans cette aventure, la première épreuve consistant à se faire embaucher comme journalier sur l'Habitation La Consolation sans se faire remarquer par le commandeur. Cette race d'hommes qui avait l'œil était devenue plus vigilante encore depuis que l'avocat Lagrosillière encourageait les travailleurs de la canne à s'organiser en syndicats et à réclamer ce qu'il appelait leurs droits.

Quand les deux hommes débouchèrent au-devant de la vaste plaine qui grimpait en pente douce sur les contreforts de la Montagne, la stupéfaction les immobilisa. Un modèle de stupéfaction qui accora tout net les traditionnelles injuriées dont la bouche du voleur à la tire débordait ordinairement, tous ces « La foufoune de ta mère ! », « Va te faire coquer par un ours ! » et autres « Par la tête de ton père ! » qui faisaient la joie des nègres à tafia dans les caboulots de La Galère et lui interdisaient l'entrée des bousins respectables tels que *L'Escale du Septentrion*.

« Dis-moi que je rêve pas ! éructa-t-il.

— Non... non... je... j'ai déjà vu ce genre de spectacle, Syparis, c'était en Europe, des champs entiers couverts d'un manteau de neige, à perte de vue, c'était très beau !

— C'est pas de la neige, ça ? »

Sur une centaine d'hectares environ, les tiges de canne à sucre ressemblaient à des sapins étiques et les hommes qui s'acharnaient à les couper à des figurines de crèche de Noël. Pierre-Marie fut partagé entre l'hilarité et l'inquiétude. Ce volcan, que ses camarades de bohème et lui n'avaient guère pris au sérieux jusque-là en dépit de toutes ces manifestations de mauvaise humeur des dernières semaines, s'apprêtait-il vraiment à entrer en éruption ? Les deux hommes continuèrent d'avancer, d'un pas cependant moins alerte. Ils cherchèrent des yeux le commandeur de la plantation qui sillonnait habituellement les champs sur son cheval. Syparis le connaissait pour avoir travaillé plusieurs fois sous ses ordres. L'homme n'avait ni papa ni manman, manière de dire que la férocité et lui ne faisaient qu'un, et s'en vantait à des lieues à la ronde. Gros Gérard, comme on le nommait, était un chabin enragé aux cheveux rouges et aux yeux bleus, qui vivait seul parce que aucune femme ne pouvait le supporter plus de quatre jours d'affilée. Le premier, il amadouait l'infortunée sur laquelle il avait jeté son dévolu (en général, une petite négresse d'une quinzaine d'années) ; le deuxième, il lui offrait une embauche sur la plantation en veillant à ce qu'elle n'ait pas à s'esquinter au soleil ; le troisième, il l'enfourchait debout contre un arbre ou par terre, dans la première savane venue, insoucieux du qu'en-dira-t-on ; et le quatrième au matin, il lui flanquait une volée de son gros ceinturon clouté d'ancien soldat et l'obligeait à ramasser la canne sur l'une des parcelles où les coupeurs travaillaient avec le plus de ballant. Ce traitement, disait-il, visait à les marquer. Car même si elles disparaissaient le lendemain de ce que certaines décrivaient comme un chemin de croix, Gros Gérard savait les retrouver où il le voulait et quand il le voulait, à la grande impuissance de leurs nouveaux concubins. D'ailleurs, dès qu'on apprenait que la bougresse qu'on venait d'arraisonner avait été marquée par le commandeur de l'Habitation La Consolation, on prenait peur et on s'empressait de s'en débarrasser. Il n'y avait guère que le géant Barbe Sale pour tenir tête au chabin scélérat et d'aucuns prédisaient que les deux ennemis finiraient un jour par s'affronter et que, ce jour-là, les dalots de Saint-Pierre se transformeraient en ruisseaux de sang.

Le redoutable commandeur n'était visible nulle part. Recouverts de leur étrange parure, les coupeurs de canne travaillaient au ralenti, peinant à se saisir des tiges et à les sectionner. Certains toussaient ou crachaient une matière gluante et les amarreuses qui leur emboîtaient le pas ployaient elles aussi sous les chutes de cendres. Un silence pesant régnait sur la plantation, où le bruit des tombereaux était comme tamisé par les chemins devenus tout blancs. Syparis et Pierre-Marie ne savaient quoi faire. Le bruit d'une cavalcade les fit sursauter. Du bas de la plaine montaient à la galopée et au botte à botte des chevaux que l'on entendait de loin hennir de souffrance. Bientôt, le Béké de La Consolation et son commandeur qu'accompagnaient deux autres personnes endimanchées entourèrent les deux compères.

« *Sa zot lé ?* (Vous voulez quoi ?) hurla Gros Gérard. Si c'est pour de l'embauche, y en a ! Des tas de fainéants sont pas venus aujourd'hui. Ils ont peur du volcan soi-disant, hon ! »

Une grappe de coupeurs s'approcha et les bougres, ôtant avec respect leur chapeau-bakoua, voulurent informer le Béké qu'ils ne pouvaient pas continuer dans de telles conditions. L'un d'eux s'était même blessé à la jambe, car les cannes leur glissaient entre les doigts.

« Pas question ! fit le maître des lieux. La récolte ne peut pas attendre. Je ne peux pas faire arrêter l'usine, vous le savez bien.

— *Déviré an travay-zot !* » (Retournez au boulot !) ajouta Gros Gérard, menaçant.

Résignés, les coupeurs firent un salut et entreprirent de regagner leurs parcelles d'un pas hésitant. Pierre-Marie ne put s'empêcher de sourire : ils étaient tout le portrait de ces bonshommes de neige qui avaient tant frappé le jeune mulâtre dans les parcs de Berlin, mais sans en avoir l'aspect guilleret. On eût dit au contraire des zombies égarés sur les épaules desquels pesait un ciel trop bas et tout proche de recouvrir la terre. Des grondements sourds avaient recommencé à s'élever de toute part et l'air était devenu difficilement respirable. Une violente quinte de toux mit Pierre-Marie à genoux, ce qui déclencha les sarcasmes de Gros Gérard :

« Rien que des capons et des poules mouillées ! Y a que ça à Saint-Pierre en ce moment ! Si vous voulez travailler, faudra vous ceindre les reins, compères ! La Consolation n'est pas la Comédie. Jouer du théâtre, c'est pas... »

Le commandeur n'eut pas le temps d'achever l'habituelle tirade qu'il réservait aux travailleurs fraîchement recrutés. La terre se souleva sous ses pieds dans un craquement effroyable qui projeta en arrière Syparis, Pierre-Marie et le Béké, tandis qu'une faille de plusieurs dizaines de mètres s'ouvrait sur le flanc de la plantation, engloutissant coupeurs de canne, amarreuses, mulets et tombereaux. Aucun cri de détresse ne fut poussé tant l'attaque avait été soudaine et comme par enchantement, la terre se referma sur elle-même. Les trois hommes, sonnés, ne bougeaient pas. Syparis demeura étendu, les bras en croix, dans l'attente de ce qu'il imaginait être l'heure du Jugement dernier. Les quelques travailleurs qui avaient été épargnés par le phénomène accoururent au bas de la pente et se mirent à injurier le maître de La Consolation. L'un d'eux fit même mine de le menacer de son coutelas. Le Béké n'eut aucune réaction. Son regard était perdu dans le vague et ses lèvres étaient agitées par un tressautement épileptique qui lui déformait le visage. Une femme arracha son madras et se mit à courir en tous sens comme une folle. Elle hurla avant de tomber frappée par le haut-mal :

« Ouaille bon Dieu-La Vierge-Jésus-Marie-Joseph, aidez-nous ! »

La cloche de la Grand-Case ébranla l'interminable silence qui suivit. Pierre-Marie s'efforçait de croire qu'il avait rêvé. Sans doute avait-il trop bamboché la veille et le rhum qu'il avait bu en compagnie de la chabine du Vauclin l'avait assommé. Son voisin, le Chinois amateur de jeux, avait dû le ramasser à la porte du meublé et l'avait traîné jusqu'à sa chambre. Danglemont se dit qu'il lui suffirait de se plonger la tête dans cette bassine d'eau fraîche que lui portait chaque après-midi, à l'heure des vêpres, sa chère Rose-Joséphine, pour retrouver ses esprits. Il songea qu'il lui ferait alors l'amour avec douceur et tendresse et se rendormirait jusqu'au soir, quand il se disposerait à rejoindre Saint-Gilles, Vaudran et Bonneville à *L'Escale du Septentrion.*

« *Volkan-an kay tjwé nou !* » (Le volcan va nous tuer !) se lamentait à présent une négresse qui déclara avoir perdu son homme et deux de ses fils dans le gouffre qui s'était ouvert brutalement au mitan de la plantation. Les domestiques accourus de la Grand-Case avaient peine à admettre ce qu'on leur racontait, car tout ce qu'ils voyaient, c'était un terrain certes chamboulé, dont toutes les cannes s'étaient renversées comme sous l'effet d'un cyclone brutal, mais de faille, de trou, de gouffre ou de crevasse, point ! Même quand le maître de La Consolation eut repris son quant-à-soi et confirmé les dires des coupeurs de canne, notamment l'ensevelissement de Gros Gérard, d'aucuns demeurèrent incrédules et s'imaginèrent que tout ce monde-là était sous le coup d'un acte de sorcellerie, d'un quimbois provoqué sans doute par ce mentor qu'on avait récemment révoqué de ses fonctions de palefrenier. Le bonhomme, réputé expert en passes maléfiques, avait défrayé la chronique en se transformant la nuit en incube pour aller coquer toutes les jeunes filles vierges des environs, puis en Antéchrist pour terroriser les chiens de garde et dérober l'or et l'argenterie des riches et final de compte, en Tête-Sans-Corps pour provoquer la mort de ses ennemis en pétant le fil de leur cœur. Le bougre s'était probablement vengé ! Il avait volatilisé une quinzaine de coupeurs de canne et de muletiers et trois-quatre tombereaux pour apprendre aux gens à lui bailler désormais honneur et importance.

« *Nou pa ka rété la !* » (On reste pas là !) glissa Syparis à l'oreille de Pierre-Marie en le tirant par la manche.

Les deux compères abandonnèrent le Béké et les travailleurs de La Consolation à leur hébétude et reprirent le chemin de Saint-Pierre. En route, ils découvrirent étonnés que la nouvelle s'était déjà propagée comme des lianes de patate-bord-de-mer. On les arrêtait pour les questionner, on les palpait pour s'assurer qu'ils étaient vraiment des êtres de chair et de sang et non des spectres, on les félicitait parfois de la chance inouïe qui leur avait permis d'échapper à la gueule du monstre. Car telle fut la conclusion qu'on finit par tirer de l'événement : un monstre invisible s'était échappé de la gueule du volcan et avait commencé à semer la mort dans les campagnes proches de l'En-Ville. Syparis annonça à son ami qu'il avait pris la décision de partir très loin, sans doute à bord d'un de ces bateaux de commerce qui étaient toujours à court d'équipage et dont les capitaines étaient peu regardants quant aux capacités navigatrices de ceux qui venaient leur offrir leurs services.

« *Man ka foukan Madè, vié frè ! Isiya, lavi-a bout !* (Je me tire à Madère, vieux frère ! Ici, la vie est finie !) déclara-t-il d'un ton presque jovial. Mais avant ça, j'ai une commission à faire. Ce nègre-Guinée qui m'a volé ma Firmine, je vais lui fendre l'écale de son crâne en deux comme un coco !

— Pour ma part... je reste, fit Pierre-Marie. Je reste coûte que coûte... »

XVIII

Edmée marchait dans la cendre pieds nus, serrant les mâchoires afin de ne pas hurler. Pour se bailler du courage, elle répétait à mi-voix :

« C'est ma pénitence ! Ma pénitence, oui ! »

Bientôt sa chair se mit à grésiller et de fins lambeaux de peau s'en détachaient à chacun de ses pas. D'une des charrettes qui fuyaient l'En-Ville en direction de Morne-Vert, chargées à ras bord de femmes et d'enfants hébétés, une voix lui lança :

« 'Tite mamzelle, monte avec nous ! C'est pas la peine de faire voir tant de misère à ton corps.

— Laisse-la en paix ! fit une autre voix tandis que le mulet qui entraînait l'équipage peinait déjà à cause de l'abrupt de la pente. Cette mulâtresse est dans sa folie. Il n'y a rien à faire. »

Edmée avançait à contre-courant de ce qui se transforma bientôt en un interminable convoi. Des hommes portaient sur leur dos leurs vieux parents. Quelques-uns protestaient qu'ils ne voulaient pas quitter leur chez-eux, leurs bras maigrichons, pareils à du bois sec, battaient l'air de manière drolatique. Des négresses-Congo avançaient, très sûres d'elles, d'énormes baluchons posés en équilibre sur la tête, halant progéniture et effets personnels de leurs deux mains. Certains fuyards poussaient au-devant d'eux poules, canards, cochons et cabris, qu'ils contenaient à l'aide de gaulettes en bambou, courant dans les halliers pour tenter de rattraper quelque volatile en dérade. Tous s'arrêtaient brusquement, comme s'ils avaient reçu un commandement venu des cieux ou qu'une voix intérieure leur en eût intimé l'ordre, et s'écriaient :

« *Gloria in excelsis Deo. Et in terra pax hominibus bonae voluntatis.* »

Insensible à leurs invocations au divin, la quarteronne était habitée par une force et un ballant que rien désormais ne pourrait accorer. Elle avait placé un bref instant sa vie entre les mains du Seigneur, organisé des processions chaque beau matin à travers les rues de l'En-Ville, communié, déposé moult cierges aux pieds des statues de la Vierge et de saint Michel l'Archange sans que jamais tout cela lui eût apporté le moindre apaisement. Son âme demeurait agitée comme au premier jour. Ce jour d'avril 1886 où elle avait débarqué à Saint-Pierre d'un bateau de la *Quebec Line* en provenance de la Louisiane. La tête couverte d'une mantille, elle était passée inaperçue et sa correspondante, une mulâtresse au pesant d'âge, avait fait courir le bruit que sa nièce de Fort-de-France vivrait désormais à ses côtés. Aussi personne ne s'interrogea-t-il sur son insolite présence, quand Edmée fit ses premiers pas dehors à découvert. Seules les servantes de sa prétendue tante s'étonnèrent de son créole légèrement différent de celui d'ici-là et des mots d'anglais qu'il lui arrivait de lâcher lorsqu'elle était en proie à quelque énervement. Car si l'on voyait Edmée faire montre, au *Grand Balcon*, d'une impavidité à toute épreuve, la quarteronne pouvait se transformer dans son chez-elle — la vieille Créole à qui elle servait de dame de compagnie décéda quatre mois après son arrivée, lui léguant sa maison et ses activités de prêteuse sur gages — en une sorte de harpie, de tyran en jupons qui houspillait cuisinière, blanchisseuse, cocher et jardinier pour un rien. Un drap mal plié à son gré, un repas trop salé. Pas un jour ne s'écoulait sans qu'elle trouvât motif à étaler son irritabilité et, derrière elle, les langues s'en baillaient à cœur joie :

« *An nonm i bizwen kon sa yé a !* » (C'est d'un homme dont elle a besoin !)

Au vrai, s'il arrivait à Edmée d'organiser des réceptions somptueuses auxquelles étaient conviés les personnages les plus importants de Saint-Pierre et certains capitaines de bateaux étrangers, personne ne s'attardait chez elle au-delà de minuit. Aucun amoureux transi ne s'en revenait cogner discrètement à sa porte et ne gagnait sa chambre encombrée de bibelots qui décourageaient les servantes les plus aguerries, vases de Chine, coffrets en bois de santal, boîtes à musique aux arabesques dorées, poupées de

Bavière et quatre rangées de livres tous reliés de rouge qu'apparemment elle ne touchait jamais. Toutes choses qu'elle abandonnait présentement, fuyant cet univers feutré où elle avait mené une existence à l'abri du besoin financier, mais inquiète, fort inquiète. Ses servantes ne tardèrent pas à révéler en effet que la jeune femme ne possédait aucun miroir. Elle avait même interdit à une blanchisseuse un peu coquette de s'attifer à l'aide d'un poudrier à la fin de son service, alors que son amant l'attendait sur le pas de la porte et que la servante ne voulait pas lui bailler l'impression d'être emmanché avec une marie-souillon.

« Pas de glace dans ma maison ! lui avait asséné Edmée. Petite ou grande, je n'en veux pas. *God Damned !* N'emmenez plus ce poudrier ici, je vous prie ! »

Comment faisait-elle pour être toujours si élégante, si bien coiffée et pomponnée lorsqu'elle se rendait au *Grand Balcon* ? La chose relevait du mystère. Chaque soir, au moment où elle s'apprêtait à monter dans sa victoria, sa valetaille se rassemblait dans la cour intérieure, près d'un joli bassin carrelé d'azulejos où s'ébrouaient des poissons colorés, et chacun s'extasiait :

« *Fout ou bel, madanm !* » (Comme vous êtes belle, madame !)

Il n'y avait ni flagornerie ni moquerie dans ce rituel, mais bel et bien une admiration renouvelée devant tant et tellement d'insurpassable belleté. Le cocher d'Edmée était le plus exalté. Lâchant tout net son fouet, il sautait à pieds joints sur le pavé dès que s'ouvrait la porte en bois sculpté et faisait la révérence à sa maîtresse avant de l'aider à monter à bord de la calèche.

« *Man pé mò dépi oswè-a, madanm ! Sa dé zié-mwen ka wè a, sé pli bel bagay asou latè* » (Je peux mourir dès ce soir, madame ! Ce que voient mes yeux, c'est la chose la plus admirable au monde), s'écriait-il.

Lui aussi était sincère. Nulle comédie ni macaquerie dans ses gestes. Et Edmée de le récompenser d'un regard radieux qui comblait d'aise le postillon et le faisait vocaliser tout au long du parcours menant à l'hôtel-casino *Le Grand Balcon*. Parfois, le bougre lui faisait la conversation, sachant bien qu'aucun écho ne le paierait de retour. Il abreuvait la quarteronne de paroles délicates, de recommandations d'homme qui avait vécu, de rumeurs qui couraient à travers l'En-Ville. Il lui tendait des billets doux que lui adressaient, graissant la patte du domestique, des hommes fortunés, papiers fins et parfumés qu'elle chiffonnait en boule sans y jeter ne fût-ce qu'une miette de regard et voltigeait dans les dalots.

« Madame, tu peux pas faire ça à des personnes qui t'aiment, eh ben bon Dieu ! feignait de s'indigner le cocher.

— Tais-toi !

— Non, je vais pas coudre ma bouche, madame !

Je suis responsable de toi. Si le cheval casse sa patte et que la calèche se renverse avec toi, c'est moi seul qu'on va mettre à la geôle. On va pas chercher si le maréchal-ferrant a mal fait son job et si le forgeron a réparé les roues comme un malpropre ? Aouache ! On va dire comme ça, Julot il sait pas mener une calèche, c'est un incapable et là, je suis bon pour la bastonnade, oui. »

Au passage de la voiture d'Edmée, les Pierrotins s'arrêtaient un instant dans l'espoir vain de l'apercevoir derrière les rideaux tirés. Anthénor Diable-Sourd, le trafiquant d'armes, toujours posté aux bords de la batterie d'Esnotz à l'heure exacte où y arrivait la jeune femme, se déchapeautait, joignait les mains, les traits concentrés, et lui lançait :

« Grâce à toi, j'entends une musique. Une musique qui descend du ciel et qui remue chaque parcelle de mon corps. Les oreillons m'ont privé du vacarme du monde depuis ma petite enfance, mais chaque fois que je suis près de toi, un miracle se produit, oui ! »

Et le bougre de courir derrière la victoria tel un dératé, jusqu'à s'effondrer sur la chaussée. On se moquait de lui par gestes parfois obscènes. On lui hurlait — ce qui était bien inutile car le bougre savait lire sur les lèvres à la perfection :

« T'es sourd comme un diable, vieux frère, alors quand elle va jouir dans tes bras, c'est rien que tu vas entendre et tu vas débander net, ha-ha-ha ! »

Ou encore, en pire :

« *Lodè koukoun-la ou enmen, isalop !* » (C'est l'odeur de sa chagatte que t'aimes, enfoiré !)

Indigné, le trafiquant se redressait et, considérant le monde qui l'environnait d'un air lourd de méprisation, il rétorquait :

« Edmée Lemonière est la belleté faite femme, messieurs ! Et la belleté, ça ne se mange pas en salade, ça ne se palpe pas, ça ne se tripote pas, ça ne se caresse pas. C'est quelque chose qui nous dépasse. Tout ce qu'on peut faire, c'est coquiller les yeux de dix-sept largeurs ! »

L'arrivée d'Edmée à la devanture du *Grand Balcon* était tout un spectacle. Barbe Sale, le videur, se tenait au garde-à-vous contre la porte d'entrée qu'il retenait de son dos de géant. Des messieurs transis, qui battaient le pavé en attendant cet instant suprême, se précipitaient pour aider la jeune femme à descendre de sa voiture, multipliant compliments et superlatifs. René Bonneville, le seul Blanc créole de tout Saint-Pierre à s'être rangé aux côtés de la classe mulâtre au point d'en épouser une fille, l'assiégeait de prénoms antiques : Néfertiti, Dalila, Aphrodite, la belle Hélène, Cléopâtre et ceci et cela.

« Je ne me moque point, madame, vous êtes la quintessence de ce que l'univers a produit de plus remarquable en matière de créature féminine. »

Souriant à peine, la quarteronne relevait ses jupes avec grâce pour pénétrer dans l'hôtel-casino où, prévenu de son arrivée imminente, l'orchestre se mettait à jouer une marche triomphale. Edmée disposait d'une table réservée près d'une fenêtre d'où l'on apercevait le bâtiment austère de la Maison de Santé d'un côté et la baie de l'autre. Les serveurs se battaient pour lui servir son verre de gin-orgeat, tremblotant lorsqu'ils s'approchaient de sa personne. La belle demeurait figée sur son siège pendant des heures, un fume-cigarette au coin des lèvres. Certains de ses débiteurs tentaient de l'amadouer en lui jetant des regards langoureux ou s'enhardissaient à l'inviter à danser une valse créole. Elle se laissait conduire sans broncher et regagnait sa place sans que les solliciteurs eussent obtenu le moindre espoir d'un nouveau délai. Ils la rembourseraient à la date fixée, un point c'est tout ! Il n'était pas question non plus de venir sonner à sa porte pour lui amener billets à ordre ou espèces sonnantes ! La personne devait se rendre directement chez le fondé de pouvoir de l'English Colonial Bank qui s'occupait de l'administration des biens de la jeune femme, laquelle ne manipulait jamais d'argent elle-même. Les gages de ses domestiques, les provisions de la semaine, ses consommations au *Grand Balcon* et jusqu'à ses œuvres de charité étaient du seul ressort de cette vénérable institution bancaire qui excitait la convoitise de tout ce que Saint-Pierre comptait d'aigrefins et de crocheteurs.

Quand le volcan entreprit d'empoisonner la tranquillité des gens, crachotant nuages noirs de suie et roches en fusion, tapissant les rues d'un voile de cendres, Edmée refusa de se plier à la volonté des éléments. Elle ne voulut rien changer à ses habitudes et rudoyait sans relâche son cocher, lequel craignait la venue d'un grand malheur, comme il disait. La quarteronne exigea de son personnel domestique qu'il redoublât d'efforts pour débarbouiller chacune des pièces de sa vaste maison, pour la plupart inoccupées. Mais lorsque la nouvelle qu'une faille dans le sol avait englouti une vingtaine de coupeurs de canne de l'Habitation La Consolation parvint à l'oreille des Pierrotins, le jardinier d'Edmée prit la discampette et les poissons aux couleurs vives périrent étouffés dans le bassin de la cour intérieure dont l'eau devait être renouvelée quatre ou cinq fois par jour à cause des paquets de matière brûlante qui s'y amoncelaient. Sa cuisinière en fit autant le jour où la gigantesque croix de feu apparut au beau mitan de la cathédrale où le peuple s'était rassemblé pour demander au bon Dieu la rémission de ses péchés. Edmée ne s'en émotionna pas outre mesure, quoique les trois quarts des boutiques d'alimentation eussent fermé faute de ravitaillement et que des bandes de pillards menées par Barbe Sale semaient la terreur dans les rues désormais silencieuses. Elle puisa dans sa réserve et se prépara elle-même des repas de salaisons accompagnées de lentilles, joyeuse, final de compte, de s'adonner à cette activité insolite. Chantonnant à longueur de journée une berceuse en créole de Louisiane, elle mettait ses préparations à tremper dans une demi-calebasse des heures durant à la façon des nègres de la campagne.

Pieds nus, les cheveux en bataille, elle rangeait bocaux et casseroles, timbales et plateaux, comme si quelque grand désordre avait régné jusque-là dans sa cuisine. Sa chambrière crut que sa maîtresse était en train de glisser à petits pas dans la folie et se dépêcha à son tour de lui rendre son tablier. Au commencement de mai, au moment où le volcan redoubla de fureur, Edmée finit par se retrouver toute seule dans sa demeure à deux étages.

Un matin, à belle heure, un négrillon exténué d'avoir marché depuis le Pont de Pierres lui porta une curieuse enveloppe parfumée qui ne ressemblait pas aux lettres d'amour dont l'accablait la meute de ses soupirants. C'était un simple rectangle de papier marron sur lequel l'envoyeur avait écrit d'une main visiblement hâtive : « À l'attention de celle que toujours j'attendrai. » Qui pouvait être l'auteur d'une telle plaisanterie, en ces heures sombres où Son Excellence le gouverneur de la Martinique en personne était accouru à Saint-Pierre pour rassurer la population ? Tout cela, jugea-t-elle, était de bien mauvais goût. Mais contrairement à son habitude, Edmée ne roula pas la missive en boule avant de la jeter sans la lire. Elle la déposa sur la commode de sa chambre, entre ses peignes et ses lotions, l'y oublia deux-trois jours et finit par l'ouvrir, plus par lassitude que par curiosité. Il était désormais inutile de se gourmer contre la cendre qui s'incrustait dans les moindres recoins en dépit des persiennes qu'elle gardait fermées de jour comme de nuit.

C'est ainsi qu'Edmée Lemonière, lisant pour la première fois de sa vie un message d'amour à elle adressé, en fut tout-à-faitement bouleversée. Elle en demeura interdite l'entier d'une matinée. Chacun des mots qu'elle avait découverts était pourtant ce qu'il y avait de plus banal — émotion, rêves, espoir — et ne dénotait aucun désir de l'impressionner. Mots simples, presque bruts. Mais de leur agencement se dégageait une insolence lyrique, une sorte d'hymne qui lui alla droit au cœur, qu'elle croyait depuis des années mort à tout sentiment envers les hommes. Edmée lut et relut la missive etcetera de fois. De plus en plus exaltée. Elle eut beau essayer de se raisonner, la dernière phrase lui paraissait une injonction sublime :

« Il ne vous reste plus qu'à me rejoindre à l'endroit que vous me désignerez. »

La quarteronne ne se préoccupa point de fermer sa maison. Barbe Sale ou la bande des Mauvais pouvaient y venir débagager ses bibelots précieux. Elle n'en avait cure désormais...

[BELLO CHABIN

Elle avait appris l'art de se métamorphoser à La Nouvelle-Orléans. Par amour du blues. Parce que dans le dancing du Vieux Carré où se produisaient les meilleurs chanteurs, l'espèce féminine n'était pas la bienvenue. Hormis ces dames qui exerçaient ouvertement la profession de péripatéticienne. Edmée avait donc recours aux services d'une Indienne qui vivait, solitaire et mystérieuse, à proximité d'un bayou peuplé de Cajuns aux manières frustes. De ceux qui, par réaction contre l'ostracisme que faisaient peser sur eux les Américains, pourchassaient à coups de fusils nègres, mulâtres, Espagnols du Mexique et Indiens. La prêtresse — car c'en était une, bien que ses dieux se fussent éteints depuis des lustres — lui barbouillait d'abord le visage d'une épaisse couche de terre rougeâtre qu'elle faisait cuire sur un feu de bois, charbonnait ses sourcils et le devant de sa chevelure qu'elle attachait en queue-de-cheval, avant de plonger la tête de la quarteronne dans un baquet d'eau magique. Quand Edmée se contemplait dans un miroir, elle ne manquait jamais de s'étonner de sa transformation : elle était devenue tout bonnement l'image même de la catin des bas-fonds de La Nouvelle-Orléans. Sa bouche était une invite à la fornication immédiate. Ses yeux brillaient d'une lueur contenue à laquelle aucun mâle ne pouvait prétendre résister. Sa démarche même se faisait plus aguichante. Les portes du fameux dancing lui furent dès lors grandes ouvertes. En contrepartie du ravissement que lui procuraient les complaintes de ces chanteurs noirs aux cheveux gominés, elle devait satisfaire les désirs de brutes — coureurs des bois, planteurs, négociants, marins — qui l'entraînaient dans une arrière-salle faiblement éclairée où ils la violentaient sans ménagement sur des tables basses ou des paillassons crasseux. Autour d'elle, d'autres catins mulâtresses se livraient contre une poignée de dollars à ces hommes blancs qui, aussitôt leur envie soulagée, leur crachaient dessus en braillant d'une voix avinée :

« *Dirty nigger-woman, go and clean your monkey ass now !* » (Sale négresse, va laver ton cul de guenon !)

Deux années durant, Edmée supporta cette déchéance par amour pour le blues et lorsqu'elle se décida à émigrer vers Saint-Pierre de la Martinique, elle se jura de ne jamais plus se regarder dans un miroir. À la fois pour effacer le souvenir de l'Indienne et par honte de sa conduite. Mais l'envie de se grimer ne cessa de la démanger. Aussi, s'étant assuré la complicité de Man Séssé, la tenancière qu'elle soudoyait, prit-elle l'habitude de fréquenter *L'Escale du Septentrion*, la tête couverte d'une perruque et les joues surchargées de poudre brune. Les clients en vinrent à la surnommer l'Anglaise, car elle avait fait courir le bruit qu'elle était de l'île de la Barbade. Edmée ne parlait d'ailleurs que cette langue aux accents rêches lorsque, une fois tous les deux mois environ, profitant de la présence d'un bateau battant pavillon britannique dans la rade de Saint-Pierre — en général le packet de la *Royal Mail* —, elle se présentait au bouge favori de Pierre-Marie et de Gigiles. Mais la catin voyageuse, comme la surnommait la Bohème, n'y avait guère de succès, car elle n'acceptait que des caresses sur son corps magnifique et prétendait ne faire jouir les hommes qu'à l'aide de ses seules mains. Jamais aucun des clients n'eut l'insigne honneur de la pénétrer en dépit des sommes mirobolantes qu'on lui proposa. La plupart du temps, elle demeurait seule dans son coin et l'on en arrivait parfois à oublier sa présence. Ainsi ce jour où Bello, un nègre noir comme une nuit d'orage, fut intronisé chabin[1] par la bande des poètes. L'homme possédait lui-même un bouge clandestin près du Pont de Pierres, si clandestin qu'il n'avait

1. Note du traduiseur : mélange scélérat de Blanc et de négresse à la peau blanchâtre, aux yeux grits-chat, vert-anolis ou bleu-incube et aux cheveux jaunes ou rouges en forme de grains de bois d'Inde ou de brosse-coco-sec (sens premier) ; toute personne au teint clair — Blanc-France, Blanc-pays, mulâtre, Chinois et consorts — qui est fort sympathique aux yeux des nègres (sens figuré). Avertissement : quand tu vois un chabin enragé, prends tes jambes à ton cou, foutre !

même pas de nom — on disait simplement « Chez Bello » — et que la maréchaussée n'avait pas connaissance de son existence. L'endroit, il est vrai, bénéficiait de sa situation géographique : adossé à un bassin naturel de la rivière Roxelane, il suffisait d'enjamber une fenêtre pour s'y précipiter en cas de danger. Le Chinois, qui habitait dans le même meublé que Pierre-Marie, y avait été voltigé un bon paquet de fois par des bougres enragés de se faire déplumer au ma-jong. Au fil du temps, Bello finit par amasser une fortune respectable et il voulut bailler à sa personne une certaine forme de reconnaissance sociale. L'extrême noirceur de son teint l'en empêchant, il se laissa convaincre par ces farceurs de la Bohème qu'il pouvait fort bien se faire baptiser mulâtre. Ladite cérémonie fut organisée en grande pompe à *L'Escale du Septentrion*, où Edmée se trouvait ce jour-là sans qu'elle en ait eu vent au préalable. Vêtu d'un costume à queue-de-pie et d'un grotesque haut-de-forme, Bello y fut accueilli par les hourras d'une assistance prétendument acquise à sa cause. On l'installa au mitan du salon où Thérésine et Mathilde le firent boire jusqu'à plus soif. Un énorme gâteau et plusieurs bouteilles de champagne trônaient sur un buffet éclairé par des chandeliers en argent. Après la récitation de poèmes grivois par Saint-Gilles et Vaudran, on redressa Bello qui tenait avec difficulté sur ses jambes pour lui faire répéter un à un les mots de la déclaration d'intronisation concoctée par Pierre-Marie. Edmée frissonna d'une sainte horreur : tout cela lui rappelait une époque de sa vie qu'elle croyait avoir effacée à jamais de sa mémoire. Pierre-Marie, revêtu des habits de sa loge maçonnique [1], tenait de ses deux mains une large feuille de papier et commença, très solennel :

1. Note du traduiseur : vénérable (ou vénéneuse) institution dont Danglemont avait été exclu au bout de quelques mois de fréquentation.

« Moi, Bello, nègre plus noir que hier soir que ma mère a enfanté à minuit, une nuit que l'orage faisait rage...

— Moi, Bello, nègre noir..., répéta une voix grosso modo.

— Propriétaire d'un cabaret plus renommé qu'Ambroise Paré, grand coqueleur devant l'Éternel Notre-Seigneur, déclare accepter en tout bien tout honneur le titre de chabin qui m'est attribué par cette docte assemblée de buveurs de tafia invétérés et invertébrés, et jure mes grands dieux que jamais plus je ne ferai partie de la race de Cham, ce réprouvé qui s'est moqué de la nudité de son père Noé et dont la descendance a été maudite pour l'éternité. Amen !

— Vive Bello chabin ! Vive monsieur Bello chabin ! » hurla l'assistance, trépignant d'aise, sans attendre que l'impétrant eût achevé de répéter l'acte d'intronisation.

On lança sur la personne de l'infortuné des poignées de farine-France et de farine-manioc. On l'entraîna dans une gigue forcenée. Les ribaudes, qui auraient troussé le nez sur lui dans la rue et refusé ses avances, le comblaient de baisers mouillés. Thérésine fouilla dans le pantalon de Bello et en sortit un mandrin si-tellement impressionnant que ses compagnes s'agenouillèrent et se mirent à réciter en riant :

« Vierge Marie, protège-nous, s'il te plaît, des assauts de ce fer de mulet ! Notre petite fente va se déchirer si tu permets ça, oui. »

À l'écart de cette grotesquerie, Edmée Lemonière n'avait d'yeux que pour Pierre-Marie Danglemont, qu'elle avait toujours trouvé bel homme et dont elle n'ignorait rien des sentiments qu'il éprouvait à son endroit, son comportement au *Grand Balcon* étant dénué de toute ambiguïté. Elle avait commencé à ne plus y être insensible et envisageait de cesser dans un proche avenir de l'ignorer, mais le spectacle auquel elle venait d'assister l'en dissuada tout net.]

L'En-Ville s'enfonçait lentement dans un songe. Fenêtres et portes étaient devenues aveugles. Sur les balcons désertés flottaient encore des hardes que l'on n'avait pas eu le temps de rentrer. De loin en loin, des notes sibyllines d'un piano s'échappaient de quelque salon bourgeois. Car il y avait encore des irréductibles, des gens qui se refusaient à quitter les lieux, à abandonner leurs biens. Sans doute y avaient-ils déposé l'essentiel de leurs espérances et ne pouvaient-ils se résoudre à faire bifurquer leur existence pour le seul plaisir de ce volcan taquin. Edmée les connaissait tous. Nombre d'entre eux étaient ses débiteurs. Non qu'ils se fussent montrés imprévoyants dans la conduite de leurs affaires — ils étaient renommés au contraire comme des gens travaillant d'arrache-barbe —, mais les temps s'étaient endurcis au tournant du siècle nouveau. Le sucre de canne ne se vendait plus guère en Europe et quand il ne se portait pas bien, c'était toute la colonie qui toussait. Négociants, marchands de toile, chapeliers, quincailliers, ébénistes défilaient dans le petit salon réservé du *Grand Balcon* où la quarteronne prêtait sur gages. S'il n'en avait tenu qu'à elle, que de demeures patriciennes eussent été saisies et vendues à l'encan ! Que de familles auraient volé en éclats ! Par bonheur, Edmée avait hérité d'une fortune colossale qu'elle n'aurait pas eu assez de toute une vie pour dilapider. Le directeur de l'English Colonial Bank la saluait bien bas lorsqu'ils se rencontraient dans la rue et lui faisait tenir un bouquet de roses à chacun de ses anniversaires.

Aujourd'hui, cette vie insoucieuse semblait être arrivée à son terme. Le réveil du volcan avait changé la donne. Il n'y avait plus ni prêteurs ni emprunteurs, ni Blancs ni nègres, ni abbés ni francs-maçons, ni filles de mauvaise vie ni femmes de haute vertu, mais tout un peuple dont l'imminence du désastre avait égalisé les différences. C'était du moins ainsi qu'Edmée percevait la situation. Elle n'avait pas cru un mot du communiqué de la Commission du Volcan, bien qu'elle éprouvât un réel respect pour son président, le professeur Gaston Landes, qu'il lui était arrivé parfois de convier à prendre le thé chez elle, pendant le carême, quand les après-midi s'éternisaient. Elle avait dédaigné l'invitation d'assister à un dîner à l'Hôtel du Gouverneur. Le chef de la colonie Louis Mouttet et son épouse avaient pourtant paraphé de leur propre main l'élégant carton sur lequel était dessiné une sorte de Parthénon. Personne à Saint-Pierre, même parmi les Blancs, ne se serait permis de refuser semblable honneur, mais Edmée Lemonière n'accordait qu'une attention médiocre aux convenances sociales. Elle ne s'intéressait pas à la politique et avait fait savoir qu'elle ne voterait pas aux élections législatives. Le parti des Blancs l'avait pourtant assidûment courtisée, lui envoyant Dupin de Maucourt en personne, qui se heurta à un mur d'indifférence. Celui des mulâtres tenta de l'amadouer en vantant sa réussite comme une preuve des capacités intellectuelles de la classe intermédiaire, mais n'obtint pas davantage de succès. Aussi fut-on grandement surpris d'apprendre qu'elle avait offert une somme d'argent conséquente au parti des travailleurs, emmené par le brillant avocat Joseph Lagrosillière, dont l'objectif avoué était d'éliminer de la surface de la terre les bourgeois, les ploutocrates et les usuriers, selon une formule consacrée. On soupçonna immédiatement quelque accointance amoureuse entre la quarteronne et le jeune homme, mais il fallut bien se rendre à l'évidence : Edmée vivait seule dans sa vaste maison et ne voulait pas s'encombrer d'une présence masculine. Mais aujourd'hui, tout cela avait-il encore un sens ?

Pour sa rencontre avec Pierre-Marie, Edmée avait choisi le seul lieu qui en fût digne à des kilomètres à la ronde : le Tombeau des Caraïbes. Cet amas rocheux d'une centaine de mètres de hauteur, dont le sommet était quasiment inaccessible, trônait, insolite, au mitan d'une savane de bois-ti-baume et de goyaviers. On prétendait qu'il avait été vomi là par le volcan, en des temps immémoriaux, à une époque où seuls les autochtones caraïbes peuplaient la Martinique. Peu de gens, hormis les quimboiseurs et quelques chasseurs téméraires, s'en approchaient, car à son entour gisaient encore des restes d'ossements humains — d'où le nom de Coffre-la-Mort que lui avaient attribué les nègres —, des tibias et des crânes surtout, avec lesquels se préparaient des poudres diaboliques qui se vendaient à la sauvette au marché du Mouillage, dans de minuscules fioles dépourvues de toute étiquette.

Du haut de ce rocher s'était suicidé, il y avait deux siècles, ce qui restait du valeureux peuple caraïbe qui jadis fit trembler l'Espagnol. Ils avaient grimpé — les dieux seuls savent comment ! — à son en-haut, femmes et enfants, guerriers et vieillards épuisés, et y avaient défié une dernière fois les colons français. Lesquels firent le siège du promontoire, mais à distance respectable, craignant que ces Sauvages ne disposent encore de flèches empoisonnées au lait de mancenillier. Au reste, perchés comme ils l'étaient dans cette rocaille couverte de pieds de piquants et sans doute infestée de serpents, ils ne manqueraient pas de mourir de faim et de soif. Quelle ne fut donc pas la surprise des soldats du Roy de France quand ils les virent, un matin, avant le lever du soleil, se rassembler au bord du vide ! Ils psalmodiaient, face tournée vers l'est et apparemment baignés dans une heureuseté infinie. On abaissa mousquets et arquebuses. Et à l'instant même où la lumière du jour jaillit de l'au-loin des mornes, on vit tout un peuple se projeter du haut du rocher et s'écraser cent mètres plus bas sans un cri. Ni pièce gémissement.

Edmée avait toujours considéré le Tombeau des Caraïbes comme un temple. Dès qu'elle eut débarqué à Saint-Pierre, en provenance de sa Louisiane natale, elle avait tenu à le voir de ses propres yeux, un pèlerinage que peu de gens d'ici-là avaient fait.

Ce rocher les indifférait tout bonnement. La quarteronne dut batailler pour que son cocher consentît à lui trouver un guide, ce qui ne fut pas chose facile. Ni Barbe Sale ni Syparis ni Anthénor Diable-Sourd ni Gros Gérard, le redoutable commandeur de l'Habitation La Consolation, ni aucun des nègres à vices qui fréquentaient les estaminets du port n'avaient entendu parler de ce lieu magique. Un beau jour, Edmée vit son postillon lui amener un Européen barbu, d'une cinquantaine d'années, qui se présenta comme le professeur Gaston Landes. Il déclara enseigner les sciences naturelles au lycée flambant neuf de Saint-Pierre et être féru d'excursions au pied de la montagne Pelée, où il recherchait des orchidées rares dans les forêts du Prêcheur. Le naturaliste conduisit volontiers la belle Edmée jusqu'au Tombeau. De ce jour, elle y revint au moins une fois l'an, en secret. Son cocher était un homme de confiance.

En ces heures débridées où le destin semblait précipiter sa course, la jeune femme avait tenu à offrir sa chance à celui qui l'aimait depuis si longtemps, ce Pierre-Marie Danglemont qu'elle s'était appliquée à ignorer dans l'unique but de jauger la profondeur de ses sentiments. N'était-il attiré par elle que par son visage de Sarrasine et ses cheveux de jais ? Avait-il soif, comme tous les mâles du *Grand Balcon*, de pénétrer le fortin de ses cuisses afin d'y assouvir d'inavouables fantasmes ? Ou lui vouait-il tout au contraire un amour sincère ? Edmée s'était baillé le temps qu'il fallait pour se former une opinion tranchée de son soupirant le plus assidu et aujourd'hui, elle en avait le cœur net : la passion qu'éprouvait le mulâtre était incommensurable ! Elle avait tenu pourtant à lui infliger une ultime épreuve. S'il parvenait à la surmonter, des années de bonheur s'ouvriraient alors devant eux, non pas ici, à Saint-Pierre de la Martinique, ville vouée, pensait-elle, à une décadence certaine, mais à l'île de la Trinité où Edmée avait fait transférer depuis peu l'essentiel de ses avoirs par le truchement de l'English Colonial Bank.

Cette épreuve, elle s'y pliait présentement elle-même. Du moins en partie. Il s'agissait de gagner à pied, en dépit des brouillards de suie brûlante et des jets de pierre soudains, le Tombeau des Caraïbes. L'autre partie — un véritable caprice de sa part que cette fleur de framboisier ! — était du ressort de Pierre-Marie. S'il en réchappait, elle serait toute à lui et pour le restant de sa vie. S'il n'apparaissait pas à l'heure dite, elle s'embarquerait à bord du *Topaze* ou du *Rubis* pour gagner Fort-de-France, ou à bord de *La Magdalena* peut-être, en compagnie du *signore* Ettore Mondoloni qui ne rêvait que de la conduire en son palais de Gênes.

XIX

Dernière litanie de Lafrique-Guinée

Quand je dévire sur la trace de mes générations, il n'y a que bruit de chaînes, claquements de fouet sur les dos nus, cris et sang et c'est pourquoi la peur du volcan qui s'apprête à cracher sa lave n'habite pas mon âme. Ceux qui s'imaginent que je bravache ne sont que de chefs couillons ! Je tressaille comme tout le monde, oui. Je tressaille quand des roches de feu zenzolent tout-partout dans le ciel avant de s'écraser sur le toit des maisons. Je tressaille face aux nuages démesurés qui soudain transforment le jour en nuit-zombie. Je tressaille devant les flammes folles qui virevoltent par-dessus nos têtes, léchant la mer trop calme, devant les tourbillons de vent qui gragent nos yeux, nous rendant aveugles un bon moment. Mais que pèse tout cela devant cette fièvre-frisson terrible qui m'a toujours réveillé dans mes rêves depuis le plus jeune de mon âge et qui m'a fait entendre le roulis du bateau charroyeur de nègres esclaves ? Qui m'a fait voir les cales où s'entassaient mes pères, allongés entre leurs chaînes, leurs vomissures et leurs excréments, mes pères qui se débattaient depuis la terre de Guinée, qui enrageaient dans les langues rauques de la savane, qui fomentaient d'impossibles révoltes et riaient de folie douce après un mois de traversée. Leurs rires égarés m'ont poursuivi des années et des années durant, s'incrustant dans les miens et me baillant toute l'apparence d'un bougre fou dans le mitan de la tête. Je ne le suis pourtant point : simplement, j'ai vécu mes douze premières années dans le temps-l'esclavage.

On m'a crié fou. On a fait de la Maison de Santé ma case à moi. Les docteurs qui y exercent sont des scélérats-nés. Ils se servent de toutes qualités d'instruments de torture pour, soi-disant, ramener les malades à la raison. Ils vous amarrent sur une chaise en fer et vous baillent des décharges électriques par le travers du corps. Vous sentez votre tête prête à éclater comme une goyave trop mûre, tous vos muscles se contractent dans une tremblade sans-man-man et vous avez beau vous contorsionner et hurler, ils ne bougent pas d'une maille, inflexibles dans leurs blouses blanches, notant vos réactions sur leurs cahiers et brocantant des paroles à voix basse. Quand je sortais de pareille séance, l'écale de ma tête était vidée à-quoi-dire un coco sec, je titubais jusqu'à mon lit où des infirmiers me ligotaient. Ils prenaient la relève des docteurs et nous administraient des pilules qui font le sang marteler vos tempes et battre votre cœur avec davantage de ballant qu'un cheval au galop, scélérats eux aussi et insensibles au déparlage qui s'échappe de votre bouche des heures durant. L'infirmier en chef était plus malplaisant que les autres. Il me vouait aux gémonies et sa fureur à mon endroit n'avait pas de limites. Mon nom d'abord l'insupportait. Il attrapait les pans de ma camisole, me soulevait du lit en criant :

« Lafrique-Guinée, c'est pas un nom, ça ! Tu m'entends ? Ton vrai nom, c'est quoi ? Je parie que t'as trucidé quelqu'un quelque part et que tu fais semblant, eh ben tu vas recevoir ton compte de soins, mon bougre. Ici, c'est écrit sur le frontispice "Maison de Santé" mais ne t'y fie pas ! Tout ce pompeux ne rime à rien. On est dans un asile d'aliénés et moi, je sais comment m'y prendre avec les ceusses qui ont vraiment perdu la tête et les ceusses, comme toi, qui sont des feinteurs. Ton vrai nom, c'est quoi, tonnerre de Dieu ? T'as pas été baptisé chrétiennement ou quoi ? »

Mon tortionnaire était un nègre-griffe filiforme avec de curieux yeux verts qui lui baillaient l'air d'un chat sauvage. Nous l'avions donc surnommé Raoul-Tête-Chatte, un sobriquet qu'il détestait. Quand le rustre surprenait quelqu'un à le dérisionner de la sorte, il hélait deux infirmiers pour l'aider à traîner le coupable dans la salle d'eau de l'asile. C'était un petit ajoupa, situé un peu à l'écart du bâtiment principal, à côté d'un manguier-coco-bœuf plus vieux que la vieillesse elle-même, chargé de fruits toute l'année, ce qui suscitait la curiosité des responsables du Jardin Botanique et du professeur Landes, ce Blanc-France qui enseignait les sciences naturelles au lycée et qui ne déployait ni gamme ni dièse à l'égard des nègres. Il se comportait comme nous, mangeait et buvait comme nous, et quand nous lui demandions pourquoi il descendait ainsi de son piédestal, il nous répondait en ricanant : de quel piédestal parlez-vous ? Celui de la blancheur ? Couillonnades que tout ça. Ces messieurs du Cercle de l'Hermine marchent sur la tête. En France, la plus grande partie des gens vit comme vous. Ils ne sont pas plus nantis que le commun des gens d'ici, je vous le jure ! Nous aimions bien le professeur Landes, mais nous ne croyions pas un mot de ce qu'il nous racontait. Dans le pays d'En-France, nous savions de source sûre que personne n'allait pieds nus ni ne mendiannait dans les rues ni ne vendait son corps pour deux francs-quatre sous ni n'était obligé de s'esquinter tout au long de sa vie sans jamais voir une embellie. Ça, c'était le sort des nègres et des Coulis-qui-puent-le-vomi dans ce pays de Martinique qui n'est point le nôtre !

Les infirmiers ont assuré au professeur que ce pied-bois miraculeux n'avait pas toujours été si généreux en fruits. À l'époque où l'on ne pratiquait pas encore les bains chauds-froids pour calmer les nerfs des aliénés, la case au fond du jardin servait de réserve pour les aliments. Puis, un docteur est arrivé de Nantes et a fait transformer les lieux. Il avait été stupéfait de voir tant d'eau vive au beau mitan d'une ville de plusieurs milliers d'âmes comme Saint-Pierre. Eau froide, eau fraîche, eau tiède, eau chaude, eau brûlante, s'exclamait-il tout le temps, la nature tropicale est extraordinaire ! Et tout cela presque l'année entière. Il fit donc aménager cinq bassins à l'intérieur de la cahute qu'on rénova et agrandit à cette occasion, et chaque matin, nous défilions dans cette étrange salle de bains. Il fallait d'abord entrer dans le bassin d'eau glacée, puis dans chacun des quatre autres jusqu'au dernier qui nous brûlait la peau sans que nous en ressentions la moindre douleur. Chaque plongée ne durait pas plus de trois ou quatre minutes, mais c'était suffisant pour nous remettre les idées en ligne droite. Untel cessait de hurler à la mort et de réclamer sa petite fille, tel autre suspendait ses éclats de rire interminables, un troisième ne roulait plus des yeux féroces quand on osait le regarder.

Au sortir de ces bains, nous étions tous en proie à une envie irrésistible de pisser et nous nous assemblions au rond du manguier pour soulager notre blade. C'est à partir de ce moment-là que le pied-bois s'est mis à fleurir toute l'année et à bailler des fruits d'une grosseur anormale. Tout le monde remarqua que les oiseaux n'osaient pas y toucher : ils asséchaient les autres pieds de fruits du jardin, mais se tenaient à l'écart de l'arbre à pissat. J'ai compris aussitôt qu'une force cherchait à nous contacter ou à nous soumettre à sa volonté. Nous devions l'insulter en l'arrosant ainsi chaque beau matin de nos jets indécents. Le directeur de la Maison de Santé voulut faire couper l'arbre, mais son tronc était si large qu'aucun bûcheron n'osa s'y attaquer. L'abattre aurait pris des mois et personne à Saint-Pierre n'était doté de tant de patience. Un infirmier suggéra d'allumer un boucan à ses pieds, mais, ô incomprenable, le feu s'éteignait en un battement d'yeux sans qu'aucun vent traitreux ne l'eût attaqué.

C'est alors que je sus qu'à l'en-bas de ce pied-bois reposait un ancêtre. Un de ces nègres qui, au débarqué du bateau d'esclaves, s'échappaient dans la forêt couvrant, au temps de l'antan, cette partie de la région et faisaient du premier fromager ou acacia qu'ils rencontraient leur ami, leur frère, leur protecteur, leur totem. Une nuit au cours de laquelle la lune était masquée, je parvins à déjouer la vigilance du gardien et à me faufiler dans le jardin. Des bêtes-à-feu éclairaient l'endroit par intermittence, voletant de-ci de-là, âmes en peine à la recherche d'apaisement. Il faisait inexplicablement frette et je dus me retenir de tousser. Les deux chiens de garde vinrent me flatter les chevilles. Ils éprouvaient une quasi-adoration pour ma personne, car j'étais le seul pensionnaire à leur jeter les restes de mes repas, chose interdite par la direction de l'établissement. Je m'avançai vers l'arbre aux fruits miraculeux et me mis à le contempler. Ses branches qu'avaient démesurées des siècles d'âge grinçaient doucement sous l'effet d'un vent de terre échappé des hauteurs du Morne Dorange. Pas à pas, je m'approchai du tronc dont la masse parvenait à percer l'obscurité. Une peur cherchait à retenir ma progression, dans le même temps qu'une force irrésistible m'attirait vers lui. Bientôt, je le sentis vivre. Son écorce se fit peau humaine, la mousse cotonneuse qui l'entourait poils soyeux. Ses branches se mirent à s'agiter comme des bras qui entourèrent mon corps jusqu'à l'étouffer. L'arbre et moi ne fîmes plus qu'un. Je sentais son cœur chamader contre le mien et un bien-être infini, une tiédeur enivrante investit chacun de mes membres, me soulevant de terre pour me palanquer dans le Pays d'avant, dans cette Afrique-Guinée dont mon père, qui avait vécu au plus féroce du temps-l'esclavage, ne parlait qu'à voix basse, disant : là-bas. Ou : sur l'autre bord du monde. Ou encore : au mitan de chez nous-mêmes. La terre y était pelée et jaune, vide de tout habitant. Dans des rivières à sec, des amas de roches que je n'avais jamais vues, sans doute tombées du firmament, car le ciel était tout agité d'étoiles filantes, de brusques orages sans pluie. J'avançais tout droit, mais j'avais l'impression de toujours me trouver au même lieu. Rien n'accrochait mon regard. Aucun repère. Nul hallier ou bouquet d'arbres. Ni assemblage de cases. Pourtant, une heureuseté infinie me portait. Cette traversée du vide semblait ne pas devoir finir. Je voulus héler : Afrique-Guinée, me voici ! Je suis retourné dans ton sein. Accueille-moi tel un fils prodigue ! Je réussis à parler une langue plus vieille que le monde. Des mots dépourvus de sens jaillirent de ma bouche et je les comprenais ! Ils étaient à-quoi-dire vivants par eux-mêmes comme s'ils se suffisaient à leur sonorité envoûtante. Des mots-tambour. Des mots-sagaie. Nul écho ne leur répondait pourtant. Les mornes de sable continuaient à s'étaler à perte de vue devant moi et j'étais contraint de suivre un fil invisible et palpable, une force intérieure qui me menait. À marche forcée.

Quand le matin éclaira le jardin, je me découvris agrippé au manguier centenaire. Épuisé. Vidé de tous les miasmes qui jusque-là avaient rongé mon existence à mesure-mesure. Je n'opposai aucune résistance aux infirmiers qui, me croyant ensorcelé, firent appel à des gardes de police pour me ligoter. Le nègre-griffe ne savait comment faire tonner sa colère. Il ne songea même pas à me faire prendre les cinq bains réparateurs. Il était vaincu.

« Tu peux quitter cette maison, me fit-il d'une voix troublée, ta folie est incurable. »

De ce jour, je pus aller-venir à ma guise à travers l'En-Ville. La maréchaussée renonça à m'enfermer à la geôle et me relâcha à La Galère, dans le quartier des nègres à pian. Personne n'occupa mon lit à la Maison de Santé et à chaque fois qu'arrivait l'hivernage, j'y retournais m'y installer sans que quiconque me dise ni couic ni couac. J'avais gagné une nouvelle liberté qui me permettait de tancer à ma mode n'importe lequel de ces nègres perdus qui peuplent ce pays-là. Ils affectaient de ne pas saisir le sens de mes paroles et haussaient les épaules, un ricanement mauvais leur déformant la bouche. Entendre le mot « Afrique » leur était insouffrable, le prononcer une épreuve. Le Diable qui est le Diable leur faisait moins horreur ! C'est pour cela même que je persistais dans mes paraboles. J'attendais un nouveau signe après celui du pied de mangues et ses fruits éternels. Une charge d'années passa. Un siècle s'annonça. Du moins à ce que proclamèrent les Blancs et leurs enfants bâtards. Pour moi, cette agitation n'a jamais voulu rien dire. Parce qu'un nègre est un siècle ! C'est tout ce que je sais. Nous vivons cent vies à la fois. Nous hantons les bois-debout des Pitons du Carbet, les rivières désordonnées qui sautent de roche en roche comme pressées de se dissoudre à quelques pas de la côte. Il y a dans l'envol silencieux et tournoyant du mensfenil un peu de notre sagesse. De même, nous savons l'alphabet des songes. Certes, nous ne sommes plus qu'une poignée. Autour de nous, le cercle du disparaître se resserre jour après jour. Nous avançons, ô inexorable ! sur l'autre versant du monde. Et c'est pourquoi on vient m'arracher des prédictions. L'être aimé rentrera-t-il au bercail ? Cette maladie qui ronge les os du père ou de la fille cessera-t-elle sa mortelle avancée ? Quoi faire pour redonner du lustre à cette boutique ? Est-ce que je peux jeter un quimbois sur la tête d'un ennemi intime ? Et des questions en enfilade, des suppliques insensées. Des mains tendues. Des bribes d'espoir aspirées à la venvole.

Je leur dis ce qu'ils veulent entendre, car dans leur monde, il n'y a pas place pour la vérité. Ils s'y promènent leur vie durant, les yeux masqués et les lèvres clôturées. Ma vérité est dans mon nom et c'est ce qu'ils refusent d'admettre. Merci, volcan, de m'appeler à toi ! L'ancêtre vit à présent au profond de ton cratère, le seul lieu inviolé de cette terre de veuleries, de crimes impunis, d'abominations de toutes sortes et d'insignifiance. Je monte vers lui. Chacun de mes pas dans ses exhalaisons de cendres et d'éclairs efface ma déquiétude. Il gronde depuis les entrailles du sol et sa colère sera sans rémission. Je le sais !

XX

Lundi 5 mai 1902

Il avait bravé les pluies de cendres, les striures orangées sur le voile noir qui couvrait le soleil et de larges empans de ciel, les brusques secouades du sol annonciatrices de grondements si terrifiants qu'ils provoquaient la fuite éperdue des animaux tant domestiques que sauvages. Des nuées de mensfenils tourneviraient au-dessus de Sainte-Philomène, incapables de retrouver leur aire. Partout, des chiens hagards, des mulets au licol cassé, des bœufs et des moutons épuisés d'avancer en vain. Et au mitan de ce désordre, des créatures humaines, indiscernables sous leur vêture cendrée, qui hurlaient, demandaient pitié et priaient miséricorde. S'agenouillaient, le plat des mains grand ouvert en attente d'une offrande qui ne venait point.

Rien n'aurait pu arrêter l'avancée de Pierre-Marie, car une certitude l'habitait. Une unique certitude : il rencontrerait enfin Edmée, il lui parlerait, la prendrait par les épaules, cheminerait tout droit en direction du Prêcheur et même au-delà de l'Anse Belleville, où le volcan ne pourrait les atteindre. Ils marcheraient sans se retourner, fuyant ce monde où désormais le jour ne se distinguait plus de la nuit, quittant une fois pour toutes Saint-Pierre et ses fastes maudits, les lumières crues de la Comédie les soirs d'opéra, l'aller-venir infatigable du marché du Mouillage, le cafouillis de l'embarcadère dès avant le devant-jour.

À quoi le mulâtre devait-il cette victoire inespérée ? Non point, comme l'assurait avec une certaine méchanceté Saint-Gilles, à la sourde appréhension qui étreignait tout un chacun depuis le début du mois de mai, quand le volcan avait commencé à cracher des roches aussi grosses que des maisons et qu'une coulée de boue avait balayé l'Usine Guérin. Car rien n'avait vraiment brocanté d'aspect dans les habitudes et il n'était aucune panique qui ne durât plus que le temps d'une manifestation de colère de la Nature. Tout juste murmurait-on pour se rassurer :

« Hon ! Notre volcan est fâché, oui. Fâché même ! »

Et on savait que toute fâcherie entraîne une défâcherie. Après les gerbes de feu, l'air devenait si clair, l'indigo du ciel si impavide qu'on se figeait un siècle de temps durant ou presque dans une muette contemplation des choses. Très vite, chacun reprenait ses activités et l'En-Ville se remettait à bourdonner jusqu'à très tard dans la nuit. Il n'y avait donc aucune raison de lier le soudain fléchissement d'Edmée aux manifestations vulcanologiques. La Bohème en avait eu la preuve ce fameux samedi après-midi où elle avait investi *Le Grand Balcon* pour y entendre un ténor venu de Puerto-Rico dont la presse avait célébré le talent en termes dithyrambiques. D'ordinaire, la jeunesse dorée évitait avec soin cet établissement guindé où les mulâtres parvenus venaient faire admirer leurs dernières maîtresses, jouvencelles peu regardantes sur l'âge et la bedondaine de leurs protecteurs. Mais Pierre-Marie avait tellement insisté que Saint-Gilles et Vaudran avaient fini par convaincre le reste de la bande de déserter pour une fois *L'Escale du Septentrion*. Au reste, si la compagnie avait cédé, ce n'était point par désir d'écouter les vocalises du chanteur hispanique, mais parce qu'une causerie avait été annoncée. Le professeur Gaston Landes, président de la Commission du Volcan récemment constituée par le gouverneur Mouttet, ferait le point sur les dernières manifestations de la Pelée. Rien d'officiel, avait fait savoir le patron du *Grand Balcon*. Aucune autorité en tenue ne viendrait empêcher les clients de boissonner à leur guise ou de jouer au poker. Rien qu'un simple causer, éventuellement suivi de quelques questions auxquelles le savant s'efforcerait de répondre en termes compréhensibles pour le vulgum pecus. La population avait besoin d'être rassurée en ces temps d'incertitude et il était du devoir des citoyens en vue de tout faire pour que celle-ci soit informée du mieux possible.

Cet après-midi-là, Edmée Lemonière s'était parée d'un collier-forçat et d'anneaux créoles qui scintillaient dans la semi-pénombre, attirant tous les regards sur sa personne. Elle souriait et, d'un pas tranquille, passait de table en table pour saluer ceux qu'elle jugeait dignes d'un tel égard. Les grands planteurs se levaient brusquement de leur siège et lui baisaient les doigts. Chacun espérait attirer son attention en lui susurrant un compliment qu'elle était seule à entendre et qui lui faisait hocher la tête d'un air énigmatique. Quelques notables de couleur en costume, accompagnés de leurs dames, la dévoraient des yeux tout en lui adressant un imperceptible salut avec leurs cocasses chapeaux en feutre noir. Edmée ne fit pas halte à la table de la Bohème. Elle n'eut pas un regard pour ces jeunes gens débraillés qui détaillaient avec force mots salaces chaque élément de son anatomie. Saint-Gilles, congestionné, s'étranglait à moitié dans la récitation d'un poème qu'il venait d'improviser en l'honneur de la quarteronne. Vaudran tenait les mains jointes sur sa poitrine comme s'il lui adressait une imploration qu'il savait de toute façon vaine. Le pianiste du *Grand Balcon* commença à jeter les notes d'une biguine à la mode. Quelques couples se formèrent sur la piste de danse.

« Non, tu ne vis pas un rêve, mon cher ! cria Gigiles à l'oreille de Pierre-Marie en le bourradant.

— Elle est... elle est, comment dire... aérienne, fit-il, c'est cela : aérienne. »

Le jeune mulâtre suivait Edmée du regard, hypnotisé par sa robe bleue à paillettes dorées que rehaussait sa chevelure noire de jais. Elle finit par s'asseoir à sa table habituelle, à côté d'une fenêtre par les persiennes desquelles on pouvait apercevoir la rade et ses bateaux de commerce qui semblaient ne pas bouger d'une maille. Seule comme à l'accoutumée, un verre de gin-orgeat posé devant elle. Attentive à la musique, mais se gardant de battre la mesure comme les autres clients ou même d'applaudir à la fin des morceaux. Pierre-Marie aurait voulu percer le mystère de cette femme que l'on voyait peu en ville pendant le jour, sauf quand elle accompagnait les sœurs de l'Asile de Bethléem dans leur tournée des bas quartiers. Vêtue très simplement, la tête attachée par un madras sans éclat, Edmée portait un panier dans lequel elle avait assemblé pêle-mêle des chemises usagées, des souliers, des vivres et quelques livres de colportage. Sa venue était espérée comme un véritable don de Dieu par la plupart des vieux-corps abandonnés par leurs parents dans cette longue bâtisse de pierre aux couloirs humides. À chacun, elle distribuait un mot gentil. Une gâterie. Elle coiffait des négresses sans âge aux cheveux épars envahis par les poux, essuyait les lèvres aux commissures dégoulinantes de bave des trois centenaires de l'asile. Les ma-sœurs trottinaient derrière elle, un peu agacées par son parfum, mais ne pipaient mot, trop contentes qu'elles étaient de recevoir du chocolat en boîte ou des bouteilles de vin doux. La mère supérieure avait coutume de dire :

« Cette femme est trop belle pour être une sainte, mais chacun de ses gestes est la générosité même. »

Pierre-Marie emprunte la trace des athlètes et des escaladeurs de profession, celle qui part du lit de la rivière des Pères et attaque abruptement le volcan. Tout n'est que puanteur autour de lui. Ses pieds s'enfoncent jusqu'aux genoux dans une boue noirâtre et brûlante à la surface de laquelle jaillissent des bulles énormes qui éclatent comme de véritables grenades. Le jeune homme ne distingue plus s'il fait grand jour ou pleine nuit, il voit tantôt le ciel se dégager sous l'assaut de kyrielles d'éclairs, tantôt les ténèbres l'avaler. Vingt fois, il tombe face contre terre et manque de sombrer dans le désespoir. Vingt fois, il se relève pour continuer à avancer. Par amour pour Edmée. Parce que cet amour se veut plus grandiose que la mort qui rôdaille.

Elle m'a mis au défi et j'ai placé sa lettre contre mon cœur :

Monte au cratère et ramène-moi une fleur de framboisier. Elle ne pousse que là-haut, au bord de l'Étang Sec. Dans deux jours, je me ferai déposer près du Tombeau des Caraïbes où j'attendrai.

J'ai d'abord cru à une plaisanterie. Se pouvait-il qu'un farceur se fût mis en tête de se moquer de moi ? La facétie eût été de bien mauvais goût en ces heures tragiques. Notre Bohème était certes insouciante, mais pas au point d'ignorer que nos vies ne tenaient plus qu'à un fil. Les détonations qui éclataient dans les entrailles du volcan nous crevaient le tympan et les éclairs de magnésium nous laissaient comme aveugles un bon paquet de minutes. En examinant la missive avec soin, je m'avisai qu'il s'agissait là d'une écriture féminine, avec ses pleins et ses déliés exagérément formés. Or, Mathilde ni Marie-Égyptienne ou Rose-Joséphine, les rivales potentielles d'Edmée, ne savaient lire ni écrire. Elles ne pouvaient être les auteurs d'une pareille farce à mon endroit. Si extraordinaire que cela pût paraître, la lettre émanait d'Edmée Lemonière et la quarteronne qui ne m'avait jamais fait la grâce d'un regard ni d'une parole s'offrait à présent à mon désir à la condition que je mette ma vie en jeu.

Le côté grotesque de cette entreprise ne m'échappe point, mais ce n'est qu'une face de la médaille et l'autre est indéniablement romantique. J'avoue avoir un peu méprisé, en tant que philosophe, ces penchants suicidaires que Vaudran exaltait dans ses poèmes hugoliens, mais ici-là, maintenant que je monte seul en direction du cratère, dérisoire créature humaine face aux éléments déchaînés, je pense surtout aux romantiques allemands et à von Kleist. La vie ne vaut la peine d'être vécue que si on sait la miser pour des objectifs dénués de toute valeur matérielle ou morale. Ceux qui s'esquintent au travail pour amasser or et argent jour après jour ou ceux qui meurent en héros à la guerre sont des imbéciles. De piètres vivants. J'apprécie fort le but que m'a assigné ma bien-aimée. Cette fleur rouge et minuscule du framboisier qui pousse au plus haut de la Montagne me convient tout à fait. C'est là un défi réellement romantique.

Pierre-Marie atteint le Morne Paillasse au terme de plusieurs heures d'ascension, parfois à quatre pattes, parfois en rampant contre un sol couvert de rocaille incandescente. De là, une trace bifurque sur la main gauche et conduit au lac des Palmistes ; sur la droite, elle se faufile vers les nuages et aboutit au cratère de l'Étang Sec dont il entend déjà le ronflement terrifiant. De si près, il a l'impression d'une bête blessée, d'un dragon en train d'agoniser. De quel tourment souffrait la terre pour qu'elle s'agitât ainsi ? Il continue d'avancer et toute crainte le déshabite. Devant lui, l'Étang Sec se révèle être un lac immense dont les eaux rougeoyantes sont animées par de subits bouillonnements. Un margouillis de matières inconnues qui s'entrechoquent et furibondent sous un ciel d'encre d'où toutes les étoiles se sont retirées. Pierre-Marie ne se laisse point accouardir. Il se sent investi d'une nouvelle hardiesse. Sa vie d'avant remonte en lui à grands effluves harmoniques.

[LE DÉJEUNER DE RIVIÈRE

L'amont de la rivière des Pères est l'endroit qu'affectionne la Bohème lorsqu'elle ressent le besoin d'échapper à Saint-

Pierre, à ses rues bruyantes et poussiéreuses. Les filles de *L'Escale du Septentrion* et de *La Belle Dormeuse* — les attitrées de Gigiles, Vaudran, Bonneville et Rosal tout du moins — signent pour l'occasion un traité de paix valide pour la durée d'un après-midi. Elles s'occupent de préparer le déjeuner et assaillent les marchandes du Mouillage à la recherche d'essences rares. Les bougres, eux, empilent bouteilles de rhum et de bière, flacons de whisky et lots de cigares-pays dans des besaces, veillant avec un sérieux de pape à y insérer de la paille de canne en guise d'accorage. Ils sifflotent, se congratulent à l'avance, vérifient l'état de leur maillot, déraidissent leurs muscles dans la perspective de la marche à travers bois.

Au matin naissant, tout ce beau monde quitte l'En-Ville en chantant à tue-tête et sur leur passage, les hommes en partance pour les champs leur voltigent des paroles amicales et envieuses. Qui n'eût voulu emboîter le pas à ces gourgandines d'Hermancia ou Thérésine ? Qui ne baillerait tout ce qu'il possède pour se poster juste derrière le popotin de Mathilde et couver du regard le monter-descendre et le à-droite-à-gauche de l'appendice ? Se sachant maîtresses des désirs de leurs amants, redevenus pour l'occasion des garnements, les filles en profitent pour les railler ou leur voltiger des piques assassines. Hermancia reproche à Vaudran d'avoir oublié son anniversaire et la paire d'escarpins qui allait avec. Mathilde se retourne sur ses pas et, attrapant Pierre-Marie par le collet, lui lance :

« *Ki tan ou ka mayé épi mwen, misié-mwen ?* » (Quand vas-tu m'épouser, cher monsieur ?)

Des caresses furtives, des baisers goulus mais brefs se brocantent déjà à la faveur des sous-bois. Une sourde excitation s'empare de la petite troupe en marche vers les eaux diaphanes de la rivière des Pères. On en oublie les bêtes-longues et leur foudroyante géométrie, ces fers-de-lance qui serpentent en silence dans les halliers tout proches, prêts à jaillir sur la première proie venue, tous crocs dehors. Des bouteilles de vin doux commencent à se colporter et Gigiles se met à vocaliser *L'Énéide* en latin, encouragé par les exclamations en créole des jeunes femmes dont certaines enlèvent déjà leurs robes sous le prétexte qu'elles les empêchent d'avancer au même rythme que leurs compagnons. Le chemin qui conduit à l'en-haut de la rivière des Pères est un tortueux sillon de lumière verte dans la pénombre des pieds de zamana et des fromagers géants. En lui-même, il est déjà promesse de félicité. Vaudran, qui est un assidu de la Société de Gymnastique et de Tir de Saint-Pierre, mène la marche, portant à bout de bras les sacs de victuailles. Il s'encourage lui-même en fredonnant un chanter de carnaval sous le regard admiratif de Loulouse, la fille aux jambes interminables, dont il a réservé à l'avance les faveurs. Bientôt, l'onde pure est là. Elle sautille de roche en roche, glougloute, se perd dans le sable avant de reprendre son lit et chacun de s'asperger bruyamment la figure. Le nègre romantique a le don de dénicher ces bassins capricieux qui semblent changer d'emplacement à plaisir, au gré des avalasses et des orages qui peuvent éclater à n'importe quel moment, même quand le soleil frappe raide-marteau. C'est Vaudran qui décide quand il faut s'arrêter. Il refuse la facilité des premiers bassins, au grand dam des catins fatiguées d'avancer désormais dans le mitan même de la rivière. Il veut toujours en trouver un où il soit possible de plonger-léquette du haut d'une grosse roche basaltique et pour cela, il faut monter, monter et encore monter, ce qui est une vraie torture pour les genoux. Dès lors, chacun se tait, attentif à ne pas glisser sur la mousse traîtreuse des pierres ni à s'enfoncer la jambe d'appui dans quelque trou caché. Combien d'accidents n'ont-ils pas déjà gâché des déjeuners de rivière ? De temps à autre, il se retourne et crie à la troupe :

« Attention ! Il ne faut pas courir, mes enfants. *Two présé pa ka fè jou ouvè !* » (Montrer trop d'empressement n'a jamais précipité la venue de l'aube !)

Et l'endroit tant désiré, mille fois rêvé, se trouve là. Droit devant eux. Une large excavation d'eau étale, ceinturée d'énormes blocs rocheux. Un pan de paradis terrestre. Un mirage. Un miracle. Les filles se mettent à applaudir, les bougres se débarrassent prestement de leurs vêtements et y plongent tête la première. Pendant une bonne heure, ils se muent en une grappe de marmailles déchaînées, se voltigeant des poignées d'eau au visage, se pichonnant, se baillant des croche-pattes. Le rhum se met à circuler de bouche en bouche, les mains se font plus précises, les regards virent au glauque et l'implacable montée du désir pousse chacun à se rapprocher de sa chacune. Loulouse écartèle ses jambes, renversée sur le dos, à même une roche plate et Vaudran de s'agenouiller là-même pour enfourner sa tête dans son giron. Gigiles en oublie son cher poète antique et tète goulûment les seins de Thérésine qui pousse des cris de chatte affolée. Hermancia et Rosal, Mathilde et Pierre-Marie ne forment plus qu'un seul corps, enfoncés dans le bassin jusqu'à hauteur des épaules et le mouvement qui les anime est un ballet parfait. L'heure vient, inexorablement, d'essayer un autre partenaire. Les filles ne sont point façonnières. Elles passent de bras en bras, de jambes en jambes, de bouches en bouches sans jouer aux mijaurées, pétant au contraire de rire lorsqu'elles s'aperçoivent que ce n'est déjà plus Vaudran ou Gigiles qui s'est emparé de leur chair. La vie est courte, s'écrient-elles, et sous la terre, il n'y a pas de plaisir, foutre !

Lorsque le soleil est à la verticale et que la radiance de l'eau blesse les regards, chacun s'assagit et regagne les bras protecteurs de sa personne favorite. Vaudran est le premier à sortir du bain et à déballer le manger. Il distribue force gamelles de viande-cochon-salé et de lentilles, de tripes et de bananes naines et la troupe de dévorer ce festin à belles dents. La plupart restent assis dans l'eau, sauf Pierre-Marie et Loulouse qui sont sensibles aux chauds-froids ou aux pleurésies. Tout l'après-midi, on se raconte des blagues, on chante des chanters paillards, on médit, on questionne, on suppute, on trace ses projets, on dessine ses rêves. Le temps est comme arrêté. Avant que la barre du jour ne se casse, on prend un dernier bain et on fretinfretaille avec une infinie douceur cette fois-ci, avant de reprendre mélancoliquement la trace qui redescend vers Saint-Pierre.]

L'Étang Sec est une caldeira de deux cents mètres de diamètre environ. L'eau noire qui l'emplit frôle à présent son rebord du côté du couchant, là où s'étale l'En-Ville et ses fières bâtisses en pierre de taille aux toits rouges. Va-t-il déborder ? Pierre-Marie en oublie sa quête. Autour de lui, tout n'est d'ailleurs qu'arbustes calcinés et bêtes des bois figées dans la mort. Au temps de la doucine, à la fin du siècle qui venait de s'achever, il lui était arrivé par deux fois d'y suivre des chasseurs de cochon sauvage. L'endroit n'était qu'une profonde crevasse aux teintes métalliques, dépourvue du plus petit soupçon d'eau, comme si la faille eût aspiré ces pluies revêches qui s'abattaient sans crier gare sur le sommet de la Montagne. Paysage lunaire où l'on ne s'attardait guère, lui préférant le lac des Palmistes, sur le versant opposé qui vous offrait l'immensité de l'Atlantique d'un seul tenant.

À présent, le mulâtre est convaincu qu'il n'y a plus d'espoir et s'étonne qu'au fond de lui-même, dans quelque recoin secret de sa personne, une sorte d'apaisement se dévoile. Presque une allégresse, qu'il a le plus grand mal à maîtriser. Le visage d'Edmée s'est effacé de sa mémoire. Il a beau sourciller, fermer les yeux, tenter de se ressouvenir en serrant les poings, seule une vague silhouette aux cheveux de jais vêtue d'une robe bleue à paillettes lui apparaît. Incrédule, il cherche alors les fossettes de Mathilde, sa favorite de *L'Escale du Septentrion*, les dents nacrées de Rose-Joséphine qui faisaient un écrin à ses rires enfantins. Point de Mathilde ni de Rose-Joséphine. Effacés, eux aussi, leurs visages tant caressés, leurs corps tant visités.

Pierre-Marie s'avance au plus proche du cratère, comme mû par une force irréfrénable. Des geysers mordorés illuminent la nuit, dispersant des chapelets d'étincelles et des rubans de flamme. Aucune peur ne l'assaille plus. Son esprit est tout occupé à écouter une musique. Celle de Rimski-Korsakov. À suivre le monter-descendre de la baguette de Herr von Hafsten. Tout cela entrecoupé de remémorations de passages entiers de von Kleist, le poète tant lu et relu ces dernières années.

« Je vais recevoir le feu originel », se dit-il.

Je ne ferai plus qu'un avec la matière. Je serai roche en fusion, magma surgi d'ères immémoriales.

Ni corps ni âme, ni sang ni muscles ni élans du cœur. Le rien abyssal. L'être réconcilié avec le néant. L'éternité, cette sensation primordiale qui a toujours fait défaut à Saint-Pierre et à ses vanités. Une seule personne en était animée. Une seule. Celle dont la présence se fait si puissante à cette heure qu'elle m'habite presque. Celle de la négresse lessivière des bords de la Roxelane, qui n'avait jusque-là compté à mes yeux que dans le temps éphémère du carnaval.

Celle de Marie-Égyptienne...

XXI

Mercredi 7 mai 1902

Sanglé dans son uniforme blanc qui avait viré au brunâtre à cause des flocons de cendre qui tombaient sur la ville depuis son arrivée à bord du *Topaze,* au mitan de la matinée, le gouverneur Louis Mouttet faisait les cent pas dans la salle de réception de la mairie. Autour de lui, muets, les yeux rivés à la pointe de leurs souliers, son adjoint, le lieutenant-colonel Gerbault, chef de l'artillerie de marine, le maire de Saint-Pierre, Victor Fouché, et le professeur Gaston Landes attendaient le président du Cercle de l'Hermine. Au-dehors, les rues étaient étrangement silencieuses, hormis le chuintement de quelques rares carrioles. La plupart des maisons de commerce avaient fermé et le marché du Mouillage était désert.

« Est-il vrai, fit le gouverneur, le visage amusé, en s'arrêtant à hauteur du chef de l'édilité pierrotine, que le peuple pense que le départ des Békés ferait taire le volcan ?

— Le peuple, hon !... disons les gens crédules, monsieur le gouverneur, et il y en a beaucoup dans notre cité.

— En tant que représentant de la République, comme vous le savez, il ne m'est pas loisible de m'immiscer dans les affaires politiques locales, mais monsieur le ministre des Colonies tient à ce que se déroule le second tour des élections. Il faut donc que le calme revienne à Saint-Pierre !

— Nous faisons de notre mieux, monsieur le gouverneur. »

Un serveur apporta des boissons fraîches qu'aucun des notables ne toucha. Les verres avaient une vilaine teinte grisâtre. L'air lui-même, bien qu'auvents et persiennes fussent fermés, devenait irrespirable et le maire s'énerva sur le bouton qui actionnait les deux énormes ventilateurs du plafond, oubliant qu'il n'y avait plus d'électricité dans la ville depuis une charge de temps. Des pas lourds se firent entendre dans l'escalier et une voix forte, autoritaire les salua avant même qu'ils ne découvrent la personne de Hughes Dupin de Maucourt.

« Veuillez pardonner mon retard ! fit le négociant. Impossible de circuler dans cette fichue ville ces jours-ci ! Vous avez dû vous en rendre compte, monsieur le gouverneur ?

— Il nous arrive des réfugiés de partout, intervint le maire. Du Prêcheur, de Morne-Rouge... la ville manque cruellement de vivres. Quelques échauffourées ont déjà eu lieu devant des boulangeries hier matin. »

Sans un regard pour l'homme de couleur qui présidait aux destinées de Saint-Pierre, le négociant serra les mains de Louis Mouttet et du lieutenant-colonel Gerbault. Il fit un signe de tête au professeur Landes et s'assit sans façons sur le premier siège à sa portée. Ses bottes étaient crasseuses, couvertes de plaques de boue.

« Il faut donner de la troupe, monsieur le gouverneur, lança-t-il. Il n'y a pas eu que des échauffourées ! De véritables pillages se sont produits et les commerçants prennent peur. Ils n'osent plus ouvrir dans de telles conditions.

— Dois-je vous rappeler que vous n'avez pas à me dicter ma conduite ? le rembarra le chef de la colonie.

— Nous avons débarqué trente soldats », fit le lieutenant-colonel Gerbault d'un ton qui se voulait apaisant.

Le gouverneur et le Blanc créole se défièrent du regard un bref instant et reportèrent leur affrontement à plus tard. Le premier n'avait jamais pu s'habituer à la hautaineté du second et de ses congénères. Il lui semblait que ces messieurs avaient la fâcheuse tendance d'oublier que la France vivait depuis un certain temps sous un régime républicain, qu'il n'y avait plus ni seigneurs ni serfs, mais bien des citoyens égaux devant la loi. Et, singulièrement dans ce pays, des citoyens égaux quelle que fût la couleur de leur complexion.

« Monsieur Landes, pouvez-vous nous indiquer les premières conclusions du rapport de votre commission, je vous prie ? » enchaîna le chef de la colonie, soudain fatigué.

Le professeur de sciences naturelles du lycée de Saint-Pierre, qui était en passe de devenir une célébrité, caressa sa barbiche d'un geste embarrassé. Il tenait une feuille à la main, sur laquelle il avait aligné d'une écriture impeccable les dix recommandations préconisées par la Commission du Volcan, au sein de laquelle il était le seul à posséder quelques connaissances scientifiques. D'une voix monocorde, il se mit à égrener la première conclusion :

« Les coulées de boue qui se sont produites ces derniers temps et qui ont emporté la centrale électrique ainsi que l'Usine Guérin ne présentent pas un danger majeur pour la ville de Saint-Pierre. Elles ont toutes suivi le tracé de la rivière Blanche et de la vallée qui l'encadre. Le Morne Lénard constitue en outre un rempart naturel qui protège l'essentiel de notre ville. Nous recommandons donc que les populations qui vivent à proximité des cours d'eau, en particulier la Roxelane et la rivière des Pères, soient évacuées sur les hauteurs.

— Soyons sérieux ! tonna Dupin de Maucourt en se dressant sur son siège. Personne ne peut prédire quel trajet empruntera la lave et...

— Pour l'heure, nous n'avons constaté que des

crues boueuses, s'interposa le lieutenant-colonel Gerbault, et les gaz qui s'échappent du cratère de l'Étang Sec ne présentent pas de danger puisqu'ils se dispersent à la verticale. Bien sûr, il y a cette odeur désagréable d'œuf pourri ! Mais c'est un bon signe. Cela veut dire que le volcan se débarrasse de son trop-plein. »

Le gouverneur Mouttet approuva du chef. Il prit la feuille des mains du professeur Landes et la parcourut d'une traite.

« Il faut évacuer la population, dit de Maucourt d'une voix plus calme mais grave, et surtout poster la troupe aux entrées de la ville pour arrêter l'exode des campagnards. Ma propre famille est déjà à l'abri à Sainte-Lucie depuis quelques jours, monsieur le gouverneur, et je vous assure que la plupart des planteurs, des usiniers et des commerçants s'apprêtent à suivre mon exemple.

— Vous ne m'empêcherez pas de penser, cher monsieur, qu'un report des élections arrangerait grandement votre candidat, déclara le gouverneur, ironique.

— Point du tout ! Fernand Clerc peut encore gagner malgré les mensonges et les calomnies du Parti mulâtre. L'opinion commence à se méfier de ces démagogues. »

Prenant le maire à part, Louis Mouttet l'entraîna dans le couloir où ils conciliabulèrent une bonne dizaine de minutes. Le gouverneur fut ravi de constater qu'il n'existait aucun désaccord majeur entre eux, hormis le fait que Victor Fouché trouvait scandaleux qu'on ne ravitaillât pas sa ville au plus vite et qu'on n'y eût pas déjà installé des hôpitaux de campagne afin de prendre en charge ceux dont les yeux et les poumons ne supportaient plus les émanations du volcan. Leur nombre, à l'entendre, ne cessait d'aller croissant, car chaque fois qu'un Pierrotin quittait sa ville, dix, vingt, cinquante réfugiés le remplaçaient. Certains arboraient des brûlures purulentes ou d'énormes cloques, d'autres n'avaient pas mangé à leur faim depuis plusieurs jours. Des femmes en couches avaient perdu leur bébé et avaient sombré dans un état voisin de la prostration, devenant des cibles faciles pour les Mauvais, ces Blancs-manants qui, depuis le début de l'année, débarquaient en masse de chaque navire en provenance de Bordeaux.

« Le peuple les croit responsables de la colère du volcan, monsieur le gouverneur, fit le maire, et pour répondre à votre question de tout à l'heure, c'est leur départ qu'il souhaite, pas celui des Blancs créoles. »

Louis Mouttet hocha la tête d'un air entendu. Il eut soudain très soif et, songeant à son épouse qui était allée réconforter les religieuses de l'Asile de Bethléem, il se hâta :

« Messieurs, ma décision est prise : Saint-Pierre ne sera pas évacuée. Lieutenant-colonel Gerbault, je vous demande de faire venir deux bateaux de vivres depuis Fort-de-France. Vous veillerez à ce qu'ils soient distribués aux plus démunis. Monsieur le maire, que tous les habitants vivant au bord des cours d'eau soient avertis au son de la grosse caisse qu'ils doivent quitter sur-le-champ leurs maisons et gagner les collines ! »

[RAPATRIEMENT

L'heure décisive est venue. Une noria de canots embarque hommes et femmes en tuniques et saris, coffres et mallettes, sacs de provisions. Les partants embrassent ceux qui restent, mais n'ont pas un regard pour le pays qu'ils quittent pour toujours. Pas une once de nostalgie. Aucun qui ne fasse le geste d'emporter en souvenir une poignée de ce sable noir de la plage de Saint-Pierre, dont les reflets magnétiques la font ressembler, au plus fort de midi, à un champ d'aiguilles. À quelques encablures de la côte, la forme trapue du steamer britannique *Bombay* déjà fortement chargé de rapatriés hindous embarqués à l'île de Trinidad, tout au sud de l'archipel. Ils adressent des saluts d'allégresse à leurs frères qui s'apprêtent à les rejoindre, mais, de si loin, on ne perçoit que l'écho ténu de leurs exclamations.

Irvéna, la fleur du Gange, tient Virgile par la main, un Virgile en pleurs dont les proches amis, Danglemont, Vaudran et Bonneville, respectent la douleur en se tenant en retrait. Les deux amoureux ne parviennent pas à brocanter une seule parole. Leurs voix sont comme étranglées au fond de leur gorge. Trois des sœurs d'Irvéna et leur marmaille étique sont déjà sur la mer et lui crient :

« Ne tarde pas ! Il lève l'ancre à six heures tapantes ! »

Saint-Gilles voudrait réciter un poème en l'honneur de sa bien-aimée, mais ses yeux se perdent dans ceux de la jeune fille, à-quoi-dire un abîme sans fond. Leurs mains se caressent avec fièvre. Leurs deux corps sont secoués par la tremblade.

« Que faut-il... que faut-il faire pour que tu ne t'en ailles pas, Irvéna ? Dis-le-moi ! balbutie le jeune gandin.

— Tu le sais bien. Je n'ai pas envie de me répéter. »

Vaincu, il l'enlace interminablement, mais la frêle Indienne feint à présent l'indifférence. Ses deux bras restent collés à ses hanches.

« Épouse-moi, Virgile, et je serai à toi pour le restant de ta vie !

— Mais tu sais bien, chérie-doudou, que cela m'est impossible ! hurle-t-il presque pour couvrir le ressac. Le 2 mai, je dois prendre officiellement la succession de mon père à la tête de son étude. Il avait de lourdes dettes et je dois épouser la fille de son confrère, maître Hermantin. Pour sauver l'affaire ! Je le dois !

— Alors tant pis ! Vis ta vie de notaire, mon cher ! Je ne sais pas encore si de là-bas je pourrai t'écrire. À quoi cela servirait-il d'ailleurs ? À quoi bon ? »

Et Irvéna de lui tourner le dos et de sauter dans la première barque à sa portée.]

Le professeur Landes, un peu gêné, demanda la parole. Il cherchait ses mots tout en évitant les regards de ceux qui lui faisaient face. D'une voix un peu chevrotante, il déclara qu'il n'était pas absolument certain que les mesures adoptées fussent suffisantes. Personne n'avait approché le cratère de l'Étang Sec depuis trois bonnes semaines et, d'un point de vue strictement scientifique, on ne pouvait affirmer que le volcan continuerait à y dégager ses gaz en hauteur. Ce n'était là qu'une hypothèse, pour l'heure invérifiable. Le naturaliste préférait finalement se ranger à l'avis du président du Cercle de l'Hermine.

« Vous avez signé ces conclusions, n'est-ce pas ? lui rappela le lieutenant-colonel Gerbault.

— Certes, mais... en toute honnêteté, je me dois de vous avouer que, dans mon esprit, elles étaient toutes provisoires. La situation peut empirer d'un moment à l'autre. Les derniers chasseurs qui ont approché le cratère affirment qu'il est rempli d'une eau visqueuse et noirâtre...

— Serait-ce la montée du magma ? demanda Gerbault.

— Je suis porté à le croire... oui, il s'agit très probablement d'une manifestation magmatique. »

Le gouverneur Mouttet eut un geste d'agacement. Ce savant aux gros binocles cerclés de fer était-il en train de se déjuger ? Serait-il impressionné par la superbe de Dupin de Maucourt ?

« Et comment pourrons-nous faire évacuer trente mille personnes, je vous prie ? tonna-t-il.

— Et vers où ? ajouta Gerbault. La route coloniale n° 1 est très difficile, vous le savez bien, et je ne nous vois pas pousser des milliers de malheureux à l'emprunter. Ce serait d'ailleurs provoquer une panique générale.

— La panique ? Mais elle est déjà dans nos murs, lieutenant-colonel ! » s'écria Dupin en se levant de son siège pour aller ouvrir l'une des hautes fenêtres de la salle, provoquant la ruée de matières indistinctes charriant vapeurs d'eau brûlante et couches de cendres. Le gouverneur Mouttet fut secoué par une brusque quinte de toux qu'il contint avec peine. Le Béké avait raison : les rues qui avoisinaient la mairie étaient encombrées de populations errantes, convoyant des ballots d'objets personnels les plus hétéroclites. Elles baillaient l'impression de tourner en rond, mais comme au ralenti et les lamentations des enfants insufflaient encore plus de force à leur détresse. Le maire referma la fenêtre, le visage accablé par l'impuissance. Il savait sa ville prise dans une trappe. Il savait qu'aucune des deux solutions envisageables n'était la bonne : rester sur place revenait à se mettre à la merci du volcan ; pousser la population à l'exode, c'était déclencher des mouvements incontrôlables qui pouvaient faire tout autant de dégâts. Le gouverneur s'efforça de conserver sa bonne humeur et, lui tapotant amicalement le dos, lança :

« Allons bon ! N'oublions pas que, dimanche, nous devrons organiser les élections législatives, chers amis ! Ce second tour sera décisif.

— Qui vivra verra ! » ricana Dupin de Maucourt en prenant congé du petit groupe.

XXII

Carnets de philosophie créole

Nous avons décidé de ne pas quitter notre ville. En dépit du désastre imminent. Non, nous ne prendrons pas la route comme ces dizaines d'habitants du Mouillage qui se sont pressés hier matin en direction du Carbet. Qui à pied, qui en carriole, qui par la mer. Virgile peut faire résonner désormais son piston à toute heure sans craindre les récriminations de ses voisins. Vaudran s'est moqué de son père qui n'a même pas voulu emporter ses outils de cordonnier. Quant à notre cher Bonneville, notre Béké au cœur d'or, il nous a lancé sans bravacherie aucune :

« Si nous devons périr, au moins aurons-nous une fin qui retentira aux quatre coins de la planète ! »

À vrai dire, nous avons tiré notre sort à pile ou face à La Belle Dormeuse, *entre les cuisses frémissantes des femmes-matador chez qui toute vie intérieure était déjà éteinte depuis des lustres. Car dans le stupre de leurs regards, tout au fond de leurs yeux glauques, il y a toujours eu une sorte de néant où notre Bohème a pris plaisir à s'abîmer. Elles ne sont ni fatalistes ni résignées. Elles font corps avec l'En-Ville, avec sa morriña, comme disent les Galiciens, cette langueur sauvage qui vous étreint au plus fort des rires et des débauches. Cette énergie mélancolique, selon l'expression de Lafcadio Hearn. Nous avons joué notre destin à pile ou face. Sans forfanterie. Parce que c'était l'unique et raisonnable solution. Nous qui n'avions pour l'avenir qu'un formidable mépris et qui nous apprêtions à entrer dans l'âge d'homme à reculons.*

Pile : nous nous enfuirions. Face : nous resterions sur place à attendre l'explosion du volcan. C'est à la pulpeuse Hermancia que nous avons demandé de lancer la pièce. Interdite et ignorante de l'enjeu, elle nous a regardés tour à tour avant d'éclater d'un rire plein de fôlaison.

« Attention, nous a-t-elle avertis de sa voix si cristalline qu'on jurerait l'eau matinale qui dégouline d'un toit de tôle. Je ne connais pas l'objet de votre pari, messieurs, mais sachez que je suis née sous une mauvaise étoile. Je tombe toujours sur face ! »

Nous l'avons forcée à boire plus que de raison ces boissons que d'ordinaire la tenancière interdisait à ses pensionnaires. Nous l'avons pelotée, dorlotée, chahutée, embrochée de nos verges raidies par l'effroi et quand elle a fini par s'exécuter, nous avons instinctivement fermé les yeux. Nous avons entendu la pièce de monnaie dégringoler sur les carreaux et rouler de-ci de-là dans un zigzag interminable. Et Hermancia de nous dicter le verdict :

« Messieurs, je vous avais prévenus, foutre ! »

Je bois, je chante, je joue aux cartes, gaspillant les rares deniers qui me restent encore. Monsieur de Saint-Jorre a envoyé ses deux garçons et son épouse en Guadeloupe afin de les mettre à l'abri et a baillé congé à ses travailleurs. Désormais, l'Habitation Parnasse n'est que silence. Ni gazouillis d'oiseaux dans les champs abandonnés ni aller-venir bringuebalant des tombereaux. Même pas le raclement d'un coutelas que l'on aiguise sur une meule. Rien. Le maître des lieux, en me remettant mon ultime salaire, m'a embrassé sur le front tel un père et m'a murmuré :

« Je ne sais pas si nous nous reverrons, monsieur Danglemont, mais je tiens à vous remercier pour tout ce que vous avez apporté à mes garnements de fils. Ils auront bien besoin d'un brin de philosophie dans la nouvelle vie qui les attend. Que Dieu vous protège ! »

Il caressait sa lunette d'Italie désormais inutile, car les brouillards de cendres qui stagnaient sur toute la région depuis un lot de jours empêchaient qu'on y vît à vingt mètres. Le Béké avait le triomphe modeste. Eût-il été un nègre ou un mulâtre, on l'aurait assurément vu gambader partout en s'exclamant :

« Vous voyez, bonnes gens, j'avais raison ! Louis de Saint-Jorre avait vu juste : notre montagne débonnaire a toujours été un volcan féroce prêt à déverser sa lave. »

Au moment de nous séparer, il m'a encore retenu un peu :

« Jeune homme, c'est au mitan des circonstances exceptionnelles que l'on perçoit le plus clairement la vérité des choses. J'ai parcouru quelques-uns des ouvrages que vous faisiez étudier à mes fils... Je tenais à vous dire que Diderot et surtout Condorcet sont de très grands penseurs. Ce qu'ils ont écrit à propos de l'esclavage des nègres m'a bouleversé. Je n'en ai pas dormi durant des mois. Merci encore ! »

Je savais tout cela. Louis de Saint-Jorre avait fait scandale au Cercle de l'Hermine en citant cette phrase de Condorcet que ses pairs avaient prise pour une provocation d'homme abordant les rivages de la sénilité :

« Il n'est pas prouvé que les îles d'Amérique ne puissent être cultivées par des Blancs. À la vérité, les excès de négresses et de liqueurs fortes peuvent rendre les Blancs incapables de tout travail. »

Le maître du Parnasse était pourtant logique avec lui-même : Saint-Jorre réprouvait les unions illégales d'hier entre maîtres blancs et femmes esclaves tout autant que celles d'aujourd'hui entre négociants ou planteurs et femmes de couleur. Tout cela était dû, selon lui, à ce qu'aucun effort réel n'avait été fait, au XVIIe *siècle, pour acclimater les engagés de Normandie et du Poitou et que ses ancêtres les colons étaient tombés dans la facilité en important des Africains. Cette position, hautement affichée, le faisait passer dans certains milieux pour un adversaire de l'institution esclavagiste !*

À Saint-Pierre, j'ai la surprise de constater que l'essentiel de la population a choisi elle aussi le côté face. En dépit de quelques mouvements de panique ici et là et du départ d'une petite centaine d'habitants, les Pierrotins sont restés sur place, stoïques, jouant parfois les Artaban : ne voit-on pas, rue Bouillé, des femmes sortir sur leur seuil de maison pour applaudir chaque fois que le volcan tonne et crache ses roches de feu ? Certaines s'écrient :

« Tout ça, c'est beau ! »

Marie-Égyptienne, ma négresse de carnaval, ma lessivière adorée, m'attend au pied de mon meublé. Elle affirme se tenir là depuis quatre jours et me saute au cou, non de joie, déclare-t-elle, mais de fierté. Elle m'avait mal jugé ! Elle était persuadée que j'avais fui l'En-Ville, que j'avais embarqué comme un vulgaire capon à bord du Topaze *ou de* La Perle *pour trouver un refuge plus sûr à Fort-de-France. Elle tente de me regarder dans les yeux bien que cela soit devenu chose quasiment impossible, car nous peinons tous deux à maintenir nos paupières ouvertes. La cendre brûlante dévore nos regards. Égrafigne notre peau. Ronge nos pensées les plus intimes. Nous métamorphose en statues de sel.*

Attrapant quelques passants, elle organise un défilé du Mardi gras, entonne un chanter paillard qui m'émeut. Se serre tout contre moi et se met à se trémousser, déclenchant dans chaque parcelle de mon corps des ondées de plaisir. Ses aisselles sont un puits où s'abreuve ma bouche. Sa sueur a goût d'ambroisie. Je l'étale dans la courette d'une maison de commerce, sur une pile de sacs en guano, et je m'en repais jusqu'à plus soif. Si nous devons mourir, que ce soit au mitan du plaisir le plus extrême !

Dans le meublé dont je suis désormais le seul locataire (le couple de Chinois s'est suicidé après une énième dispute il y a deux jours), ma logeuse a perdu comme par enchantement sa sempiternelle hargne. J'eus la surprise de la voir m'apporter un bol de chocolat à la cannelle en guise, disait-elle, de réconciliation. L'heure n'est plus à l'inimitié entre les humains. Dieu a sonné la dernière heure de cette ville de stupre et il est bon que chacun gagne sa place au purgatoire en expiant sans plus tarder ses péchés. Je n'ai commis que des fautes vénielles, cher monsieur, des médisances, des lâchetés à répétition, des colères sans raison, mais reconnaissez que je ne suis pas une mégère, sinon vous ne me devriez pas quatre mois de loyer. Je reconnus ce qu'elle voulait, acceptai même un baiser, bus avec délices son chocolat et, après un bain chaud, m'enfonçai avec félicité entre les draps propres qu'elle avait changés en mon absence. Ouvrant avant de m'endormir un paquet que Heurtel m'avait expédié de Paris, je découvris L'Encyclopédie ou Dictionnaire raisonné des sciences, des arts et des métiers *de Diderot et d'Alembert dans l'édition originale de 1791. Sacré Heurtel, va ! Je l'avais informé par câblogramme de l'humeur de la montagne Pelée, et loin de m'inciter à le rejoindre dans son fameux lycée où, m'assurait-il, je n'aurais aucune peine à décrocher un poste, le bougre m'envoyait de la lecture pour plusieurs mois. En feuilletant l'encyclopédie, je tombai sur un article qui me révéla l'origine de cette curieuse habitude qu'avait Rose-Joséphine lorsque son humeur était maussade :*

« On rencontre dans plusieurs montagnes de la Martinique et ailleurs de petits amas d'une terre couleur de cendre blanchâtre, fine, compacte, en consistance de pierre, ayant quelque rapport à la marne, mais plus dure ; elle se broie et craque entre les dents, sans être sablonneuse ni pâteuse, à peu près comme de la terre à pipe cuite ; les nègres la nomment taoüa ; ils la mangent avec une sorte d'appétit qui dégénère en passion si violente qu'ils ne peuvent se vaincre, malgré les dangers auxquels l'usage de cette terre les expose, ils perdent le goût des choses saines, deviennent bouffis et périssent en peu de temps. On a vu plusieurs hommes blancs possédés de la manie du taoüa ; et j'ai connu deux jeunes filles en qui le désir, si naturel à leur sexe, de conserver les grâces, se trouvait anéanti par l'appétit de ce funeste poison, dont un des moindres effets est de détruire l'embonpoint et de défigurer les traits du visage. »

Se pouvait-il que ma petite bonne allât chercher cette terre au cœur même du volcan ?

XXIII

Dit de Syparis

On les avait criés les Mauvais. Eux, c'étaient Blancs-France de basse extraction. Tout un etcetera de marloupins et de maroufles dont les yeux borgnes ou les bras coupés témoignaient des exploits passés dans la vieille Europe. Blancs-manants embarqués à La Rochelle ou à Bordeaux, voire de Liverpool, pour fuir la justice. Ou par peur de la fin du siècle. Des devins n'avaient-ils pas prédit que seules les Amériques réchapperaient à la fin du monde ? Là-même, on a vu qu'ils avaient tourné leur dos au Bondieu puisque pièce tremblade de la terre n'effrayait leur cœur. Ils pissaient même en direction du volcan avec leurs braquemarts roses si-tellement comiques. Ils rigolaient leur compte de rigoladeries et se gourmaient avec tout le monde pour une chopine de tafia, un paquet-cigarettes ou quoi que ce soit d'autre. Qu'est-ce qu'ici-là ils étaient venus chercher ? Pourquoi débarquaient-ils leurs corps par grappes de dix ou vingt dès qu'un bateau de France bordait Saint-Pierre ? Moi, ils ne m'ont pas fait de mauvaisetés, ni joué les forts en gueule, ni dérespecté ma manman. On est tombés d'accord en cinq-sept. Bons zigues, foutre !

Leurs cocos-yeux étaient terribles, oui. Ils avaient couleur de caïmite. Des yeux violet sauvage, qui vous amarraient sur place quand votre regard tombait par malheur dans leur regard. Leurs titres aussi étaient des injuriées : Gervais-Gueule-de-Requin, Florent-Baise-ta-Mère, Marcel-la-Guillotine et ainsi de suite, oui. Ils n'avaient pas de point de chute. Tout leur était matelas et couchage. Partout était à eux. Les jardins de la cathédrale, les salles du Grand Marché, les ruelles du Mouillage, les arrière-cours de Fond-Coré. Sur la terre nue, ils dormaient, ivres comme de vieux macaques, et jamais ils ne lavaient leurs figures pouilleuses. Ni à la mer ni dans l'eau pourtant devenue chaude de la Roxelane.

Mais puisque leur peau était blanche comme du linge, personne ne leur faisait de remontrances. Pièce sergent de ville ne leur mettait menottes et la geôle, ils connaissaient pas. Saint-Pierre était désolée avec eux, oui. Désolée même. Les gens de bien demandaient : c'est ça que le siècle nouveau nous a apporté alors ! Mais les chefs des partis politiques leur baillaient de bons jobs, comme d'aller casser les réunions de leurs adversaires. Les Mauvais enrôlaient leur corps au plus offrant et au jour le jour. Tantôt pour les Blancs créoles tantôt pour le Parti mulâtre. Ils s'en foutaient pas mal, les Mauvais. Tu les paies et ils foncent droit dans la foule qui écoute Marius Hurard, ils hurlent dès que l'avocat Lagrosillière ouvre sa bouche ! Ils tapent du pied sur le pavé ! Ils cognent autour d'eux ! La bacchanale s'installe en une miette de temps, oui. Et puis, c'est la débandade ! Le lendemain au soir, les mêmes enragés viennent brailler dans les assemblées des Blancs : « Vive la République ! À bas la caste des planteurs ! » Et c'est à nouveau un seul héler-à-moué, un seul ouélélé. Les gens maugréaient :

« Hon ! Ces élections législatives là, elles sont mal parties. »

Tu ne peux pas désobéir aux Mauvais. Pas même Barbe Sale, le géant couleur d'hier soir. Pas même Anthénor Diable-Sourd, qui les regarde le bec coué. Car ils sont des Blancs. Quand la nuit est par terre, ils t'obligent à partager le fruit de ta journée. Ils volent ce que tu as volé, chapardent ce que tu as chapardé et te menacent même :

« Écoute, nègre puant, si t'as l'audace d'aller te plaindre, on te les coupe ! »

Tout le monde a une peur-cacarelle des Mauvais. Eux et le volcan qui gronde sans arrêt, c'est même calamité. Quand les vieilles femmes croisent leur route, elles dévient en arrière vitement-pressé à-quoi-dire des crabes-c'est-ma-faute. Les filles savent, elles, que leur virginalité est perdue. Elles clôturent leurs yeux derrière leurs bras et attendent que les Mauvais les déshabillent en déchirant leurs hardes. Elles chignent lorsqu'ils enfoncent leurs pilons dans leurs foufounes, tout debout, contre un mur ou un parapet. Ou parfois par terre. N'importe où. Un jour, un commerçant du Mouillage a égaré ses nerfs. Il a tiré une balle dans le mitan du front d'un Mauvais qui le dévalisait. La cervelle a sali le magasin. Le sang a baigné les caniveaux des alentours. Au même instant, le ciel est devenu noir en haut de nos têtes et le volcan s'est mis à gronder. Les frères du Mauvais ont mis le magasin en poudre et brisé en deux les os du boutiquier. La maréchaussée n'a pas réagi. On a fermé l'endroit avec des scellés et on a laissé la veuve et ses six marmailles à leur malheur. Marcel-la-Guillotine m'a attrapé par le collet et m'a crié dans la figure :

« Toi, t'es pas comme les autres. Tu nous respectes, ça se voit. Tu enlèves cette foutue cendre sur ta peau dès que tu peux alors que les autres, ils s'amusent à jouer aux Blancs. »

Cette poussière jaillie du volcan les mettait dans une enrageaison terrible. Ils n'aimaient pas qu'elle s'étale partout et qu'elle dispose tout le monde sur un pied d'égalité. Et puis, ils s'irritaient de tousser, de cracher tout le temps un flume épais qui sortait du tréfonds de leurs poumons. Lorsque nous apercevions de gigantesques croix dorées se dessiner sur le couvercle de la nuit, ils fronçaient les sourcils d'agacement :

« Les nègres, z'avez trop d'imagination. C'est des étoiles filantes. Rien qui vaille la peine ! Foutez-nous la paix avec votre histoire de volcan, mordieu ! Et vive les Amériques ! »

La Guillotine m'avait enrôlé dans sa bande sans me demander mon avis. Il avait déclaré à ses frères : ce nègre-là, il a une bonne tête et puis, il connaît les coins et recoins de Saint-Pierre, il nous sera utile. J'ai pas eu assez de cœur pour refuser. Mes jambes farinaient sous le poids de mon corps quand je devais passer près d'eux. Mes doigts dansaient la bamboula. Je chiais sur moi. La Guillotine m'a averti :

« Trouve-nous un bon coup dans les deux jours qui viennent, mon gars, sinon sh-sh-la-lak ! »

Et de tracer une ligne féroce sur ma gorge avec son couteau. Une ligne qui reliait mes deux oreilles. Il m'a mis à genoux et l'un de ses bourreaux a collé un pistolet sur ma tempe. Le bougre a appuyé cinq fois sur la détente. À vide. J'ai cru que mes entrailles allaient exploser tellement la cacarelle me secouait. Alors, j'ai promis tout ce qu'ils voulaient. Oui, je connaissais l'endroit où le Grand Blanc de Maucourt avait serré son trésor. Oui, je les emmènerais là-bas, dans le parc de sa villa du quartier du Fort. Oui, je ferais taire les chiens avec une poudre de quimboiseur qui endort. Oui ceci, oui cela.

Or donc, foi de Syparis, je témoigne que, au cours du premier carnaval du siècle, les Mauvais dépassèrent les nègres en matière de vagabondagerie. D'abord, ils furent estomaqués par le déferlement des nègres-gros-sirop, des masques-la-mort et des

Marianne-peau-de-figue depuis La Galère. Eux d'ordinaire si arrogants, ils se mirent à coquiller leurs yeux à-quoi-dire des enfants innocents. Ils répétaient en s'entre-regardant, incrédules : c'est quoi, ça ? C'est quoi cette folie qui s'empare même des infirmes et des vieux-corps presque centenaires ? Bousculés, hués, moqués par la foule, ils roulaient de-ci de-là, de la place Bertin au marché du Mouillage, de l'Asile Bethléem à la rue Monte-au-Ciel, sans voix, incapables désormais d'imposer leur volonté à quiconque. Ils se signaient même, le visage déformé par l'horreur, lorsqu'ils croisaient des cochons déguisés en monsieur-l'abbé ou des pantins affublés de cornettes ma-sœurs. Frédéric Le Bihan, qui était après tout leur compatriote quoiqu'il fût installé à la Martinique depuis une bonne dizaine d'années, s'imagina qu'il tenait l'occasion de les ramener dans le droit chemin. Lui aussi avait eu maille à partir avec eux. Combien de fois Marcel-la-Guillotine ne s'était-il pas gaussé de sa femme noire comme le péché mortel et de sa tralée d'enfants de toutes les couleurs ! Tu es la honte de la race blanche, lui avait lancé un jour le croquant ! C'est à cause de toi que ces singes habillés s'arrogent le droit de parler aussi fort que nous autres. T'es devenu l'esclave de cette Africaine ou quoi ? Tu te fais charpentier, maçon, boucher, ébéniste, cordonnier en même temps juste pour lui acheter des colifichets et bailler de la boustifaille à ses petits monstres. Pouah ! Pourtant, Le Bihan avait refusé tout net de rejoindre les bandes de Mauvais qui écumaient l'En-Ville. Il subissait sans broncher les humiliations quotidiennes qu'ils lui infligeaient et s'ingéniait même à ne parler que le créole pour s'en distinguer aux yeux de la population. Arrête ce charabia ! lui gueulaient-ils lorsqu'ils le rencontraient dans quelque estaminet du Pont de Pierres. Tu sais plus causer le bon français ou quoi ? T'es un nègre blanc à présent, espèce de Breton de merde !

Le Bihan les arraisonna le Mardi gras, non loin de la Maison Coloniale de Santé, alors qu'ils suivaient, plus ébaubis que jamais, ma démonstration de chef des diables rouges. Pour les impressionner encore davantage, je faisais virevolter mon fouet au-dessus de ma tête en poussant des « Aboubou-dia ! » tonitruants avant de frapper les pavés qui lochaient par endroits sous l'effet du choc. L'ancien marin proposa à Marcel-la-Guillotine et à ses sbires de l'accompagner à la plaine de La Consolation afin de faire pénitence au pied d'une Vierge qu'il disait lui avoir sauvé la vie. S'agenouiller aux pieds de la Madone de la Consolation était, affirma-t-il d'un ton grave, le seul moyen pour eux d'échapper aux feux de l'enfer qui attendaient tous ceux qui participaient ou assistaient au carnaval de Saint-Pierre.

L'histoire qu'il conta aux Mauvais chemin faisant était connue de tous. Il l'avait ressassée cinquante-douze mille fois à *La Taverne de la Flibuste*, quand la nostalgie de son cher crépuscule breton l'étreignait. À la suite de larcins qu'il avait commis dans son village natal, Le Bihan fut contraint de s'engager comme simple matelot sur un morutier qui passait quatre mois dans les mers glacées de Terre-Neuve, alors même qu'il n'avait jamais voyagé et que seul le travail de la terre lui était familier. À bord, il vécut des jours de souffrances, d'amertume et de découragement. Il devint vite le souffre-douleur de l'équipage. À Terre-Neuve, les rudes marins du pays ne lui firent aucun cadeau. Haler cordages, préparer appâts, larguer les filets, descendre des tonnes de morues à fond de cale, tout lui était bon et s'il faisait mine de prendre un brin de repos, le quartier-maître le houspillait et parfois le faisait mettre aux fers. Sans nourriture. Sans couverture pour se protéger du froid glacial qui traversait la coque. Mais Dieu est juste et la Vierge Marie se charge de faire appliquer sa justice, déclara sentencieusement Le Bihan aux Mauvais. Un beau jour, celle-ci lui offrit la possibilité d'entrevoir une vie meilleure : un armateur proposa à son bateau de convoyer des caisses de morue séchée aux Antilles, à Saint-Pierre de la Martinique, ville que tous les marins qu'il avait rencontrés décrivaient comme rien moins qu'un enchantement. La traversée de Terre-Neuve vers ces îles du Sud fut le premier changement notable de sa misérable existence. Un chaud soleil et une mer d'huile les accompagnèrent et tout l'équipage, qui se soûlait au rhum, était d'excellente humeur. Le capitaine, qui avait traité jusqu'alors Le Bihan pis qu'un chien, lui demanda même conseil, n'ayant jamais navigué dans les mers chaudes et s'inquiétant de possibles typhons qui éclataient, lui avait-on dit, à n'importe quel moment et même par beau temps. Car Le Bihan était un liseur. Aux escales, jamais il ne descendait à terre pour s'encanailler comme ses camarades. Il s'enfermait dans un cagibi de l'entrepont avec des livres de géographie illustrés qu'il avait trouvés par hasard dans une vieille malle. On s'était gaussé, bien entendu, de ce que le quartier-maître avait nommé un vice de femmelette. Pourtant, grâce à ses lectures, Le Bihan permit à son bateau d'éviter les récifs des Bahamas, les courants tourbillonnants de l'île de la Tortue, les lianes traîtresses de la mer des Sargasses, la masse oblongue de l'île de Saba souvent masquée par la brume. Au débouché de septembre, ils furent en vue de l'île de la Dominique et très vite de Saint-Pierre, leur destination finale.

Un cyclone sans papa ni manman fessa leur navire sur les falaises de Grand-Rivière et fit dériver ce qui restait de sa carcasse jusqu'à l'Anse Couleuvre. Le Bihan avait supplié la Vierge Marie de lui garder la vie sauve tandis que ses compagnons de bord s'étaient mis à jurer comme de beaux diables. Ils avaient connu des tempêtes au large de la Bretagne, des vagues monstrueuses de quinze mètres de haut. Affronté des hivers rigoureux dans les eaux terre-neuviennes quand des tourbillons de neige obligeaient l'équipage à déserter les ponts et à se réfugier à fond de cale. Ce n'était pas cette agacerie tropicale qui les ferait mettre genoux à terre, mille sabords !

Il n'y eut pourtant qu'un seul survivant : Frédéric Le Bihan, le réprouvé du village de Trébeurden. Il erra dans les bois des jours durant, échappant aux serpents et aux araignées-matoutou, se nourrissant de baies amères dont il ignorait les noms. Jusqu'à ce qu'il finisse par buter sur un vieux paysan qui accepta de le conduire en la ville de Saint-Pierre. Ce lieu tant rêvé était enfin devant lui ! Sa frénésie l'enthousiasma. La beauté de ses femmes le figea sur place à chaque coin de rue. Mais personne ne parut s'intéresser à son sort et les détails de son naufrage n'étaient que distraitement écoutés dans les tavernes du port. Si le cyclone avait été sans effet sur les maisons de pierre du mitan de Saint-Pierre, il avait ravagé en revanche les cases des quartiers plébéiens. De plus démunis et désorientés que lui faisaient la queue de bon matin devant la mairie pour y recevoir des vivres et il lui fut impossible de s'entretenir avec quelqu'un de bien placé. Le Bihan trouva finalement refuge au Jardin Botanique, dont les arbres centenaires avaient résisté, pour la plupart, à la fureur des cieux. Un pied de magnolia devint son abri préféré. L'immaculé de ses fleurs avait le don de lui procurer espoir et apaisement. C'est là qu'une grappe de nègres désœuvrés était venue le chercher. Sans qu'il en saisisse l'exacte raison, les bougres voyaient en sa personne une sorte de messie ou de mage. Ils l'avaient conduit à la plaine de La Consolation, où ils l'avaient sommé de sculpter la figure de la Vierge à même le tronc d'un arbre gigantesque qu'ils désignaient sous le curieux nom de grand Saint-Alésin [1]. Ils lui avaient tendu un portrait naïf de sainte Rose de Lima, la première sainte créole, affirmaient-ils, afin qu'il la reproduisît. Au couteau et au burin, pendant trois semaines, sous le regard sourcilleux de ces gredins, Le Bihan avait déployé un art qui l'étonna lui-même. Il se savait habile de ses dix doigts, mais ne se soupçonnait point tant de talent. Il comprit alors que cette tâche n'avait été que l'hommage à celle qui l'avait sauvé du naufrage.

À mesure que son ouvrage avançait, toutes qualités de gens venaient l'observer. Des femmes âgées, la tête recouverte de mantilles, missel à la main. Des lessivières qui se tenaient jambes largement écartées pour garder en équilibre les lourds paniers de linge juchés sur le devant de leur tête, fortes femmes qui urinaient sans façons quand le besoin les tenaillait. Parmi elles, une négresse féerique, Marie-Égyptienne, qui le fixait durant des heures sans jamais ciller des yeux ni ouvrir la bouche. Le visage radieux. Le jour où les nègres jugèrent que la sculpture était à leur goût, ils organisèrent une étrange cérémonie qui laissa Le Bihan pantois. Aux pieds de la Madone de la Consolation — tel fut le vocable par lequel ils la désignèrent —, ils déposèrent des calebasses de viande salée et de légumes du pays. Sur des feuilles de bananier, ils étalèrent des fruits extraordinaires dont ils révé-

1. Note du traduiseur : ce pied-bois ne paye pas de mine, mais si tu portes un bout de son écorce sur toi, c'est protègement, oui.

lèrent, en s'esclaffant, le nom au marin breton : pommes-liane, prunes de Cythère, cachimans-cœur-de-bœuf, icaques, goyaves, corossols, fruits de la passion, caïmites. Une-deux bougies illuminèrent l'offrande. À la nuit tombée, ils dansèrent au son du tambour autour de la sculpture de sainte Rose de Lima et burent du rhum par chopines entières. Certains forniquèrent à même le sol, changeant de femelle comme par jeu. De ce jour, l'endroit devint un lieu de pèlerinage pour la négraille. On y venait — à la grande horreur des autorités ecclésiastiques — solliciter la sainte créole pour des maladies inguérissables ou des chagrins d'amour. Il se disait que le seul fait de toucher son visage avait le pouvoir de vous apporter protègement contre la déveine, cette déveine qui poursuit le nègre depuis la nuit des temps et qui fait de sa vie un interminable chemin de croix.

Les Mauvais écoutèrent, abasourdis, le récit de Le Bihan. Aucun d'entre eux n'osa approcher de trop près le grand Saint-Alésin, dans les frondaisons duquel s'ébrouaient des créatures invisibles. Des âmes en perdition, leur révéla Le Bihan. Des nègres qui avaient volé, pillé, violé ou tué l'entier de leur vie et auxquels l'enfer chrétien lui-même avait fermé ses portes. À chaque carnaval, le marin conduisait les Blancs-manants au pied de l'arbre et Marcel-la-Guillotine lui posait à chaque fois la même question :

« Pourquoi tu nous as emmenés ici ? »

Le Bihan ne répondait pas. L'année du réveil du volcan, quand la Pelée s'était mise à vomir ses cendres visqueuses et ses fracas de roches, l'arbre prit une blancheur inquiétante, presque cadavérique, mais il ne céda pas à ses coups de boutoir, au contraire de ses voisins qui se retrouvèrent tous étêtés. Le Bihan s'agenouilla aux pieds de sainte Rose de Lima pour prier. D'une voix rauque, il demanda à sa protectrice d'épargner la ville de Saint-Pierre et ses habitants qui l'avaient si hospitalièrement accueilli. De garder la vie sauve à son épouse, la négresse-Congo N'Guessa, qui lui avait baillé douze marmailles au teint café au lait dont il n'avait que motif à se féliciter, en dépit des sarcasmes des Blancs.

« Pourquoi faire ? » répéta à nouveau le chef des Mauvais, des éclairs de rage dans les yeux.

De guerre lasse, la bande bouscula le marin breton et s'employa à insulter sainte Rose de Lima, à lui cracher au visage, à lui pisser dessus, à lui lancer des mottes de terre mêlée de boue volcanique. C'est ici qu'on fera notre carnaval à nous, décrétèrent-ils en chœur. Y a pas que les nègres qui savent s'amuser, tonnerre de Brest ! Le Mardi gras se passa en bacchanales. Le mercredi des cendres fut orgie. Au matin du jour suivant, une pluie fine, entêtante, se mit à tomber sur la plaine de La Consolation. Une pluie de sang...

XXIV

Jeudi 8 mai 1902

La mer se drape d'un énorme voile de deuil. Au-dessus d'elle flotte un nuage craché par le volcan dans une secousse si-tellement terrible que l'on sent l'île vaciller sur sa quille. Inexplicablement, il ne s'est pas arrêté à l'en-haut des maisons de pierre ni n'a largué roches enflammées et jaillissements de cendres aux morsures scélérates. Il s'est posé à l'exact de la rade, noyant dans une obscurité complète la dizaine de bateaux étrangers qui s'y trouvent encore. Le contraste est saisissant entre la ville éclatante de lumière surmontée de son dôme azuré et les flots qui ont pris la couleur d'hier soir. On s'agglutina sur les pontons du Gouvernement et de la Compagnie Girard afin de contempler l'incroyable phénomène. Seul le géant Barbe Sale ne le considérait pas d'un bon œil, car l'embellie gênait ses activités de pillard, d'autant que la troupe avait désormais ordre de tirer à vue. Les Mauvais, ces Blancs-manants dont il avait réussi à prendre la tête, éructaient des insanités à l'endroit du ciel trop calme, trop bleu en ce matin de la fête de l'Ascension. Une ondée matinale avait nettoyé l'entour de la ville et les devantures des magasins de commerce brillaient d'une manière insolite. Cela ne s'était pas vu depuis janvier.

« Ce mystère de la nature, il a été annoncé dans l'Almanach Bristol ! déclara Marie-Égyptienne. C'est le seul livre que je lis. Non seulement il ne dit que la vérité, mais il prévoit aussi les choses à venir. »

La négresse avait fini, la veille au soir, par vaincre sa timidité pour aller frapper à la porte du meublé où habitait Pierre-Marie Danglemont. Sa case, au quartier La Galère, avait été emportée et son beau lit à baldaquin déchiquetaillé par le mur de boue qui avait anéanti l'Usine Guérin. Elle ne voulut point pleurer. C'était peut-être là le signe qu'une autre vie commençait pour elle. Il y avait beau temps que son double métier de lessiveuse et de préparatrice de repas en gamelle l'interbolisait. L'eau froidureuse de la Roxelane lui enserrait le bol des genoux dans une sorte d'étau quand elle s'agenouillait entre les roches pour frotter le linge. Elle sentait un frisson zigzaguer jusqu'à son cerveau et ne pouvait plus articuler un seul mot jusqu'au mitan de l'après-midi, après qu'elle eut mis à l'ablanchie deux pleins paniers de hardes sales. Ses consœurs interprétaient son silence comme de la comparaisonnerie, ce qui veut dire manières hautaines et prétentieuses, alors que toutes purgeaient sous le poids de la même misère. Toutes quémandaient un quignon de pain aux chiens lorsque les bourgeois ne leur baillaient pas de travail. Il est vrai que Marie-Égyptienne était l'unique lessivière à n'avoir pas une tiaulée de marmailles à nourrir : elle les supprimait dans son ventre à l'aide de décoctions diaboliques. Et puis, n'était-elle pas la femme-dehors préférée du Grand Blanc Dupin de Maucourt ? De méchantes langues prétendaient qu'elle l'avait tout bonnement ensorcelé en lui faisant boire l'eau de sa toilette intime, un jour que le Béké cherchait à La Galère son homme de main, ce bandit de grand chemin qui crevait, à l'heure présente, dans un cul-de-basse-fosse pour avoir assassiné son rival, un boulanger pourtant point déshonnête du Morne Dorange.

Syparis attendait en effet la mort, stoïque, délivré de ses tourments, car il avait enfin vengé son honneur. Personne n'avait été autorisé à lui rendre une dernière visite, ni le père Baudouin pourtant en charge des âmes des condamnés à mort, ni son compère Pierre-Marie. Marie-Égyptienne eut un haut-le-cœur en apercevant dans la cour de la prison le gibet que deux Mauvais étaient en train de rafistoler. La direction l'avait fait mander pour préparer les repas des prisonniers, la majorité du personnel ayant fui dans les communes limitrophes du Carbet et de Fond Saint-Denis. Il ne restait plus sur place que le directeur, un Européen blafard, et deux geôliers nègres qui se soûlaient dès le matin pour contrecarrer la peur panique qui les étreignait depuis que les

Aaa-hong ! Aaa-hong ! du volcan avaient commencé à se faire plus assourdissants.

« On dirait un monstre en train d'accoucher ! avait chuchoté un des gardiens à Marie-Égyptienne.

— Vous avez peur de votre ombre, vous les hommes. S'il n'en tenait qu'à nous, il n'y aurait pas ces cohortes de gens qui abandonnent la ville pour aller se réfugier je ne sais où. Vous n'êtes tous tant que vous êtes qu'une bande de capons ! Moi, Marie-Égyptienne, je ne quitterai jamais Saint-Pierre. Jamais ! »

Et en chantonnant *Do ! L'enfant do !* la lessivière se mit à préparer le dernier repas de Syparis. Elle n'avait même pas demandé à connaître le menu qu'il avait choisi : elle avait la certitude qu'il n'aurait rien supporté d'autre que des bananes naines accompagnées de tranches de morue séchée. Ce manger simple, ce manger de tous les jours qui vous permet de tenir le cœur et d'accorer l'estomac, manière de défi à cette misère quotidienne qui étranglait La Galère sous son emprise depuis toujours. L'allégresse de Marie-Égyptienne n'était point feinte. Elle n'était pas plus quelque moyen pour la lessivière de contenir la peur qui s'était tapie derrière ses déclarations fanfaronnesques depuis quelques jours, chose que son orgueil de négresse-debout se refusait à admettre. Cette allégresse était l'effet de la soudaine réalisation du grand rêve de sa vie. Un rêve qu'elle avait clamé des années durant lorsque le dimanche de beau matin, elle remontait la rue du Petit-Versailles, un large panier sur la tête, pour récolter les hardes sales des bourgeois. Le jeune mulâtre s'était obstiné tout ce temps-là à lui refuser le moindre vêtement, prétextant préférer s'en occuper lui-même, mais il avait toujours pris un visible plaisir à marivauder avec elle depuis sa fenêtre, provoquant l'ire de la propriétaire du meublé pour qui Marie-Égyptienne n'était qu'un assemblage de canaille-racaille-vagabondaille, selon une expression de son invention.

« Il est sans doute grand temps qu'on se mette ensemble, toi et moi, lui avait déclaré Pierre-Marie, sans dérision aucune dans la voix. Le carnaval, ça ne peut pas durer toute la vie ! »

La négresse entendait chacun de ces mots résonner dans sa tête et se les répétait à voix haute, ivre de bonheur, ce qui augmentait son ballant et sa dextérité à éplucher cette patte de bananes naines qu'elle avait dérobée dans un jardin créole. Les fruits en étaient rabougris, durcis sous les pluies de cendres incessantes de ce mois de mai et la peau noircie par endroits. Elle calcula qu'il lui faudrait les cuire au moins deux bonnes heures et quand le directeur de la geôle venait s'enquérir de l'état d'avancement de sa préparation, l'exécution de Syparis étant prévue pour huit heures trente ce matin-là, elle le rabrouait :

« Un homme qui va mourir n'est pas un cochon-Noël, même si c'est un nègre ! Quand ce sera prêt, je vous appellerai, eh ben Bondieu ! »

Marie-Égyptienne s'était étonnée de ne trouver

ni Saint-Gilles, ni Vaudran, ni Bonneville auprès de l'amour de sa vie. Les événements avaient comme disloqué leur complicité de buveurs de tafia et de récitateurs de poèmes soi-disant grandioses. Pierre-Marie était seul dans sa chambre, une lettre à la main. Sans montrer tristesse ou désemparement, il n'avait de cesse de la relire en marmottant :

« Hon ! Celle-là, elle croira jusqu'au bout que la vie est un jeu... »

Le jeune mulâtre avait fini par raconter à la lessivière son expédition solitaire et insensée, l'avant-veille, sur les flancs de la Montagne en furie qu'il avait escaladée, au mitan des brouillards de suie et des éclairs gigantesques, par la trace des athlètes, dans le but, ô combien chimérique, d'atteindre les bords du cratère de l'Étang Sec. Les profondes brûlures qu'il portait au visage et aux bras témoignaient de sa folle équipée. Marie-Égyptienne n'avait point cherché à en connaître les raisons. Le nom de celle — car elle savait d'instinct qu'il y avait une femme derrière tout cela — qui lui avait écrit cette lettre mystérieuse lui importait peu. À présent, c'était du passé et rien que du passé. Pierre-Marie était sur le point de devenir son homme à elle, ce dont elle avait toujours été certaine.

« *Sé ba'w man lé fè an yich !* » (C'est pour toi que je veux faire un enfant !) avait-elle annoncé au jeune philosophe d'un ton presque triomphal.

Le bougre avait souri. Il s'était approché de la lampe à kérosène qui éclairait sa chambre de nuit comme de jour depuis le début du mois de mai à cause du faire-noir entêté qui régnait dehors et délicatement, consciencieusement, il avait déchiré la lettre en quatre avant d'en brûler les morceaux. Puis il s'était avancé vers elle et l'avait embrassée avec une simplicité qui emporta la lessivière au plus haut des cieux. Comme elle voulait le remercier, il lui avait posé deux doigts sur les lèvres en murmurant :

« Les vrais fils de ce pays, ce sont des gens comme toi et moi qui les feront naître. »

La négresse n'était pas sûre d'avoir bien saisi ce que recouvraient ces paroles, mais celles-ci pesaient d'un tel poids de sincérité qu'elle se colla contre le corps longiligne du mulâtre et disparut entre ses bras. Ils firent l'amour, non pas sauvagement comme à chaque saison de carnaval, mais comme deux créatures humaines qui se portaient mutuellement honneur et respect. Longuement, patiemment. Pierre-Marie s'était montré attentif à son désir, avait su attendre qu'elle atteignît l'extase avant de répandre en elle sa semence bénéfique. Il avait parlé et parlé ce temps durant, chose inhabituelle pour Marie-Égyptienne livrée depuis l'âge tendre aux assauts pleins de grognements et d'éructations salaces du Grand Blanc Dupin de Maucourt. Le Béké avait coutume de débarquer dans sa case, casqué et botté, sans même s'être donné la peine d'attacher son cheval arabe qu'aucun nègre de La Galère n'aurait osé voler. Elle l'entendait soulever le taquet de sa porte en braillant :

« *Ou paré ba mwen, nègres-la ?* » (T'es prête pour moi, négresse ?)

Sans attendre de réponse, il lui tambourinait les fesses en riant avant de la mater sur le lit à baldaquin qui occupait près de la moitié de l'unique pièce de la case. Et qu'elle fût en sueur, pas encore lavée ou au contraire fraîche et pimpante pour s'en aller vendre ses gamelles aux abords de l'Usine Guérin, le Béké la chevauchait sans merci jusqu'à ce que l'effet du bois-bandé, dont il n'avait pas honte d'avouer être un utilisateur fervent, se dissipât. Il sombrait alors dans un sommeil aussi soudain que profond et Marie-Égyptienne devait veiller ce corps blanchâtre, un peu obèse et velu, qui, à ces moments-là, lui faisait horreur. Au-dehors, Syparis montait la garde. Elle l'entendait blaguer avec les passants, enquiquiner les femmes. De temps à autre, il lui lançait :

« *Hé, fanm-lan, boug-mwen an bien ? Pa di mwen ou pété fil tjè'y, non ? Ha-ha-ha !* » (Holà, femme, mon type, il se porte bien ? Me dis pas que tu lui as fait faire une crise cardiaque ? Ha-ha-ha !)

À son réveil, Dupin de Maucourt arborait toujours un masque plein de fureur. N'accordant pas une miette de regard à Marie-Égyptienne, il cherchait avec nervosité ses vêtements et se rhabillait à la va-vite. Sa bouche demeurait fermée dur comme fer. Il hélait son homme de main, qui pénétrait dans la case et félicitait la jeune femme pour la propreté des lieux avant d'exiger un verre de rhum. De Maucourt en profitait pour s'échapper, toujours sans une parole gentille pour celle avec qui il venait de se satisfaire. Syparis déposait sur l'unique table une bourse remplie de grosses pièces de cinq francs et, caressant la poitrine de la jeune femme, lui lançait, hilare :

« Tant que tu resteras aussi bien en chair, ma petite mamzelle, tu ne marcheras pas une main devant-une main derrière. »

Un sentiment de vergogne terrassait Marie-Égyptienne qui demeurait prostrée chez elle tout le restant de la journée. Sans bouger ni manger. Elle en venait à se haïr, aurait voulu s'enfoncer dans le ventre ce couteau de cuisine dentelé qui lui servait à écailler les thazards et les bécunes que lui apportait Milo, un pêcheur de Fond-Coré qui était en amour pour elle mais n'osait se déclarer. Il fallait qu'une voisine s'enquît de sa santé et cognât plusieurs fois à sa porte pour que la négresse acceptât d'affronter la lumière du jour. Elle s'efforçait de prendre alors un air dégagé, de sourire même, mais se dépêchait de rejoindre l'embouchure de la Roxelane, un peu en amont de l'abattoir, où elle s'enfonçait dans l'eau boueuse et demeurait immobile jusqu'à la tombée du soir. Ce bain de purification lui insufflait une énergie nouvelle et on la voyait retraverser La Galère aussi gouailleuse que de coutume, demandant ici les nouvelles d'un enfant alité, plaisantant là avec ces groupes de gabarriers qui jouaient aux dés à la lueur de flambeaux. Une fois habillée de propre, lotionnée et coiffée d'un madras jaune safran du plus bel effet, elle passait de case en case et distribuait aux plus nécessiteux l'entièreté de la bourse que lui avait laissée Syparis. Car mesdames et messieurs, sachez que je ne suis pas une putaine-vagabonde ! Je vis grâce à mes lessives et à la mangeaille que je vends aux ouvriers. Ce peu me suffit. Les colifichets et les anneaux en or ne m'ont jamais fait languir.

Marie-Égyptienne dut allumer un feu entre quatre roches dans la cour de la geôle, non loin du gibet, car le personnel s'était escampé en emportant les clés des cuisines. Ce ne lui fut pas chose difficile, l'endroit était jonché des vomissures récentes du volcan, dont certaines étaient encore rougeoyantes de braise. Elle eut un haut-le-cœur à l'idée de préparer ce repas presque à l'ombre de la sinistre machine qui emporterait dans peu de temps Syparis loin du monde des hommes. Elle se signa vitement-pressé et se concentra sur le coco-nègre dans lequel les bananes avaient commencé à bouillir, libérant une écume blanchâtre et visqueuse. Des hurlements étouffés lui parvinrent des profondeurs du sol. Elle savait Syparis enterré dans un cul-de-basse-fosse, mais elle en ignorait l'emplacement. Le maroufle se lamentait, protestait contre le sort infâme que la justice des hommes lui avait réservé, maudissait Firmine, sa volage concubine, réclamait la présence de Pierre-Marie, exigeait d'avoir son dernier repas servi sur un plateau et non dans une demi-calebasse. Marie-Égyptienne eut beau arpenter la cour et les couloirs attenants, elle ne parvint pas à déceler l'entrée du soupirail. La voix du condamné semblait émaner de partout et de nulle part, de toute la surface du sol qu'elle faisait vibrer.

« Vous avez fini ? » fit une voix sèche d'Européen.

Le directeur de la geôle, escorté de ses deux gardiens, lui intima l'ordre de quitter les lieux. Ils se chargeraient eux-mêmes de porter à Syparis son plat de bananes naines et de morue séchée, ajouta-t-il, car le dossier du criminel venait d'être réétudié à Fort-de-France, où un tribunal l'avait gracié. La lessivière n'en crut pas un mot et ne prit même pas la hauteur de l'enveloppe qui lui était tendue. Qu'ils gardent leur argent ! Elle avait fait cela en l'honneur d'un bougre qui avait certes tous les défauts du monde, mais à qui la vie, comme à elle, n'avait pas laissé la plus infime chance. Chienne de vie, va ! pensa-t-elle au moment où elle se rendit compte qu'elle se trouvait sur le trottoir et qu'il était impossible de circuler dans la ville. Marie-Égyptienne n'avait jamais vu un si grand concours de gens, même au plus fort des carnavals d'antan. Elle dut marcher sur des corps affalés à même la chaussée, bousculer des enfants qui pleurnichaient d'avoir le ventre vide. Elle parvint jusqu'à hauteur de la mairie, mais finit par se sentir vaincue. Cette foule hagarde descendue des mornes, ces citadins apeurés qui se trouvaient à la devanture de leur maison, partagés entre la crainte de se faire piller et la peur de périr ensevelis, ces marins européens qui se frayaient un passage à coups de crosse, ajustant au bout de leur fusil toute personne qu'ils voyaient escalader un mur ou se glisser d'un toit, ces Indiens-Coulis maigres-jusqu'à-l'os qui psalmodiaient dans leur langue étrange, tout ce monde lui faisait un infranchissable barrage jusqu'à la rue du Petit-Versailles où habitait Pierre-Marie.

Sept heures du matin sonnèrent à la cathédrale, mais le ciel demeurait d'un noir violacé. Des craquements sourds et des détonations se faisaient entendre depuis les contreforts du volcan et provoquaient des vagues de panique qui eurent pour effet de repousser la lessivière encore plus loin de son but. Elle remarqua que la plupart des gens s'étaient vêtus de deuil pour se rendre aux messes de l'Ascension. Les quatre églises principales de Saint-Pierre ne décessaient d'ailleurs de faire tinter leurs cloches, mais au lieu du carillon accompagnant ce jour où le Fils de Dieu monta au Ciel, on n'entendait qu'une cacophonie malplaisante. Des grappes de sons rêches, à demi étouffés, qui nimbaient les rues d'une charge de mélancolie. Marie-Égyptienne fut rejetée jusqu'à l'orée de la rue Monte-au-Ciel, aussi grouillante que ses voisines, mais plus facile d'accès à cause de son à-pic. Elle vit se balancer l'enseigne dorée de *L'Escale du Septentrion* que les vents violents de la veille avaient presque décrochée. Au balcon, Thérésine, Loulouse, Carmencita, Mathilde, toutes ces catins dont elle s'était toujours tenue à bonne distance, avaient le regard fixe, la bouche cousue. Véritablement pétrifiées par l'angoisse. Seule la tenancière Man Séssé vociférait contre une bande de soûlards qui tentaient de forcer l'entrée du bousin :

« *Pa ni koké jòdi-a, bann isalop ! Zot pa wè sé Lasansion, ébé Bondié ?* » (Y a pas de baise aujourd'hui, bande de salopards ! Voyez pas qu'on est le jour de l'Ascension, bon sang !)

S'avisant de la présence de la lessivière dans ce grouillis humain, elle lui fit un signe discret du menton, lui indiquant une fenêtre basse qui se trouvait sur l'un des côtés de la bâtisse. Marie-Égyptienne s'y précipita, jouant des coudes et des talons, et s'y engouffra. Elle se retrouva dans le noir le plus absolu. Contre les battants vite refermés des dizaines de poings enragés se mirent à cogner, à marteler, de rage, de désespoir, en proie à une onde de folie quasi inarrêtable.

« Nous n'avons plus de bougies..., dit Man Séssé en lui essuyant le visage. Tu veux à manger ?

— Oui, chère, merci...

— Il ne nous reste pas grand-chose non plus. De la farine de manioc, ça te dit ? Mais n'en avale pas trop parce qu'après tu seras obligée de boire de l'eau et l'eau, tu sais bien, c'est un migan de matières infectes à présent. »

Marie-Égyptienne fut surprise de constater que les ribaudes l'accueillirent comme une sœur. Oubliées les diatribes que la lessivière déversait sur leur compte à travers l'En-Ville ! Pardonnée la hautaineté qu'elle affichait chaque fois qu'elle en croisait une dans les rues. Les filles lui demandèrent de se joindre à elles au balcon et, se tenant ensemble par la main, enlacées, elles se mirent à prier le Très-Haut dans un long murmure contagieux. En bas, dans les escaliers encombrés de la rue Monte-au-Ciel, les gens avaient cessé de se bousculer et de s'injurier : eux aussi unirent leurs voix à cet ultime appel.

Le ciel était d'un bleu farouche, sans le moindre nuage. L'air très pur dans la lumière naissante. Le soleil avait vaincu les brouillards, aidé par des pluies brèves mais violentes. L'emprise du volcan se détachait, imposante, majestueuse même, ses contreforts bien dégagés à la manière d'un géant antique exhibant ses muscles à la face de la plèbe. De sa gueule, on vit pour la première fois s'élever une énorme corolle de fumée blanche striée de filaments vif-argent...

XXV

L'enfantement est brutal. La parturiente voit son ventre se fendre en deux de bas en haut avant d'éjecter un immense champignon blanc qui inflige une calotte au ciel. Le soleil s'éteint net.

*

Barbe Sale, qui voulait regagner sa case à La Galère pour y entreposer son dernier butin (les lustres dorés du Cercle de l'Hermine), se jeta face contre terre, imité par le petit groupe de Mauvais qu'il avait placé sous son joug. Aucun d'eux ne voulait voir...

*

Le fracas est celui de dix mille canons tirant en tous sens. Tangage monstrueux du sol qui cherche à se dérober à l'assaut de la nuée ardente, en vain.

Une cavalerie d'éclairs la précède, la parant de diadèmes éphémères.

*

Pierre-Marie est resté assis sur sa couche et lit, lentement, quelques pages de Sénèque comme pour s'imprégner de la douceur de chaque mot latin. Il a deviné que Marie-Égyptienne ne pourra le rejoindre. Il se sait perdu. Il sait sa ville tant aimée perdue. Mais nulle crainte ne l'assaille, aucun regret ne fait monter en lui le moindre sanglot. Le souvenir même d'Edmée ne déclenche aucun frissonnement. Il est la quiétude faite homme.

*

Le nuage monstrueux se contracte avant de se rouler en boule dans un sifflement si strident que les flancs du Morne Lénard en sont ébranlés. Le dernier rempart de Saint-Pierre chavire sur son socle, prêt à s'écrouler comme une masse.

*

Le Blanc créole Dupin de Maucourt met une dernière main à ses papiers. Il n'a de cesse de se féliciter d'avoir éloigné sa famille en l'île de Sainte-Lucie, quoiqu'il n'ait jamais porté les Anglais dans son cœur. Le négociant s'est fixé un plan très clair auquel il entend se tenir. Évacuer d'abord sur Fort-de-France ce qui peut l'être de son argenterie, de ses tableaux de maître, de sa garde-robe, et surtout ses livres de comptes. Le tout devra être emballé par ses propres soins, ses domestiques s'étant enfuis, et transporté à bord d'une charrette à bras jusqu'au ponton du Gouvernement. Syparis, son homme de main, attendant sa pendaison à la geôle, il aura recours à son commis principal, le câpre Martial, qui a cessé de faire assaut d'élégance vestimentaire. L'employé ne se dérobera pas, crainte de perdre sa position. Faire vider ensuite les barriques de rhum de son magasin d'export afin qu'elles n'explosent pas en cas d'incendie. Dupin n'a pas encore trouvé qui pourrait exécuter cette tâche. Enfin se rendre à pied, par la côte, jusqu'à l'Anse Thurin où un pêcheur l'attendait pour le convoyer à Bellefontaine. Il y possédait une villa sur les hauteurs, d'où l'on apercevait le volcan.

*

La boule de fumée blanche forma un gigantesque champignon qui se mit à rouler avec un ballant effroyable, fracassant tout dans sa dévalée, enjambant les mornes les plus élancés, enveloppant rivières et forêts, comme mue par une seule et unique volonté : celle d'embraser tout l'arc de cercle de la rade de Saint-Pierre.

*

Le Bihan avait rassemblé sa femme, la charbonnière N'Guessa, et sa tralée d'enfants au-dedans de leur maison pour prier. Lui, sainte Rose de Lima, elle, les divinités du Congo. Ni l'un ni l'autre n'étaient réellement inquiets. Lui, parce que la Sainte Vierge lui avait sauvé une première fois la vie lors de ce fameux naufrage qui avait rivé son existence à ce pays. Et parce qu'il avait mis tant et tellement d'amour dans la sculpture du grand Saint-Alésin de la plaine de La Consolation que sainte Rose de Lima ne pouvait que leur jeter un œil protecteur. Elle, l'altière femme d'Afrique au créole guttural, parce qu'elle n'avait jamais eu peur de rien dans sa vie depuis l'instant où on l'avait embarquée de force, à l'embouchure du fleuve Congo, à bord d'un navire rempli de marins blancs aussi hargneux que des hyènes. L'un d'eux l'avait obligée à signer d'une croix un parchemin qu'il nommait « billet d'engagement ». Si j'ai traversé la Mer des Ténèbres pour arriver jusqu'ici, consentait-elle à dire les rares fois où il lui arrivait de prononcer quelques mots, si j'ai survécu à toutes les vilenies, ce ne sont pas des grondements de volcan qui vont désagrémenter ma vie, non.

*

La nuée atteint la plaine de La Consolation en un rien de temps, accélérant sa course car nul obstacle ne se présente plus au-devant d'elle. Le Jardin Botanique et ses arbres chargés d'ans sont broyés. Des hordes d'éclairs de magnésium foncent aux avant-postes, magnifiques et effrayants tout à la fois.

*

Saint-Gilles s'est assis sur le perron de la maison de son père et, n'ayant plus crainte d'importuner le voisinage, joue du piston depuis le petit jour devant les réfugiés massés dans sa rue qui écarquillent les yeux. Il a l'air très concentré, comme s'il répétait quelque phrase délicate et ne réagit pas aux quolibets des ivrognes. Il sait qu'il ne continuera point *L'Énéide*, le grand œuvre de son existence, la seule chose qui méritait qu'il continuât de vivre après le retour d'Irvéna dans l'Inde de ses ancêtres. Il y avait beau temps qu'il se demandait si tout cela avait jamais eu un sens.

*

L'En-Ville est sous la chape de la nuée ardente. Les maisons en pierre de taille à deux étages s'effondrent dans des craquements sinistres. Les gens courent, hurlent, se débattent, supplient le ciel. La Comédie est un château de cartes. L'Asile de Bethléem et la Maison Coloniale de Santé des tapisseries cendrées. La cathédrale fait mine de résister, mais ses deux tourelles se brisent dans un même élan. Bientôt le rivage est atteint. La boule de feu repousse la mer et la soulève à près de trente mètres. Les rares bateaux à être restés dans la baie sont engloutis en un battement d'yeux. La mer recule de terreur. Même la mer...

*

De sa pergola, le maître de l'Habitation Parnasse assiste à cette apocalypse, l'œil rivé à son télescope. Il voit le ventre de la bête s'ouvrir dans une déchirure dantesque. Il voit jaillir la nuée ardente. Belle, blanche, impériale dans sa course vers l'En-Ville. Il la voit araser les mornes, jeter bas les plantations, pulvériser les cases en bois et les bâtisses en pierre, incendier les entrepôts du Mouillage avant d'incendier la mer. Il a tout vu et n'en a éprouvé aucun étonnement. Blancs et nègres ne l'avaient-ils pas pris pour un vieux fou ? Le gouverneur avait-il seulement parcouru les missives alarmistes qu'il lui faisait régulièrement tenir ? Devant le spectacle de ruines fumantes qu'il contemple désormais, Louis de Saint-Jorre n'a de pensée que pour un seul être, ce seul homme qu'il ait vraiment respecté de toute sa vie : Pierre-Marie Danglemont, le précepteur mulâtre de ses deux fils.

TEMPS DE L'INCONSOLATION

XXVI

Carnets de philosophie créole

Le désastre me semble à présent inéluctable. Mes camarades de bohème se sont enfermés dans le mutisme et la plupart ne quittent plus leur chez-eux. Saint-Gilles continue à fanfaronner, mais les notes qu'il tire de son piston sonnent faux. Il joue de son instrument favori du matin au soir, assis sur sa véranda ou dans la cour désertée de la vaste demeure en pierre de taille que son père, l'auguste notaire, avait fait construire dans les dernières années du siècle qui vient de s'achever. On venait l'admirer de fort loin à cause de son architecture mexicaine, mais Gigiles clamait à qui voulait l'entendre que jamais il n'y habiterait après la mort de son père. Il prétendait la revendre, en placer l'argent et vivre de ses rentes jusqu'à la fin de ses jours. Ma raison de vivre est la poésie et rien d'autre ! Telle était l'antienne dont il nous bassinait les oreilles à L'Escale du Septentrion *lorsque nous nous moquions de son futur métier. Il venait en effet d'hériter de la charge de son père, qui l'avait provisoirement dispensé de se présenter à son étude, car le tabellion disposait encore de toutes ses facultés et n'avait guère confiance en son cher fils, célèbre dilapidateur devant l'Éternel.*

René Bonneville, qui m'a offert un exemplaire de son roman Le Triomphe d'Églantine, *se veut rassurant. En dépit des fulminations du volcan, la situation ne lui paraît pas si désespérée que d'aucuns veulent bien le dire, puisque le gouverneur en personne et son épouse ont débarqué hier à Saint-Pierre pour démontrer à la population qu'elle ne courait aucun danger. Je connais René sur le bout de mes doigts : en réalité, il ne sait plus quoi penser. Il a peur pour son bonheur tout neuf, pour cette jeune mulâtresse réservée qu'il a fini par épouser malgré les cris d'horreur poussés par sa caste. Je ne suis plus un Blanc créole ! lance-t-il à tout bout de champ, comme pour s'en convaincre d'abord lui-même. Personne n'a la cruauté de lui demander qui il est à présent, même pas Vaudran, le nègre romantique, qui adore les Blancs-France autant qu'il abomine les Blancs-pays. L'admirateur de Victor Hugo est le seul parmi nous à ne pas faire grise mine. On jurerait que chaque jour qui passe, avec son cortège d'éclairs fantasmagoriques, lui insuffle une exaltation qui n'est point feinte. Périr dans une éruption volcanique, proclame-t-il, est de l'ordre du grandiose, mes chers compagnons. Rien à voir avec ces petites morts individuelles, discrètes et pour tout dire inaperçues qui affectent le commun des hommes. Nous aurons la chance d'affronter une espèce d'apocalypse avant la lettre et le monde entier se souviendra de nous !*

J'ai la tentation de brûler mes carnets. À quoi cela servirait-il de les conserver ? Même si je les enferme dans le coffre en fer que j'ai rapporté d'Allemagne et qui m'a valu tant de tracas avec les autorités portuaires à mon retour au pays, échapperont-ils à la fureur de la lave qui dévalera des pentes du volcan ? Et si par miracle tel était le cas, qui trouvera intérêt à lire mes élucubrations ? Edmée sans doute. Seule Edmée ! Mais elle est si loin de moi. J'avoue lui en avoir voulu d'avoir quitté Saint-Pierre, encore que ce sentiment qui m'a étreint un instant était parfaitement injuste. Ma quarteronne adorée n'est aucunement native d'ici-là, comme je l'ai longtemps cru, et, au fond, il était normal qu'elle ne désirât point partager notre sort. Elle n'était qu'une passagère et son départ ne saurait être considéré comme une fuite, il est la simple continuation d'un périple qui la conduira Dieu seul sait où. En Italie peut-être, à Gênes, chez le capitaine Ettore Mondoloni qui a toujours été amoureux d'elle.

J'entends en ce moment même un grondement assourdissant et, de ma fenêtre, je peux aper...

XXVII

Ils avaient choisi des Mauvais pour construire le gibet. Je les entendais ricaner dans la cour au mitan des coups de marteau et l'aigu des scies, parler dans le langage des voyous d'En-France que personne ne comprenait. De temps à autre, l'un des gardiens s'approchait de la cellule crasseuse où l'on m'avait enchaîné et m'observait, l'air effaré. Je remarquais que sa peau était couverte de suie et que ses yeux pleuraient sans cesse. Une tremblade agitait son trousseau de clefs. Il faisait si-tellement chaud que je lui demandais régulièrement de m'apporter de l'eau, mais il haussait les épaules et continuait sa ronde. Lorsque l'envie l'en prenait, il me voltigeait une calebasse remplie d'un liquide au goût de charbon qui, loin d'étancher ma soif, rendait ma gorge encore plus folle. C'est ça qu'on a ! C'est ça qu'on a ! lâchait-il en détournant le coco de ses yeux. Comme pour s'excuser. Quand je finis par m'étonner du silence qui régnait dans la geôle, il m'avoua que bon nombre de prisonniers s'étaient évadés l'avant-veille dans la confusion d'une bousculade à la cantine. Le volcan avait tonné et, d'un seul coup, un nuage noir avait voilé le jour. Les gardiens, désemparés, avaient regardé les détenus défoncer la fenêtre du réfectoire et se jeter un à un dans le vide d'une ruelle adjacente. Moi-même, à cet instant-là, j'avais collé mes mains sur mes oreilles pour ne plus rien entendre, mais ma tête s'était mise à résonner des sombres prédictions de Lafrique-Guinée. J'imaginais des dieux féroces dont les gueules vomissaient des coulées de lave, armés de lances et d'épées, tournant et hurlant au-dessus de Saint-Pierre, prêts à l'anéantir nettement-et-proprement. Je voulus réciter le Notre-Père mais ne pus en dépasser les premiers mots, car ma mémoire commençait à défaillir. Ou plutôt elle dévirait en arrière avec un ballant vertigineux, me ramenait à un âge dont je croyais n'avoir jamais eu conscience. La rage du volcan et des dieux africains mêlés me ramenait dans le ventre de ma mère ! La stupéfaction s'empara de ma personne tandis que l'insolite fracas continuait au-dehors, martelant mes tempes jusqu'à m'arracher des cris de douleur.

Ma mère ploie sous le soleil. Le soleil accable la canne. La canne est une méchanceté de plante. Qui vous cisaille la peau. Qui vous baille la grattelle. Son ventre est énorme et l'on dit tout-partout que Man Artémise va accoucher de deux ou trois marmailles en même temps. Elle ne desserre pas les lèvres. Elle ne rit ni ne s'encolère. Un bloc de roche dure, de roche de rivière, noire et brillante. Le commandeur veut la coquer à toute force, malgré sa situation et les supplications des autres amarreuses qui lui promettent maudition et souffrance éternelle s'il s'exécute. Coquer une femme enceinte, c'est infamie ! lui lancent-elles, mais le bougre n'en a cure. Il hurle : gardez-vous de croire que le temps de fainéantise est arrivé. Vanité, toutes ces paroles de liberté qui volent depuis les îles anglaises et tombent parmi nous ! Vous serez des esclaves, aussi longtemps qu'aucun décret estampé « République française » ne nous aura été mandé. Et le Béké de se mettre à jouer de la rigoise sur le dos des ouvrières, à injurier les coupeurs de canne, à botter les fesses des muletiers. Ma mère, il ne l'oublie jamais ! Il rôdaille à son entour, la couvre de mots orduriers pour lui témoigner son désir pressant, lui tâte les hanches, lui palpe les seins, soulève le bas de sa robe qui lui tombe jusqu'aux chevilles. Cent jours que dure ce manège scélérat. Cent jours durant lesquels la bête a jaugé sa proie, l'a cernée. Jusqu'à ce moment fatal où le commandeur saute sur elle, lui déchire ses hardes et la couchant sur le dos, à même la paille de canne, en plein jour, sous le regard ahuri ou indifférent des autres négresses, lui enfonce son braquemart entre les cuisses. Elle ne se débat même pas. Ses yeux chavirent dans l'infini du ciel si bleu et pâle en ce matin d'avril. Il la coque, la défonce, la démantibule, la décalfouque. Une bave mauvaise coule au coin de ses lèvres. Il crie : je vais te couper, isalope ! Je vais te couper !

Je reste saisi. Tout ce dévirement du passé. Ce lot de vilaineries que je n'ai jamais connues, moi qui suis né dans les temps d'après l'esclavage. Moi qui n'ai jamais recroquevillé mon corps quand je rencontre un Blanc, comme le fait ma vieille mère qui aussitôt cherche le sol des yeux et s'arrête de marcher. Moi qui n'ai jamais dit « Oui, missié ! Non, missié », les seuls mots qu'elle ait continué de prononcer après le viol, oubliant toute autre langue. Pourquoi tout cela irruptionne-t-il maintenant, alors que je n'ai plus que quelques heures à vivre. On a reconstruit spécialement un gibet pour monsieur Syparis, oui ! Il y avait beau temps que Saint-Pierre n'avait pas connu d'exécution. On avait bien condamné à mort quelques Indiens-Coulis ces dernières années, mais ils avaient péri de faim et de soif dans leurs cellules ou du mal de poitrine, à ce qu'on racontait. Les juges, cette fois-ci, se sont montrés impitoyables, eux qui pourtant me connaissaient depuis le temps du marquis d'Antin. Eux que mes forfaits prêtaient à sourire. L'avocat requis pour me défendre avait quitté la ville par crainte de l'éruption et aucun de ceux qui étaient encore en fonction n'a voulu m'assister, au motif que j'avais dépassé les limites du supportable. La salle du tribunal était presque vide lorsque les juges ont lu la sentence qui me condamnait à la pendaison pour avoir baillé à Firmine, ma femme-concubine, un etcetera de coups de couteau dans tout le corps avant de lui trancher la gorge ! Pourtant, je n'avais nulle souvenance de cet acte pour de vrai abominable. Tout ce que je savais, c'est que je m'étais rendu en tramway au Mouillage et que j'avais grimpé le Morne Dorange à la recherche du boulanger qui me l'avait volée. Il n'y avait pas grand monde pour me renseigner, à cause des pluies de cendres chaudes qui tombaient depuis des jours et rendaient le chemin impraticable aux carrioles et aux charrettes à bras. Je repérai la maison de mon rival à sa cheminée en briques rouges. Elle était dissimulée derrière une rangée de pieds de coco. Firmine préparait son manger du midi sous un petit ajoupa et elle avait coupé en quartiers plusieurs fruits-à-pain. À ma vue, elle a poussé un cri de bête effarouchée et elle est tombée dans le mal-caduc. La casserole a roulé par terre, réveillant deux chiens qui dormaient à ses pieds. Hébétés par la cendre, ils ne réagirent même pas quand j'attrapai leur maîtresse par le collet et lui intimai l'ordre de cesser de faire son intéressante de négresse. Elle jouait la comédie, foutre ! J'en étais plus que sûr. C'était pas moi qu'elle couillonnerait avec ses minauderies et ses macaqueries. Quand elle a ouvert les yeux, j'ai pas réfléchi une maille, j'ai saisi le couteau de cuisine qui était encore fiché dans un carreau de fruit-à-pain et j'ai frappé, djouk ! Un seul coup ! Oui, un seul coup. Les gendarmes à cheval mentent quand ils disent que je lui ai baillé treize coups de couteau dans tout le corps. D'abord parce que j'aurais évité ce chiffre de malheur. Et puis, moi Syparis, je connais l'endroit exact où trouver le fil du cœur qu'il suffit de sectionner pour que la personne tombe raide morte. Point besoin de simagrées de coups sur la tête, de tchoques dans le bas-ventre ou d'étranglements.

« Vous serez exécuté le 8 mai à l'aube ! »

La voix du juge blanc était une froideur. J'ai senti mon cerveau fondre et descendre dans mon corps jusqu'au plat de mes pieds. Comme qui dirait un animal vidé de son sang. Les deux gardes de police qui m'avaient conduit au tribunal ont esquissé des pas de joie. Ils n'étaient pas des gens d'ici-là. On les avait recrutés parmi les Européens qui débarquaient depuis quelque temps les poches vides et qui acceptaient n'importe quel travail, même ceux que leur race jugeait ordinairement infamants. Ils me halèrent à la geôle la corde au cou, en me flanquant des coups de pied au derrière parce qu'ils trouvaient que je n'avançais pas assez vite. Les cinq cachots étaient vides, mais ils me plongèrent nu dans un cul-de-basse-fosse qui ouvrait sur la mer, dont il était protégé par un muret surmonté d'épais grillages. Juste de quoi respirer. Des bêtes immondes que je n'identifiais pas à cause du faire-noir y grouillaient et il m'était impossible de m'allonger. Je sentais mon corps s'enfoncer dans une torpeur irrémédiable. Un peu comme si mon sang avait ralenti sa course dans mes veines. Seuls le ressac et le souffle chaud des embruns tenaient encore mes sens éveillés. Je ne maudissais même plus Firmine et elle vint à moi en rêve, pimpante comme au premier jour de notre rencontre, un lendemain de carnaval, quand elle s'était postée aux abords du marché du Mouillage où je dormais et m'avait déclaré d'une voix timide :

« Vous êtes le diable le plus magnifique que j'aie jamais vu. Mon cœur est à vous, oui. »

J'avais remarqué cette frêle négresse aux yeux en amande et à la peau de sapotille qui, du samedi gras au mercredi des cendres, m'avait couvé du regard, au premier rang des carnavaliers qui me suivaient. Les claquements de mon fouet semblaient ne point l'effrayer et quand je criais « Aboubou-Dia ! » je voyais ses lèvres imiter les miennes sans qu'aucun son n'en sortît pourtant. Elle courait seule, déguisée en papillon de nuit. Ses grandes ailes noir et rouge battaient l'air avec grâce et son front arborait une grosse épingle tremblante faite de papier doré. Elle éconduisait sans ménagement tous les bougres en chaleur qui faisaient mine de danser devant elle et tentaient de lui tenir la taille. Firmine n'avait d'yeux que pour moi seul et c'était bien la toute première fois qu'un tel événement m'arrivait. Jusque-là, les jolies négresses troussaient le nez sur ma personne et je devais me contenter des catins de bas étage de La Galère qui s'agenouillaient sur des paillasses puantes sans même se dévêtir entièrement. Elles arrachaient presque votre argent de vos mains, maugréaient que votre corps puait la sueur et vous demandaient de ne pas vous croire dans le salon de votre manman, manière de dire qu'on ne devait pas s'éterniser entre leurs cuisses couvertes de vérole, oui !

Firmine habitait avec son oncle, un vieux cordonnier qui avait perdu la vue, mais qui continuait à exercer comme si de rien n'était, parce que ses doigts avaient conservé la même dextérité qu'avant. Il attrapait vos souliers, les palpait, vous questionnait sur la somme que vous étiez prêt à dépenser et farfouillait dans une caisse à outils d'où il extrayait ce dont il avait besoin et raclait, coupait, ressemelait, clouait en sifflotant. Il remettait l'entièreté de ses maigres gains à sa nièce qui s'occupait en échange de ses repas et de son linge. C'est dire que Firmine n'était point attirée par l'argent et, d'ailleurs, tout le monde savait que dans mes poches il n'y avait jamais eu que courants d'air. Quand il m'arrivait de détrousser sur le ponton de la Compagnie Girard une voyageuse venue de Fort-de-France, je courais m'acheter de quoi manger et déposais le restant de la monnaie dans les troncs de l'église la plus proche, suppliant le Seigneur de me pardonner mes péchés et de m'accueillir le moment venu au moins en Purgatoire.

Un-deux mois après que l'oncle de Firmine fut devenu impotent, je m'installai dans leur case que j'agrandis d'une pièce. Elle désirait très fort une petite marmaille, mais son ventre demeurait bréhaigne, désespérément bréhaigne. Elle jalousait notre voisine Marie-Égyptienne, qui voyait chaque année son ventre s'arrondir et ingurgitait toutes qualités de thés-pays pour tuer le fruit de ses entrailles. Firmine courut les quimboiseurs et les mentors, les séanciers et les melchiors, les dormeuses et les devineurs, tous ceux qui avaient quelque science en matière de sorcellerie. Elle fit retraite à l'Asile de Bethléem où elle s'occupa des grabataires sans réclamer de gages. Elle sollicita le père d'Irvéna, pour que le Couli lui arrangeât quelque cérémonie en hommage à ses dieux indiens. Tout cela en pure perte. Firmine regardait, les nerfs dévastés, ses amies parader avec leurs ventres proéminents ou promener leurs nourrissons à bord de poussettes bringuebalantes récupérées chez les bourgeois où elles servaient de bonnes.

Le temps fabriqua du temps et ma câpresse adorée en vint à m'accuser d'être la cause de son infortune : c'était moi, oui, bel et bien moi, Syparis, foutre ! qui étais incapable d'enfanter. La meilleure preuve en était qu'aucune de celles que j'avais coquées avant de me mettre en ménage n'était tombée enceinte. Ni même aucune des fillettes que j'avais détournées du chemin de l'école. Firmine m'avait toujours pardonné ce penchant que nombre de gens de La Galère considéraient comme la scélératesse même et qui me valait des séjours fréquents à la geôle, dans le secret espoir de voir un jour les seins de quelque écolière gonfler et ses hanches s'élargir. Sûr de sûr, elle en aurait recueilli alors le nouveau-né dont personne n'aurait évidemment voulu et l'aurait élevé à-quoi-dire l'enfant de sa propre chair. Son espérance ne fut jamais comblée et c'est pourquoi elle écouta les paroles sucrées de ce boulanger du Morne Dorange et s'en alla vivre avec lui, profitant de ce que j'étais encore une fois enfermé pour plusieurs semaines à la geôle.

Tout cela était bien loin derrière moi à présent. Dans quelques heures, les deux gardes me haleraient de ce soupirail pour me conduire au gibet. Je ne savais même pas si Pierre-Marie serait autorisé à s'entretenir avec moi une dernière fois. Je sentais le froid gagner chacun de mes pores et des larmes se mettre à couler sur les pommes de ma figure. Soudain, une détonation formidable, une explosion de fin du monde qui me déchira presque les tympans se fit entendre au-dessus de ma tête et l'air devint irrespirable. Par le grillage qui ouvrait sur la mer, je vis que les eaux en étaient devenues entièrement noires et qu'une sorte de rage les empoignait comme à la saison des cyclones. Les murs du cul-de-basse-fosse se mirent à chavirer et des blocs de pierre me tombèrent sur le crâne. Du sang se mêla à mes larmes. Je tentai de happer quelque brin d'air pour ne pas périr étouffé. Ma peau fut brûlée par un souffle de vapeur qui s'était engouffré dans le soupirail. Je me mis à hurler à-moué, à sauter en tous sens, à redemander pitié, grâce et miséricorde au Bondieu.

Puis tout se tut. Le ressac se calma et l'eau de la

mer reprit peu à peu sa teinte normale. L'escalier tortueux qui conduisait à mon cachot s'était effondré, ouvrant un large trou qui m'apporta un peu de lumière, mais je remarquai que l'air était enténébré. Des fumées virevoltantes, parcourues de crépitements, m'interdisaient de grimper jusqu'à l'air libre. Nul ne répondait à mes appels à l'aide. Je me crus arrivé dans les bras de la mort, transporté en enfer, à cause de cette chaleur qui ne faiblissait pas d'une maille, même quand la nuit vint. Mes pensées s'en allèrent vers Firmine, dont je revis le beau visage de câpresse, et je me surpris à balbutier :

« La vie est mal faite. Toute ma vie, j'ai été content de toi, oui... »

FINAL DE CONTE

REQUIEM

FINAL DE SONATE

[illegible]

REQUIEM

« Le cirque Barnum, en tournée à la Martinique, deux mois après la terrible catastrophe qui a dévasté cette belle île, vient d'embaucher l'unique survivant[1] de la ville de Saint-Pierre où, rappelons-le, trente mille personnes ont péri.

Syparis, voleur à la tire émérite et assassin de sa femme par jalousie, devait monter sur le gibet au matin même de l'éruption, c'est-à-dire le 8 mai 1902. Cet événement, pour lui providentiel, en a fait un véritable héros dans son pays. Sa photo figure désormais dans tous les journaux, livres et encyclopédies et l'on prétend même qu'il s'est déjà mis à l'apprentissage du français.

Le montant de son salaire n'a pas été divulgué

1. Note du traduiseur : Léon Compère, cordonnier de son état, en dépit de ses protestations et réclamations, ne parvint pas à faire les autorités reconnaître que lui aussi avait survécu à l'éruption, caché qu'il était au plus secret de sa maison. On le cria tout bonnement fou dans le mitan de la tête.

mais il ne peut être que conséquent quand on sait que le cirque Barnum entamera une tournée mondiale à partir du mois prochain. »

L'Écho de la Wallonie,
journal paraissant à Bruxelles
chaque mercredi

(Vauclin, octobre 2000/Fort-de-France, mars 2002)

DU MÊME AUTEUR

Aux Éditions Gallimard

ÉLOGE DE LA CRÉOLITÉ, avec Patrick Chamoiseau et Jean Bernabé, 1989, *essai.*

ÉLOGE DE LA CRÉOLITÉ/*IN PRAISE OF CREOLENESS*, 1993. Édition bilingue.

RAVINES DU DEVANT-JOUR, *récit*, 1993. Prix Casa de las Americas, 1993 (« Folio », *n° 2706*).

UN VOLEUR DANS LE VILLAGE, *récit.* Traduction de l'anglais du texte de James Berry (« Page Blanche »), 1993. Prix de l'International Books for Young People, 1993.

LES MAÎTRES DE LA PAROLE CRÉOLE, *contes*, 1995. Textes recueillis par Marcel Lebielle. Photographies de David Damoison.

LETTRES CRÉOLES. Tracées antillaises et continentales de la littérature. Haïti, Guadeloupe, Martinique, Guyane (1635-1975), avec Patrick Chamoiseau. Nouvelle édition, 1999 (« Folio essais », *n° 352*).

LE CAHIER DE ROMANCES, *mémoire*, 2000.

Voir aussi Ouvrage collectif : ÉCRIRE « LA PAROLE DE NUIT ». La nouvelle littérature antillaise, *nouvelles, poèmes, réflexions poétiques*, 1994. *Édition de Ralph Ludwig*. Première édition (« Folio essais », *n° 239*).

Aux Éditions du Mercure de France

LE MEURTRE DU SAMEDI-GLORIA, *roman*, 1997. Prix RFO (repris dans « Folio », *n° 3269*).

L'ARCHET DU COLONEL, *roman*, 1998 (repris dans « Folio », *n° 3597*).

BRIN D'AMOUR, *roman*, 2001 (repris dans « Folio », *n° 3812*).

NUÉE ARDENTE, *roman*, 2002 (repris dans « Folio », *n° 4065*).

LA PANSE DU CHACAL, *roman*, 2004.

Chez d'autres éditeurs

En langue créole

JIK DÈYÈ DO BONDIÉ, *nouvelles* (*Grif An Tè*), 1979.

JOU BARÉ, *poèmes* (*Grif An Tè*), 1981.

BITAKO-A, *roman* (*GEREC*), 1985 ; en français par J.-P. Arsaye, « Chimères d'En-Ville » (*Ramsay*), 1997.

KOD YANM *roman* (*K.D.P.*), 1986 ; traduit en français par G. L'Étang, « Le Gouverneur des dés » (*Stock*), 1995.

MARISOSÉ, *roman* (*Presses Universitaires Créoles*), 1987 ; traduit en français par l'auteur, « Mamzelle Libelulle » (*Le Serpent à Plumes*), 1995.

En langue française

LE NÈGRE ET L'AMIRAL, *roman* (*Grasset*), 1988. Prix Antigone.

EAU DE CAFÉ, *roman* (*Grasset*), 1991. Prix Novembre.

LETTRES CRÉOLES : TRACÉES ANTILLAISES ET CONTINENTALES DE LA LITTÉRATURE, avec Patrick Chamoiseau, *essai* (*Grasset*), 1991.

AIMÉ CÉSAIRE. Une traversée paradoxale du siècle, *essai* (*Stock*), 1993.

L'ALLÉE DES SOUPIRS, *roman* (*Grasset*), 1994. Prix Carbet de la Caraïbe.

COMMANDEUR DU SUCRE, *récit* (*Écriture*), 1994.

BASSIN DES OURAGANS, *récit* (*Mille et une nuits*), 1994.

LA SAVANE DES PÉTRIFICATIONS, *récit* (*Mille et une nuits*), 1994.

CONTES CRÉOLES DES AMÉRIQUES (*Stock*), 1995.

LA VIERGE DU GRAND RETOUR, *roman* (*Grasset*), 1996.

LA BAIGNOIRE DE JOSÉPHINE, *récit* (*Mille et une nuits*), 1997.

RÉGISSEUR DU RHUM, *récit* (*Écriture*), 1999.

LA DERNIÈRE JAVA DE MAMA JOSÉPHA, *récit* (*Mille et une nuits*), 1999.

LA VERSION CRÉOLE (*Ibis Rouge*), 2001.

MORNE-PICHEVIN (*Bibliophane*), 2002.

LA DISSIDENCE (*Écriture*), 2002.

Traduction

AVENTURES SUR LA PLANÈTE KNOS D'EVAN JONES, *récit traduit de l'anglais* (*Éditions Dapper*), 1997.

Travaux universitaires

DICTIONNAIRE DES TITIM ET SIRANDANES. Devinettes et jeux de mots du monde créole, *ethnolinguistique* (*Ibis Rouge*), 1998.

KRÉYÔL PALÉ, KRÉYÔL MATJÉ... Analyse des significations attachées aux aspects littéraires, linguistiques et socio-historiques de l'écrit créolophone de 1750 à 1995 aux Petites Antilles, en Guyane et en Haïti, *thèse de doctorat ès lettres*, (*Éditions du Septentrion*), 1998.

COLLECTION FOLIO

Dernières parutions

3891. Daniel Boulanger	*Talbard.*
3892. Carlos Fuentes	*Les années avec Laura Díaz.*
3894. André Dhôtel	*Idylles.*
3895. André Dhôtel	*L'azur.*
3896. Ponfilly	*Scoops.*
3897. Tchinguiz Aïtmatov	*Djamilia.*
3898. Julian Barnes	*Dix ans après.*
3900. Catherine Cusset	*À vous.*
3901. Benoît Duteurtre	*Le voyage en France.*
3902. Annie Ernaux	*L'occupation.*
3903. Romain Gary	*Pour Sgnanarelle.*
3904. Jack Kerouac	*Vraie blonde, et autres.*
3905. Richard Millet	*La voix d'alto.*
3906. Jean-Christophe Rufin	*Rouge Brésil.*
3907. Lian Hearn	*Le silence du rossignol.*
3908. Kaplan	*Intelligence.*
3909. Ahmed Abodehman	*La ceinture.*
3910. Jules Barbey d'Aurevilly	*Les diaboliques.*
3911. George Sand	*Lélia.*
3912. Amélie de Bourbon Parme	*Le sacre de Louis XVII.*
3913. Erri de Luca	*Montedidio.*
3914. Chloé Delaume	*Le cri du sablier.*
3915. Chloé Delaume	*Les mouflettes d'Atropos.*
3916. Michel Déon	*Taisez-vous... J'entends venir un ange.*
3917. Pierre Guyotat	*Vivre.*
3918. Paula Jacques	*Gilda Stambouli souffre et se plaint.*
3919. Jacques Rivière	*Une amitié d'autrefois.*
3920. Patrick McGrath	*Martha Peake.*
3921. Ludmila Oulitskaia	*Un si bel amour.*
3922. J.-B. Pontalis	*En marge des jours.*

3923. Denis Tillinac | *En désespoir de causes.*
3924. Jerome Charyn | *Rue du Petit-Ange.*
3925. Stendhal | *La Chartreuse de Parme.*
3926. Raymond Chandler | *Un mordu.*
3927. Collectif | *Des mots à la bouche.*
3928. Carlos Fuentes | *Apollon et les putains.*
3929. Henry Miller | *Plongée dans la vie nocturne.*
3930. Vladimir Nabokov | *La Vénitienne* précédé d'*Un coup d'aile.*
3931. Ryûnosuke Akutagawa | *Rashômon* et autres contes.
3932. Jean-Paul Sartre | *L'enfance d'un chef.*
3933. Sénèque | *De la constance du sage.*
3934. Robert Louis Stevenson | *Le club du suicide.*
3935. Edith Wharton | *Les lettres.*
3936. Joe Haldeman | *Les deux morts de John Speidel.*
3937. Roger Martin du Gard | *Les Thibault I.*
3938. Roger Martin du Gard | *Les Thibault II.*
3939. François Armanet | *La bande du drugstore.*
3940. Roger Martin du Gard | *Les Thibault III.*
3941. Pierre Assouline | *Le fleuve Combelle.*
3942. Patrick Chamoiseau | *Biblique des derniers gestes.*
3943. Tracy Chevalier | *Le récital des anges.*
3944. Jeanne Cressanges | *Les ailes d'Isis.*
3945. Alain Finkielkraut | *L'imparfait du présent.*
3946. Alona Kimhi | *Suzanne la pleureuse.*
3947. Dominique Rolin | *Le futur immédiat.*
3948. Philip Roth | *J'ai épousé un communiste.*
3949. Juan Rulfo | *Llano en flammes.*
3950. Martin Winckler | *Légendes.*
3951. Fédor Dostoievski | *Humiliés et offensés.*
3952. Alexandre Dumas | *Le Capitaine Pamphile.*
3953. André Dhôtel | *La tribu Bécaille.*
3954. André Dhôtel | *L'honorable Monsieur Jacques.*
3955. Diane de Margerie | *Dans la spirale.*
3956. Serge Doubrovski | *Le livre brisé.*
3957. La Bible | *Genèse.*
3958. La Bible | *Exode.*
3959. La Bible | *Lévitique-Nombres.*
3960. La Bible | *Samuel.*
3961. Anonyme | *Le poisson de Jade.*
3962. Mikhaïl Boulgakov | *Endiablade.*

3963. Alejo Carpentier	*Les Élus et autres nouvelles.*
3964. Collectif	*Un ange passe.*
3965. Roland Dubillard	*Confessions d'un fumeur de tabac français.*
3966. Thierry Jonquet	*La leçon de management.*
3967. Suzan Minot	*Une vie passionnante.*
3968. Dann Simmons	*Les Fosses d'Iverson.*
3969. Junichirô Tanizaki	*Le coupeur de roseaux.*
3970. Richard Wright	*L'homme qui vivait sous terre.*
3971. Vassilis Alexakis	*Les mots étrangers.*
3972. Antoine Audouard	*Une maison au bord du monde.*
3973. Michel Braudeau	*L'interprétation des singes.*
3974. Larry Brown	*Dur comme l'amour.*
3975. Jonathan Coe	*Une touche d'amour.*
3976. Philippe Delerm	*Les amoureux de l'Hôtel de Ville.*
3977. Hans Fallada	*Seul dans Berlin.*
3978. Franz-Olivier Giesbert	*Mort d'un berger.*
3979. Jens Christian Grondahl	*Bruits du coeur.*
3980. Ludovic Roubaudi	*Les Baltringues.*
3981. Anne Wiazemski	*Sept garçons.*
3982. Michel Quint	*Effroyables jardins.*
3983. Joseph Conrad	*Victoire.*
3984. Emile Ajar	*Pseudo.*
3985. Olivier Bleys	*Le fantôme de la Tour Eiffel.*
3986. Alejo Carpentier	*La danse sacrale.*
3987. Milan Dargent	*Soupe à la tête de bouc.*
3988. André Dhôtel	*Le train du matin.*
3989. André Dhôtel	*Des trottoirs et des fleurs.*
3990. Philippe Labro/	*Lettres d'amérique.*
Olivier Barrot	*Un voyage en littérature.*
3991. Pierre Péju	*La petite Chartreuse.*
3992. Pascal Quignard	*Albucius.*
3993. Dan Simmons	*Les larmes d'Icare.*
3994. Michel Tournier	*Journal extime.*
3995. Zoé Valdés	*Miracle à Miami.*
3996. Bossuet	*Oraisons funèbres.*
3997. Anonyme	*Jin Ping Mei I.*
3998. Anonyme	*Jin Ping Mei II.*
3999. Pierre Assouline	*Grâces lui soient rendues.*

Composition IGS
Impression Novoprint
à Barcelone, le 15 juin 2004
Dépôt légal : juin 2004

ISBN 2-07-0311596-7/Imprimé en Espagne.

764